Jürgen Ehlers

Abmurksen und Gin trinken

Bisher vom Autor bei KBV erschienen:

Mitgegangen
Neben dem Gleis
Mann über Bord
Die Nacht von Barmbeck
In Deinem schönen Leibe
Der Spion von Dunvegan Castle
Blutrot blüht die Heide
Hamburg Krimi-Reiseführer
Nur ein gewöhnlicher Mord
Der Wolf von Hamburg
Die Hyäne von Hamburg
Die Schlange von Hamburg

Jürgen Ehlers wurde 1948 in Hamburg geboren und lebt heute mit seiner Familie auf dem Land. Seit 1992 schreibt er Kurzkrimis und ist Herausgeber von Krimianthologien. Er ist Mitglied im »Syndikat« und in der »Crime Writers' Association«. Sein erster Kriminalroman *Mitgegangen* wurde in der Sparte Debüt gleich für den Friedrich-Glauser-Preis nominiert.
Bei KBV veröffentlichte Jürgen Ehlers bislang sieben historische Kriminalromane und zuletzt die Thriller *Der Wolf von Hamburg, Die Hyäne von Hamburg* und *Die Schlange von Hamburg.* www.juergen-ehlers-krimi.de

Jürgen Ehlers

Abmurksen und Gin trinken

KBV

Originalausgabe

www.kbv-verlag.de
E-Mail: info@kbv-verlag.de
Telefon: 0 65 93 - 998 96-0
Fax: 0 65 93 - 998 96-20
Umschlaggestaltung: Ralf Kramp
unter Verwendung von: © MoreVector - www.fotolia.de
Lektorat: Volker Maria Neumann, Köln
Druck: CPI books, Ebner & Spiegel GmbH, Ulm
Printed in Germany
ISBN 978-3-95441-410-9

Vorbemerkung

Dies ist eine wahre Geschichte. Aber, ich bin eigentlich kein Verbrecher. Nicht dass Sie sich da irgendwelche falschen Vorstellungen machen. Andererseits halte ich mich auch nicht an alle Gesetze und Verordnungen. Das kann niemand, und das tut auch niemand. In der letzten Wahlperiode hat der Bundestag allein fünfhundertfünfundfünfzig neue Gesetze verabschiedet. Kennen Sie die alle? Kennen Sie auch nur eines davon? Nicht? Woher wollen Sie dann wissen, ob Sie nicht vielleicht dagegen verstoßen haben? Vielleicht gegen eines, vielleicht gegen alle? Hinzu kommen natürlich noch Tausende von älteren Gesetzen, die auch alle eingehalten werden sollen. Und außerdem gibt es natürlich noch in jedem Bundesland eigene Gesetze und Vorschriften. Die kann man niemals alle auswendig wissen, und die kann man niemals alle einhalten, selbst wenn man sich die größte Mühe gibt. Man muss Schwerpunkte setzen. Und man muss flexibel bleiben und sich den jeweiligen Umständen anpassen. Ich bin der Meinung, die Gesetze sind für die Menschen da, nicht umgekehrt. Und welche Gesetze man einhält, das muss jeder für sich selbst entscheiden.

Ich habe mich entschieden. Aber als ich damals meinen ersten Bankraub plante, da hatte ich keine Ahnung, wohin mich dieser Weg führen würde. Da kannte ich weder den Professor noch Susanne, und ich hatte keine Ahnung, dass es einen *King of Crime* gab. Und jetzt? Jetzt liege ich in einem offenen Sarg und warte auf das Eintreffen des Beerdigungsunternehmers.

Meine erste Bank

Vor acht Jahren, da war das Geld wirklich ein bisschen knapp bei uns zu Hause. Erst Kurzarbeit, dann Entlassung. Ich war eigentlich technischer Zeichner, aber die wurden nicht mehr gebraucht. Zweiundfünfzigjährige technische Zeichner schon gar nicht. Die Umschulung zum Grafiker, die das Arbeitsamt finanziert hatte, hat auch nichts gebracht. Und jetzt lag mir auch noch die Sigrid – das war meine Frau – in den Ohren; sie brauche unbedingt ein neues Kleid für die Hochzeit ihrer Kusine, da konnte sie unmöglich mit demselben Ding hingehen, das sie im letzten Jahr bei der Taufe schon anhatte. Nun gab es natürlich bei Ebay Kleider schon für deutlich unter hundert Euro, sahen auch gar nicht schlecht aus, aber das war nicht das, was der Sigrid vorschwebte. Sie zeigte mir ihr Traumkleid im Schaufenster. Das war sogar um fünfzig Euro heruntergesetzt. Leider war ich aber völlig pleite. Die Krise war da.

»Sprich doch mal mit dem netten Kundenbetreuer von unserer Sparkasse!«, schlug die Sigrid vor, und da kam mir der Gedanke. Also, unser Kundenbetreuer war wirklich nett, aber den konnte ich jetzt nicht fragen; in der letzten Zeit hoffte der eigentlich immer, dass er mal sein Geld von uns wiederbekommen würde und nicht wir noch mehr von ihm. Da war wohl nicht viel drin. Aber Sparkasse war trotzdem eine gute Idee. Zufällig hatte ich gerade in der letzten Woche den Hans-Dieter getroffen, der war wieder draußen und suchte Arbeit. Er hat früher mal bei Blohm & Voss gearbeitet, genau wie die Sigrid, aber da mochten sie ihn nicht mehr. Sein Meister spricht heute noch schlecht von ihm. Spricht überhaupt schlecht, dieser Meister, seit ihm die Vorderzähne fehlen. Das war der Hans-Dieter, hieß es. Eine Verkettung unglücklicher Umstände, wenn Sie mich fragen. Das war schon zwei Jahre her. Die letzte Arbeit, die er hatte, da ging es um einen Geldtransport, die hat ihm dann die sechs Monate eingebracht.

Also hab ich den Hans-Dieter angerufen, ob er nicht Lust habe, auf ein Bier rüberzukommen. Er hat auch sofort Ja gesagt, der Hans-Dieter, das war wirklich ein dufter Kumpel. »Schuhe ausziehen!«, rief die Sigrid gleich, als er reinkam. Das mussten alle, die in die Wohnung kamen, ganz egal, ob ich das war oder ihr Kollege Kurt, mit dem sie Squash spielte, oder sonst wer. Hans-Dieter maulte ein bisschen, und gleich darauf jaulte er, weil er auf die Nussschalen getreten war, die ich hätte wegfegen sollen. Wir mochten Nüsse, die Sigrid und ich. Vor allem ich. Obst ist gesund.

Wir setzten uns also ins Wohnzimmer. Und wie ich dem Hans-Dieter ganz behutsam klargemacht habe, dass ich Geld von der Bank haben wollte, da hat er auch gleich seinen Ballermann auf den Couchtisch gelegt, dass die Sigrid ganz runde Augen gekriegt hat und ich sagen musste: »Das ist doch nur ein Scherz, Sigrid, das verstehst du doch!« Ich weiß nicht, ob sie das geglaubt hat. Aber nach dem dritten Bier schlief sie schließlich ein, und da konnten wir dann ungestört über alles sprechen.

Hans-Dieter war sofort Feuer und Flamme. »Das muss ich unbedingt dem Tobias erzählen«, sagte er. Ich konnte ihn kaum noch bremsen.

»Hans-Dieter«, habe ich gesagt, »ich kenne den Tobias. Ein feiner Kumpel, wirklich. Aber wenn der von unserem hübschen, kleinen Plan hört, dann will er auch mitmachen. Und dann geht die Beute durch drei statt durch zwei. Dann kriegen wir nur noch die Hälfte.« Man musste bei den Zahlen etwas runden, damit der Hans-Dieter das verstand. In Mathematik war er nie besonders gut. In den meisten anderen Fächern auch nicht. Aber »weniger Geld«, das begriff er. Das hieß »weniger Bier«. So wurden wir uns also einig.

Der Ärger begann am nächsten Tag, mit diesen Masken. Natürlich konnte man nicht einfach in so eine Bank reinstürmen und sagen: Ich bin Jürgen Ehlers, dies ist ein Überfall, her mit den Moneten, das hat selbst Hans-Dieter eingesehen. Also mussten wir uns maskieren. Und wer sollte die Masken besorgen? Ich natürlich. Ich war der Planer. Wenn ich das nicht machte, dann ging sowieso alles schief.

Nun waren wir hier natürlich in Hamburg und nicht im Rheinland, und maskieren tat man sich bei uns eigentlich kaum, außer eben, wenn man 'ne Bank überfallen wollte. Dennoch fand ich schließlich einen Laden, wo man solche Dinger bekommen konnte. Papierwaren und Comics. Direkt neben der Uni. Die Studis haben ja ein bisschen dumm geguckt, als ich alter Knacker in ihrem Laden aufgetaucht bin und in den Faschingsartikeln herumgewühlt habe, aber gefragt haben sie auch nicht weiter. Schließlich entschied ich mich für die klassische Lösung: Dick und Doof. So was geht immer. Gibt auch gleich ein bisschen fröhliche Stimmung, wenn man in die Bank reinkommt, und es kommt gar nicht erst Stress auf.

Aber den Stress gab es dann schon am Abend, als wir uns bei Hans-Dieter getroffen haben, um die letzten Einzelheiten zu besprechen. Als der Hans-Dieter die Masken gesehen hat, da hat er gesagt: »Du glaubst doch wohl nicht, dass ich das Ding da aufsetze? Ich hab zwar kein Abitur, noch nicht mal einen Hauptschulabschluss, so wie deine Frau, aber deswegen bin ich noch längst nicht doof. – Nee, damit geh ich nicht los!«

»Hör mal«, hab ich gesagt, »das sind doch nur Masken, verstehst du das nicht? *Masken!* – Damit man uns nicht erkennt! Damit die Leute einfach *glauben*, dass das Dick und Doof sind, die da die Bank überfallen!« Man musste ihm jeden Buchstaben einzeln erklären. Manchmal begriff er es dann, manchmal nicht.

»Alles schön und gut«, sagte er. »Die Leute glauben, wir sind Dick und Doof. Schön. Aber dann bin ich Dick, und du bist Doof!«

»Hans-Dieter«, habe ich gesagt, »denk doch mal nach! Dick ist dick, daher der Name, aber du bist doch nicht dick, du bist eher dünn, wenn ich das mal so sagen darf.«

»Dünn schon, aber nicht doof!«

Dabei blieb er. Also war das Ende vom Lied, dass ich als Doof gehen musste und er als Dick. Vertauschte Rollen. Dadurch wurde das Komikerduo natürlich noch ein bisschen komischer. Aber das gefiel mir nicht. Von Anfang an hatte ich das Gefühl, dass man es auch übertreiben konnte. Mit der lockeren Stimmung. Und wenn die in der Bank glaubten, dass man nicht mal das mit den Masken richtig ernst nahm, dann war alles verloren.

Als ich nach Hause kam, hat die Sigrid gleich gemerkt, dass was nicht stimmte. »Du bist so ernst heute!« – »Unsinn«, sagte ich, aber es stimmte doch, und sie glaubte mir kein Wort. Wir saßen den Abend vorm Fernseher, sahen irgend so eine Unterhaltungssendung, tranken Bier dazu, knabberten Erdnüsse, dass am Ende wieder der ganze Fußboden voller Schalen lag, aber wir fühlten uns mies. Die Sigrid war genauso nervös wie ich. Wenn ich jetzt ein falsches Wort sagen würde, hätten wir gleich wieder Zoff. »Du säufst und frisst hier rum, vernachlässigst mich und machst nichts im Haushalt!« Das hatten wir alles schon, das konnte ich jetzt nicht brauchen. Ich habe nichts gesagt, aber von der Sendung habe ich dennoch so gut wie gar nichts mitbekommen. Ich habe nur die ganze Zeit Sigrid angeguckt und unsere Wohnung, und ich habe gedacht: Wer weiß, wann ich das hier alles wiedersehe!

Ich hatte mir den Wecker gestellt, und am nächsten Morgen stand ich pünktlich vor der Bank. zehn Uhr hatten wir gesagt. Wir wollten gleich nach der Öffnung rein, wenn noch nicht so viel los war. Aber natürlich kam Hans-Dieter zu spät, sodass ich vor der Bank auf und ab gehen und schließlich noch ein paar Münzen in die Parkuhr einwerfen musste, damit man nicht den Wagen abschleppte, während wir drinnen waren. Genau da kam Hans-Dieter.

»Los!«, sagte er nur. Wir klebten also das Schild *heute geschlossen* an die Eingangstür und setzten unsere Masken auf. Hans-Dieter zückte sein Schießeisen, und dann stürmten wir in die Schalterhalle. Wir hatten Glück; außer den Bankleuten war überhaupt noch niemand da. Die sahen uns also hereinkommen, lachten sich halb schlapp, konnten sich gar nicht wieder einkriegen, und ich habe gedacht, sicher drückt dabei jetzt schon irgend so ein Lacher auf irgendeinen Alarmknopf.

Erst als Hans-Dieter ein großes Loch in die Decke schoss, dass die Splitter der Schalldämmplatten nur so durch den Raum flitzten und mir der Kalk in den Nacken rieselte, da beruhigten sie sich. Ich habe ihnen erklärt, dass wir hunderttausend Euro brauchten, jeder von uns fünfzigtausend, und dass wir hier nicht eher wieder weggehen würden, als bis wir das Geld hätten. Zeitsperre hin oder her. Und um unsere Entschlossenheit zum Bleiben zu demonstrieren, zog der Hans-Dieter tatsächlich ein Wurstbrot aus der Tasche, aber er konnte es dann doch nicht essen, wegen der Maske.

Der Kassierer machte sich also an die Arbeit, die anderen saßen dumm herum, Hände in der Luft, so wie ich das angeordnet hatte. Allmählich wanderten Scheine über den Tresen. dreißigtausend hatten wir schon, dann vierzigtausend. Keiner kam herein, keiner versuchte irgendwelche Tricks, und dann hatten wir die ersten fünfzigtausend, und Hans-Dieter schob alles in seine Aktentasche.

Aber alles dauerte viel zu lange. Allmählich merkte ich, dass diese Bankmenschen unruhig wurden. Sie standen nicht mehr ganz so still da, nahmen die Hände schon mal halb runter und starrten nicht mehr dauernd auf die Pistole. Hans-Dieter hat das natürlich auch gemerkt; er hat also noch einmal mit dem Ballermann herumgewedelt und gebrüllt, dass sie ja nicht glauben sollten, dass die Polizei kommen und sie hier raushauen würde. Er habe schon zwei Bullen umgelegt, sagte er, und auf ein paar lausige Banker komme es ihm überhaupt nicht an. Alles gelogen, aber da nahmen sie die Hände wieder höher. Vielleicht klappte ja doch noch alles, habe ich gedacht.

Und da passierte es. Plötzlich flog die Tür auf, und zwei Bullen stürmten mit gezogener Pistole in die Bank, ein Mann und eine Frau, und Hans-Dieter hatte schon seinen Ballermann weggeworfen und die Hände in der Luft, bevor überhaupt jemand »Hände hoch!« schreien konnte. Wir wurden also entwaffnet, Handschellen klickten, die Tasche mit der Beute wurde inspiziert, und damit waren wir am Ende. – Stutzig bin ich erst geworden, als der eine Bulle zu den Bankern gesagt hat: »Bitte gedulden Sie sich einen Moment, bis die Kollegen kommen. Die beiden Verbrecher werden gleich abgeholt!« Irgendwie kam mir der Typ bekannt vor und die Frau auch, dabei verkehrten wir sonst nicht mit Polizisten. Jedenfalls schnappte der, der gesprochen hatte, sich die Tasche mit dem Geld, und weg waren die beiden.

Mir blieb der Mund offen stehen. – »Eh, halt! Das sind ja gar keine echten Bullen!«, schrie der Hans-Dieter plötzlich los; das war den Bankleuten wohl auch inzwischen klar geworden, aber zu spät. Und wir saßen in der Tinte. Denn die Handschellen waren jedenfalls echt; da gab es keinen Zweifel. Hans-Dieter hat geflucht wie ein Seemann, aber das half nichts. Eine Viertelstunde später kam dann die richtige Polizei, mit Tatütata. Die Jungs haben sich auch halb schlapp gelacht, genau wie die Bankleute zuvor, aber dann haben sie uns mit auf die Wache genommen. So kam ich dann in den Knast nach Santa Fu.

Die Sigrid hat sich erst natürlich ziemlich aufgeregt, als sie von der ganzen Geschichte gehört hat. Aber das Kleid, das hat sie sich dann doch noch gekauft. Und obendrein noch die Wohnung renovieren lassen. Jetzt brauche sie ja erst mal nicht mehr für meinen Lebensunterhalt mit aufzukommen, und da spare man viel Geld, hat sie gesagt. Auch kam der Kurt jetzt öfter vorbei. Der war immer gut drauf, hatte auch ein neues Auto, einen Porsche. Und offenbar ließ der auch keine Nussschalen auf dem Teppich liegen. Jedenfalls hat die Sigrid wenig später die Scheidung eingereicht.

Ich weiß nicht, ob Sie schon mal im Knast gewesen sind, aber da ist es jedenfalls nicht unbedingt so, dass man immer ein Einzelzimmer bekommt. Auf diese Weise lernt man interessante Leute kennen. Ich musste die Zelle mit einem gewissen Frank Weber teilen, einem ganz nervösen Typ. Die meiste Zeit ging er unruhig in der Zelle auf und ab. Drei Schritte hin, Kehrtwendung, drei Schritte zurück, Kehrtwendung, und so weiter. Er war ein Bankräuber, genau wie Hans-Dieter und ich. Allerdings gab es ein paar kleine Unterschiede. Ein Unterschied bestand darin, dass sein Überfall geklappt hatte. Er hatte den Tresor leergeräumt. Ein zweiter Unterschied war, dass Frank den Kassierer erschossen hatte. Zwanzig Jahre hatte er dafür bekommen.

»Aber die Beute, die habe ich in Sicherheit gebracht«, brüstete er sich. »All das Gold. Alles gut versteckt. Und niemand weiß wo.«

»Wo?«, fragte ich.

Er lachte mich aus.

Frank mochte niemandem erzählt haben, wo er seine Beute vergraben hatte, aber er schlief unruhig – und manchmal redete er im Schlaf. Das Meiste davon unverständliches Zeug. Manchmal aber auch Satzfetzen, wie zum Beispiel: »das ganze Gold – so entsetzlich schwer – im Wald natürlich, das ist doch klar …« Ich wartete darauf, dass er irgendwann mehr ausplaudern würde, aber ich wartete vergeblich.

Ich bezweifelte, dass er in zwanzig Jahren noch genau wissen würde, wo sein Gold lag. In zwanzig Jahren konnte eine Menge passieren. Und das menschliche Gedächtnis war nicht unfehlbar. Ob Frank sich deshalb diese siebenstelligen Zahlen auf den Arm hatte tätowieren lassen? Ich hatte keine Schwierigkeiten damit, mir längere Zahlen zu merken.

Am Ende wurde er in eine andere Zelle verlegt.

Ich hatte drei Jahre Zeit, mir zu überlegen, was ich als gescheiterter technischer Zeichner und gescheiterter

Bankräuber mit meinem weiteren Leben anfangen wollte. Inzwischen war ich mir absolut sicher, dass Sigrid und Kurt die beiden falschen Polizisten gewesen waren. Ich malte mir alle möglichen Methoden aus, mit denen ich mich an ihnen rächen würde. Ich verwarf sie eine nach der anderen. Am Ende stand mein Entschluss fest. Ich würde mich auf das Wesentliche konzentrieren, auf das Geld.

Nach meiner Entlassung aus dem Gefängnis habe ich lange überlegt, ob ich es wirklich tun sollte. Ich stellte mir alle möglichen Schwierigkeiten und Komplikationen vor. Aber die Geschichte war am Ende sehr einfach. Ich habe morgens vor dem Haus gewartet, bis Kurt und Sigrid zur Arbeit gegangen waren, dann bin ich die Treppe hinaufgegangen und habe den Schlüssel in das Schloss gesteckt. Er passte nicht. Nein, er passte doch. Ich war nur beim ersten Versuch zu nervös, hatte den Schlüssel verkantet. Ich öffnete die Tür und trat ein.

Wenn ich nicht gewusst hätte, dass dies einmal meine Wohnung gewesen war – ich hätte sie nicht wiedererkannt. Die beiden hatten alles vollständig renoviert. Die guten alten Eichenmöbel im Wohnzimmer waren verschwunden. Die Glasfronten der neuen Küche leuchteten in Smaragdblau. Das Glas war allerdings nicht durchsichtig, sodass ich alle Klappen öffnen und alle Schubladen ziehen musste, bis ich die große Dose mit dem Mehl gefunden hatte. Wir hatten unsere Ersparnisse immer im Mehl aufbewahrt. Wenn wir welche hatten. Und natürlich war ich mir nicht sicher, ob Sigrid und Kurt irgendetwas gespart hatten. Ich schüttete den Inhalt der Dose auf den Tisch. Sigrid hatte den alten Brauch beibehalten. Ich fand einen Frischhaltebeutel mit zwölftausend Euro. Mehr war also nicht übrig geblieben von den fast sechzigtausend, die wir erbeutet hatten und die Sigrid und Kurt uns als falsche Polizisten abgeluchst hatten. Ich steckte das Geld ein, schrieb auf einen Zettel: »Den Rest hole ich mir später!«, verpackte alles wieder so, wie es gewesen war, und sah mich in der Wohnung um.

Im Schlafzimmer fiel vor allem der gewaltige Feng-Shui-Spiegel auf. In dem konnte ich mir dabei zusehen, wie ich die Nachttischchen durchsuchte. Auf Sigrids Seite fand ich verschiedene Packungen mit Schlaftabletten. Kurt hatte dagegen seine Autoschlüssel im Nachttisch aufbewahrt. Sehr vernünftig von ihm, die öffentlichen Verkehrsmittel zu benutzen, anstatt mit dem Porsche zur Arbeit zu fahren. Und die Kreditkarte brauchte er auf der Arbeit auch nicht. Ich steckte beides ein.

Der Porsche stand in derselben Tiefgarage, in der wir früher unseren Opel geparkt hatten. Der Wagen war vollgetankt. Besser ging es nicht. Ich wollte reisen. Einen Moment lang erwog ich, jetzt sofort loszufahren, aber ich verwarf den Gedanken. Das Geld würde nicht reichen für das, was ich vorhatte. Aber wozu hatte ich mich schließlich auf Kosten des Arbeitsamtes zum Grafiker umschulen lassen? Ich nahm das Geld, das ich erbeutet hatte, und kaufte mir davon eine Druckerpresse.

Alte Freundschaft

Nicht alles im Leben geht so glatt, wie man sich das so vorstellt. Ich starrte auf den Kerl, der im Treppenhaus vor meiner Wohnungstür auf mich gewartet hatte. Tobias war alt geworden, seit wir uns zuletzt gesehen hatten. Und fett. Zu wenig Bewegung. »Komm rein!«, sagte ich mechanisch. Ich wusste, das war ein Fehler. Aber was hätte ich sonst sagen sollen?

Tobias fiel mir um den Hals. »Du bist ein wahrer Freund! Ich wusste, dass du mich nicht im Stich lässt.«

»Schon gut.« Ich war peinlich berührt, denn Freunde waren wir eigentlich nie gewesen. Weder auf der Schule noch später bei der Ausbildung. Tobias hatte sich gar nicht erst bei irgendwelchen Firmen beworben, sondern sich gleich als Einbrecher versucht, und dabei hatten sie ihn dann erwischt. Das wäre nicht so schlimm gewesen, wenn nicht bei seinem letzten Einbruch der Architekt, dem der Bungalow gehörte, zu Hause gewesen wäre. Bei der anschließenden Prügelei hatte Tobias den Kürzeren gezogen. Aber anstatt sich einfach festnehmen zu lassen, hatte er zur Pistole gegriffen und geschossen.

»Setz dich! Ich muss mal eben telefonieren«, sagte ich. »Falls du was zu trinken suchst – steht alles im Kühlschrank.«

Ich musste unbedingt Birte warnen. Ich ging ins Schlafzimmer, wo Tobias mich nicht hören konnte. Ich wählte Birtes Nummer, vertippte mich, wählte noch einmal. Ich ließ es endlos lange klingeln, aber Birte ging nicht ran.

Als ich zurückkam, schenkte sich Tobias gerade einen Gin ein. Nach dem Füllstand der Flasche zu urteilen, musste es schon der fünfte oder sechste sein.

»Kommst du direkt aus dem Knast?«, fragte ich. Ich war in Sorge. Ich hatte es zwölfmal läuten lassen; Birte war nicht rangegangen. »Heute entlassen?« Ich bemühte mich, locker zu bleiben. Er konnte nicht entlassen worden sein; selbst bei bester Führung nicht – den toten Architekten würden sie ihm so schnell nicht verziehen haben.

Tobias schüttelte den Kopf. »Quatsch! Ich bin natürlich abgehauen. Die können mich nicht festhalten, wenn ich wirklich wegwill …«

»Natürlich.«

»Die hätten mich auch nie gekriegt damals. – Lag nur am Auto.«

»Was denn für ein Auto?«

»Das Fluchtauto natürlich. Damit bin ich in die Verkehrskontrolle geraten. Kurz vor den Elbbrücken. Ich hatte Birte das Geld übergeben, und dann wollte ich nur noch rasch den Wagen loswerden – ja, und da haben sie mich gekrallt.«

»Mit dem geklauten Wagen.«

»Ja. Und mit der Pistole.« Er erzählte mir die ganze Geschichte. Langatmig und verworren. Er war inzwischen stark angetrunken. »Ich muss ins Ausland«, nuschelte er.

Ich nickte. Und dann, als ich schon fast glaubte, ihn mit einer Fahrkarte nach Kopenhagen schnell und billig wieder loszuwerden, fragte er unvermittelt: »Sag mal, die Birte, – du weißt nicht zufällig, wo die Birte steckt?«

»Keine Ahnung.« Eigentlich trank ich tagsüber keinen Gin, aber auf den Schreck wollte ich mir jetzt doch einen einschenken. Zu spät. Die Flasche war leer.

»Keine – keine Ahnung?«, lallte er. »Aber früher ... früher da hattet ihr doch immer Kontakt.«

Ich schüttelte den Kopf. »Schon lange nicht mehr.« Ich stand auf.

»Wo ... wo läufst du denn immer hin?«

»Entschuldige, ich muss noch mal telefonieren.« Als ich gleich darauf ins Wohnzimmer zurückkam, war Tobias auf dem Sofa eingeschlafen.

Wir trafen uns im Harburger Stadtpark. Da, wo früher der Kinderspielplatz war, wo die Jungs immer in das hölzerne Rettungsboot gepinkelt haben. Als ich ankam, saß Birte schon auf der Bank und rauchte.

»Ich denke, du rauchst nicht mehr?«

Birte sah mich an. »Lass die Scherze«, sagte sie. »Ich hab Schiss, Jürgen.« Ihre Stimme zitterte.

»Wird schon gut gehen.«

Sie schüttelte den Kopf. »Du hast ja keine Ahnung. Der Tobias – der ist brutal, der geht über Leichen.«

»Wir sind doch Schulfreunde«, sagte ich, um sie zu beruhigen.

»Schöner Freund. – Die Narbe auf meinem Bauch – du kennst doch die Narbe auf meinem Bauch?«

»Klar.« Wer Birtes Bauch kannte, musste auch die Narbe kennen. Eine etwas verunglückte Blinddarmoperation, hatte ich immer gedacht.

»Das war Tobias mit dem Küchenmesser. Einfach ausgerastet ist er. Und praktisch wegen nichts. Natürlich hat es ihm hinterher leidgetan, aber da lag ich schon im Mariahilf in der Notaufnahme. Wenn der das hier erfährt …«

»Das erfährt er nicht«, sagte ich. »Warum tauchst du nicht einfach für ein paar Wochen irgendwo unter?«

Birte lachte. »Wo denn zum Beispiel? Bei Barbara vielleicht? Oder bei Jenny?«

Ich schüttelte den Kopf. Das ging nicht, die redeten zu viel. Außerdem lag die Freundschaft der Mädchen auf Eis, seit Birte nicht mehr als Arzthelferin arbeitete und keine gefälschten Rezepte mehr ausstellen konnte. Nein, wir brauchten eine radikalere Lösung. »Tobias muss verschwinden. So schnell wie möglich. Und wenn ich ihn erschlagen muss!«

Birte sah mich an. »Das würdest du tun?«

»Klar, wenn es sein muss.« Hoffentlich nicht! Ich hatte das nicht ernst gemeint, aber Birte schien mich beim Wort nehmen zu wollen. »Wahrscheinlich erwischen die Bullen ihn sowieso bald.«

»Ja, vielleicht. – Aber nimm dich in Acht, Jürgen! Er hat eine Pistole!«

»Er sagt, die haben ihm die Bullen abgenommen.«

Sie sah mich an. »Manchmal lügt er auch, Jürgen! – Und er ist zu allem fähig.«

Eine kleine Kostprobe davon, wozu Tobias fähig war, sollte ich noch am selben Abend bekommen. Als ich zurückkam, war er weg. Doch während ich noch überlegte, wo mein Besucher wohl hin sein könnte, stürzte er auch schon zur Tür herein, völlig außer Atem. »Die beiden Fünfziger – also die waren falsch!«

Den Blick auf meinen Schreibtisch hätte ich mir sparen können. Natürlich hatte Tobias die Scheine genommen, die da herumgelegen hatten. Meine Scheine. Probedrucke, auf Normalpapier.

»Hat dich jemand erkannt?«, fragte ich.

Der Dicke schüttelte den Kopf. »Bestimmt nicht! – Wo hast du die Dinger denn her?«

»Keine Ahnung. Wahrscheinlich von Aldi. Oder Penny, das kann auch sein. – Und die sollen falsch gewesen sein?«

Ich weiß nicht, ob er mir meine Ahnungslosigkeit abgekauft hat. Jedenfalls hat er nicht weiter nachgefragt.

»Wo sie wohl steckt, die Alte?« Tobias tigerte im Wohnzimmer auf und ab. »Ihre Wohnung ist aufgelöst. Keiner weiß, wo sie hin ist.«

»Lass doch die alten Geschichten.« Er machte mich ganz nervös. Konnte er denn nicht akzeptieren, dass sie weg war? »Du kannst doch nicht glauben, dass die Birte jahrelang dasitzt und auf dich wartet! Schließlich ist sie ja nicht deine Frau.«

»Na und? Jedenfalls muss ich sie finden. Wo sie doch das ganze Geld für mich verwahrt hat.«

»Für dich verwahrt? So blöd kannst du doch wohl nicht sein, Tobias.«

»Was soll das heißen?« Er starrte mich drohend an.

Ich musste aufpassen, was ich sagte. »Das macht man nicht in der Wirtschaft. Geld muss arbeiten!«

Das ließ er nicht gelten. »Bei mir nicht. Bei mir braucht keiner zu arbeiten. Ich nicht und die Birte nicht und mein Geld auch nicht. – Aber jetzt brauche ich das Geld. Ich brauche jede Menge Geld!«

»Ich kann dir nicht helfen«, sagte ich. Das fehlte noch, dass dieser Schwachkopf mit unseren schönen Blüten loszog.

Tobias packte mich am Kragen. »Doch, du kannst mir helfen. Wir drehen nämlich ein Ding zusammen.«

Ich schüttelte den Kopf.

Er packte fester zu. »Nur wir beide. Todsichere Sache. Ich habe da einen Tipp gekriegt ...«

»Lass los! Wenn du mich erwürgst, kann ich nicht mehr mitmachen«, keuchte ich.

»Nix für ungut. War nur Spaß. Wir sind doch schließlich Freunde!«

Und so geriet ich unversehens immer tiefer in die Tinte. Sollte ich mich etwa mit diesem Kerl anlegen? Selbst wenn er vielleicht keine Pistole hatte – er hätte mich ohne Mühe erwürgen können. Jetzt waren wir unterwegs zu unserem ersten gemeinsamen Unternehmen. Die Sache gefiel mir nicht. Beste Wohngegend zwar, aber das Haus sah so unscheinbar aus, und der Rasen, der war frisch gemäht. Sicher war der Besitzer zu Hause. Ich sah mich besorgt um und fasste schließlich Tobias am Ärmel. »Das kann doch nicht richtig sein!«

»Doch, natürlich ist das richtig. Nummer achtundsechzig. Da wohnt der Kerl. Chefarzt. Ist für zwei Monate in die Karibik, sagen die Kumpel.«

»Und wie heißt der Typ noch mal?«

»Sempert.«

»Hier steht Breuer.« Ich wies auf das Namensschild an der Pforte.

Tobias zuckte mit den Achseln. »Sicher vom Vormieter.«

»Bist du dir sicher, dass deine Kumpels das nicht irgendwie durcheinander gekriegt haben?«

»Natürlich bin ich mir sicher. Achtundsechzig.« Tobias stieß die Pforte auf, ging forschen Schrittes auf die Haustür zu und läutete. Nichts rührte sich.

»War es nicht vielleicht die Sechsundachtzig?«, fragte ich.

Tobias beachtete mich nicht. Er schlug mit der Faust gegen die Tür. Die kleine Glasscheibe zerklirrte; Tobias fluchte; er hatte sich geschnitten. Auf dem Flur ging das Licht an, und man hörte das wütende Bellen eines großen Hundes.

Was soll ich sagen – wir haben es nur knapp geschafft. Quer durch die Gärten, der Typ mit dem Hund immer hinter uns her. Zum Glück war das Viech angeleint. Aber wenn nicht gerade der 141er-Bus gekommen wäre, hätte der Köter uns am Ende doch noch erwischt.

Am nächsten Morgen schlief Tobias lange; danach machte er sich wieder auf die Suche nach seiner verschwundenen Freundin. Sobald er aus dem Haus war, rief ich Birte an. Ich wusste, Tobias würde eine Kneipe nach der anderen abklappern, ohne Erfolg natürlich, überall ein, zwei Bierchen trinken und schließlich am späten Nachmittag sturzbetrunken zu mir nach Hause wanken. Wenn er nicht vorher geschnappt wurde. Wir hatten also viel Zeit.

Ich hatte vorgeschlagen, dass wir Tobias' Sachen durchsuchen sollten, aber Birte hatte andere Vorstellungen von der Gestaltung des Vormittags.

»Seine Sachen können wir uns immer noch ansehen«, sagte sie. »Komm mit ins Bett, wir nutzen die günstige Gelegenheit!«

Am Ende sind wir beide eingeschlafen.

Als ich aufwachte, war es schon früher Nachmittag. Ich deckte Birte zu, zog mich leise an und machte mich daran, die Sachen unseres ungebetenen Gastes zu durchsuchen. Viel hatte er ja nicht dabei. In seiner Aktentasche fand ich tatsächlich die Pistole. Hatte er mich also doch angelogen. Zum Glück war das Ding nicht geladen. Daneben steckte eine zerknüllte Zeitung. Es war das *Abendblatt* vom Vortag. Meine Zeitung. Er musste sie von der Fußmatte eingesammelt haben. Als ich einen Blick auf die Titelseite geworfen hatte, wusste ich auch warum. *Dreister Falschgeld-Gangster nach spektakulärer Flucht entkommen!* lautete die Schlagzeile, und das Foto zeigte unverkennbar Tobias, wie er mit irrem Blick aus dem Kaufhaus stürzte. Den Wachmann im Hintergrund hatte er offenbar mit einem Faustschlag zu Boden gestreckt; die Zeitung schrieb, der Mann habe bei Redaktionsschluss das Bewusstsein noch nicht wiedergewonnen.

So weit, so gut. Der Dicke war fotografiert worden; es war nur noch eine Frage von Stunden, bis er identifiziert und festgenommen war. Wir würden ihn nie wiedersehen. Das hoffte ich jedenfalls, aber plötzlich flog die Wohnungstür auf, und Tobias wankte herein.

»Hallo, Jürgi, es gibt was zu feiern!«, lallte er. »Ich weiß jetzt endlich, wo sie steckt, die Schlampe!«

Ich war mir sicher, dass er das nicht wusste. Egal. Ich schloss die Schlafzimmertür. Zwei Flaschen Champagner hatte Tobias mitgebracht. Er öffnete die erste mit Bravour. Der Korken knallte gegen die Decke, der Champagner spritzte durchs Zimmer, und die beiden Bierhumpen liefen über. Das würde Ringe auf der Tischplatte geben.

Womöglich wäre alles ganz anders gekommen, wäre nicht in diesem Augenblick Birte hereingekommen. Unglücklicherweise kam sie nicht vom Treppenhaus – das wäre schon schlimm genug gewesen –, sondern sie kam aus meinem Schlafzimmer; und sie war obendrein noch nackt. Sie rieb sich die Augen; der Lärm im Wohnzimmer hatte sie wohl aufgeweckt.

Ich hatte das Gefühl, Tobias war auf einen Schlag nüchtern. Er setzte das Glas ab, riss die Schublade auf und griff sich ein Brotmesser. Birte kreischte. Ich nahm den Champagner und schlug Tobias die volle Flasche mit aller Wucht über den Schädel. Die Flasche blieb heil; Tobias nicht. Er ging lautlos zu Boden und rührte sich nicht mehr.

Birte ging in die Knie und fühlte seinen Puls. »Der ist hin!« sagte sie. Sie war ja Arzthelferin, sie musste es wissen.

»Und was machen wir jetzt?«, fragte ich. Meine Stimme zitterte.

»Der muss in den Kühlschrank. So können wir den nicht trinken.« Sie meinte den Champagner.

Ich zeigte auf Tobias. »Sollen wir ihn vielleicht im Garten vergraben, oder was?« Ich war in Panik. Ich hatte schließlich noch nie einen Menschen erschlagen.

Birte war die Ruhe selbst. »Beerdigungsunternehmen«, sagte sie. »Steht alles im Branchenbuch. Die regeln das für uns.«

»Aber doch nicht in einem solchen Fall ...«

»Doch, natürlich.«

Birte hatte recht. Alles, was wir brauchten, war eine Sterbeurkunde. Der sogenannte Totenschein. Kein Problem, sagte Birte. Einen Totenschein zu fälschen, sei viel einfacher als eine Banknote. Den prüfte keiner unter ultraviolettem Licht oder guckte nach, ob das Wasserzeichen auch stimmte.

Damit waren wir fürs Erste alle Sorgen los. Jedenfalls glaubte ich das. Es stellte sich sehr rasch heraus, dass Birte damit alle Sorgen los war – und ich war Birte los. Nachdem ich ihren Tobias aus dem Weg geräumt hatte, packte sie ihre Sachen und verschwand aus meinem Leben. Aber das machte nicht viel. Ich druckte so viel Geld, wie ich brauchte. Dann versenkte ich die Druckerpresse im Seehafen, holte den Porsche aus der Tiefgarage, er war jetzt grün und hatte ein neues Kennzeichen. Ich verkaufte den Wagen in Hamburg an einen Ausländer, der mir bündelweise kleine Scheine hinblätterte, und dann fuhr ich an die Nordsee, so wie ich es geplant hatte.

Zimmer frei!

Föhr war vielleicht nicht die aufregendste Nordsee-Insel, aber mein Bedarf an Aufregungen war fürs Erste gedeckt. Schon am zweiten Urlaubstag sah ich, dass ein kleines Speiselokal mitten in Wyk zum Verkauf stand – und das zu einem lächerlichen Preis. Gut, dass ich genügend Euros gedruckt hatte. Ich hätte alles in bar bezahlen können, aber um nicht zu sehr aufzufallen, wickelte ich die Transaktion über mein Girokonto ab. Als alles geregelt war, rief ich Hans-Dieter an, der inzwischen auch aus dem Knast entlassen war, und fragte ihn, ob er bei mir als Kellner anfangen wolle.

»Kommt nicht infrage!«, sagte er.

»Kellner auf Föhr! Für dich als alten Föhrer sollte das doch ein Traumjob sein!«

»Na gut, aushilfsweise«, brummte er. Aber jedenfalls kam er, und er blieb.

Das Geschäft begann vielversprechend. Aufgrund unserer günstigen Preise war unsere *Föhrer Weinstube* nach kurzer Zeit ausgebucht. Einer unserer ersten Gäste war der Herr Professor Hasso von Lohbergen aus Hamburg. Der verbrachte seine Ferien hier bei uns auf

Föhr. Er war sehr zufrieden. Er würde sogar gern noch um ein paar Wochen verlängern, aber wir waren ausgebucht jetzt in der Hauptsaison. – Nein, der Herr Professor war kein Weintrinker.

Wir hatten nichts gegen Biertrinker. Zufriedene Biertrinker waren uns hundertmal lieber als irgendwelche Banausen, die an unserem Wein herummäkelten. Wie zum Beispiel dieser Krause, dieser Lehrer aus Bochum. Auch nicht gerade die beste Weingegend, wenn Sie mich fragen. Aber der hat sich aufgeführt, als ob er der größte Experte wäre.

»Ich habe mir Ihren Keller angesehen, Herr Ehlers«, hat er gesagt, laut, dass jeder ihn hören konnte. »Da sollte sich mal die Gewerbeaufsicht drum kümmern!«

Also, der Keller, das war nun wirklich unser Heiligtum. Der Weinkeller einer Weinstube. Da darf keiner rein. Was denn, an alte Eichenfässer denken Sie und an endlose Regale mit verstaubten Flaschen, eine köstlicher als die andere? … Ich sehe schon, Sie waren noch nie im Weinkeller eines Speiselokals. Da stand unser Computer, ein Scanner, ein teurer Drucker für die richtigen Etiketten. Fachliteratur, damit wir wussten, was gut und teuer war. Drei, vier Kisten Weißwein und Rotwein, außerdem leere Flaschen, ein Trichter und ein Messbecher für den Fall, dass einer Rosé wollte. Und natürlich so Dinge wie Ascorbinsäure und Glykol zur Verfeinerung des Geschmacks. Aber das musste niemand wissen, diesen technischen Kram. Das störte nur beim Genuss. Wie sagte Hans-Dieter immer: »Never look into a Chinese kitchen!« Und Hans-Dieter war viel rumgekommen in der Welt, der wusste, wovon er sprach!

Wenn Sie mal auf Föhr gewesen sind, dann haben Sie sicher die großen Walknochen gesehen, die vor dem Friesenmuseum in Wyk standen. Waren inzwischen ein bisschen angenagt vom Zahn der Zeit, aber immerhin. Früher standen solche Knochen vor vielen Häusern auf Föhr. Der Walfang hatte die Insel reich gemacht. Und Hans-Dieter war einer der letzten Walfänger. Hatte für die Norweger gearbeitet. Das war, noch bevor er bei *Blohm & Voss* angefangen hatte. Das Letzte, was er damals harpuniert hatte, das war ein Schlauchboot von Greenpeace gewesen. Die Jungs sind ihm im letzten Moment in die Quere gekommen. Ist zum Glück nichts weiter passiert, niemand verletzt worden, und den Wal hatte er trotzdem am Haken. Aber das hatte ihm doch gewaltig zu denken gegeben. Da hatte er dann den Job aufgegeben.

Natürlich hatte Hans-Dieter gleich alles durchsucht, kaum dass dieser Lehrer sein Zimmer bezogen hatte. Wir machten das immer so. Man wollte ja schließlich wissen, wen man sich da ins Haus holte. Gefunden hatte Hans-Dieter nichts. Jedenfalls nichts, was sich gegen den Kerl verwenden ließe. Einige Packungen Präservative. Und mehrere Stapel zum Teil korrigierter Klassenarbeiten. *Ungenügend! Mach nur so weiter!*, hatte er einem der Schüler unter den Aufsatz geschrieben. *Es wird böse enden!* Hatte sich beim Abschreiben erwischen lassen, der Trottel.

»Das Schlimmste, was der jemals gemacht hat, ist wahrscheinlich Falschparken«, vermutete Hans-Dieter.

Ich war nicht so überzeugt. Wahrscheinlich betrog er mindestens auch die Steuer. Obwohl da für einen Lehrer wohl nicht allzu viel zu holen war. Aber das passte zu ihm. Korinthenkacker. Die Kurtaxe hatte er jedenfalls nicht gezahlt. Das Anmeldeformular lag am Vortag noch unausgefüllt auf seinem Nachttisch.

»Geh doch noch mal hoch und guck genauer nach«, sagte ich. »Da ist bestimmt irgendwas, das du übersehen hast!« ... Zum Glück war wenigstens der Professor nicht in der Gaststube, als der Lehrer seinen großen Auftritt hatte. Gewerbeaufsicht, das hätte uns gerade noch gefehlt.

Fünf Minuten später kam Hans-Dieter zurück. »Alles klar«, sagte er. »Der ist tot.«

Ich legte erschrocken den Finger auf die Lippen. Zum Glück war die Gaststube fast leer, und Hans-Dieter hatte seinen Satz so gleichgültig dahergesagt, als wäre das die natürlichste Sache von der Welt.

»Hans-Dieter«, sagte ich. »Ich glaube, du hast mich da etwas missverstanden. Ich hab nur gesagt, dass wir Schwierigkeiten mit diesem Herrn haben und dass wir uns darum kümmern müssen, aber du hättest deshalb doch nicht gleich ...« Das war das Problem bei Hans-Dieter: Er konnte seine Kräfte manchmal nicht richtig einschätzen.

Hans-Dieter zuckte mit den Schultern. »Ich hab nichts gemacht.«

Ich warf einen raschen Blick auf unsere Gäste. Es sah nicht so aus, als ob in den nächsten Minuten jemand einen Wunsch haben würde. »Komm mit«, sagte ich.

Die Nummer zwölf lag nach hinten raus. Eines der Zimmer, die wir noch nicht renoviert hatten. Daher etwas billiger als die anderen; und aus dem Grund hatte der Lehrer es sich wohl auch ausgesucht. Und nun war er tot.

»Polizei?«, fragte Hans-Dieter.

Ich schüttelte den Kopf. Natürlich hätte ich jetzt direkt 110 anrufen können. Oder vielleicht den Herrn Professor von Lohbergen ansprechen, der da bei seinem Bier saß, in der Zeitung las und ab und zu aus dem Fenster schaute, ob es nicht vielleicht mal aufhören wollte zu regnen. Der war Jurist, vielleicht hätte der uns weiterhelfen können. Aber ein Toter, das war immer schlecht fürs Geschäft. Da musste jeder Schritt genau überlegt werden. Wenn das an die Öffentlichkeit kam, dann sollte vorher alles geklärt sein. Nicht irgendeine Fortsetzungsgeschichte, bei der die Presse darüber spekulierte: War es der Gastwirt? War es der Kellner? Das bleibt nicht aus bei solch einem Toten. Ich hatte noch nicht allzu viele Tote gesehen in meinem Leben, aber wenn einer so zusammengekrümmt dalag, neben dem Bett, blau im Gesicht, die Hände in den Teppich gekrallt, dann dachte ich natürlich an Gift.

»Glaubst du, er hat sich umgebracht?«, fragte Hans-Dieter.

Ich schüttelte den Kopf. Es gab keinen Abschiedsbrief. Und zwei Schnapsgläser standen auf dem Nachttisch. Er hatte Besuch gehabt. Damenbesuch. Ein zarter Hauch von Parfum hing in der Luft.

Eigentlich war alles klar. Seine Frau natürlich. Hans-Dieter wusste schon, dass sie Simone hieß. Er hatte sich den Trauring genauer angesehen. Der Lehrer hatte ihn im Zimmer gelassen, als er abends ausgegangen war. Klar, dass der Kerl Anschluss gesucht hatte. Wer fuhr schon allein nach Föhr, wenn er glücklich verheiratet war? Er war abends immer lange weggeblieben. Die letzten zwei Tage überhaupt erst zum Frühstück zurückgekommen. Unwahrscheinlich, dass irgendeine Urlaubsbekanntschaft ihn umgebracht hatte. Dann schon eher seine eifersüchtige Gattin.

Hans-Dieters Anruf bei der Kurverwaltung ergab, dass Simone Krause im Hotel *Rosenhof* wohnte. Sie war vor zwei Tagen angekommen und wollte angeblich bis Sonntag bleiben. Was denn, Datenschutz? Von solchem Tütelkram halten wir nicht viel hier auf der Insel. Wir kannten uns doch schließlich alle gegenseitig und hielten zusammen.

»Dann müssen wir der Dame wohl mal einen Besuch abstatten«, sagte Hans-Dieter.

Wir hatten vorgehabt, die Frau Krause ein kleines bisschen in die Mangel zu nehmen und sie dann unserem Ortspolizisten sozusagen auf einem silbernen Tablett zu servieren. Vielleicht würde er dann eher befördert, bekäme eine höher dotierte Stelle in Kiel, und wir wären ihn los. Keine Frage, dass die Frau ein volles Geständnis ablegen würde. Hans-Dieter war Spezialist für freiwillige Geständnisse. Man brauchte ihn eigentlich nur anzugucken, und schon gab man alles zu, was man jemals verbrochen hatte. Was man nicht verbrochen hatte auch. Dabei war Hans-Dieter wirklich eine Seele von Mensch, aber das wusste ja nicht jeder. Und dass seine Hände immer ein bisschen zitterten seit diesem Greenpeace-Zwischenfall, das sah man auch nicht gleich.

Aber nun kam alles ganz anders. Frau Krause war in ihrem Zimmer, ganz wie erwartet. Wir kamen auch kein bisschen zu früh, denn sie war schon beim Packen. Aber sie war auch am Heulen, und damit hatten wir nicht gerechnet.

»Er war solch ein Schwein!«, schluchzte sie.

Sie erzählte uns alles. Ihr Mann hatte sie nach Strich und Faden belogen und mit allen möglichen Frauen betrogen. Und als sie ihm nach Föhr nachgereist war, um ihn zur Rede zu stellen, da hatte er sie grün und blau geschlagen. Sie zeigte uns die Stellen. Hans-Dieter zog die Augenbrauen hoch, als die Frau sich quasi vor uns auszog. Es stimmte, sie hatte gewaltige blaue Flecken. Aber sie war auch eine sehr hübsche Frau, jünger als ihr Mann und deutlich jünger als Hans-Dieter oder ich.

»Ich gebe alles zu …«, sagte sie.

»Nein, nein«, unterbrach sie Hans-Dieter. »Das bringt doch nichts!«

Doch. Zwanzig Jahre würde das bringen, das stand mal fest. Blaue Flecken her oder hin. Denn das mit dem Gift, das war ja keine spontane Tat gewesen. Das hatte sie von längerer Hand vorbereitet. Wahrscheinlich das Zeugs schon von zu Hause mitgebracht. Das würde man ihr vor Gericht übel ankreiden, fürchtete ich.

»Mein Gott, da muss man doch irgendetwas machen können!« Hans-Dieter sah jetzt mich an; Frau Krause hatte sich inzwischen wieder angezogen.

Ich überlegte. Der Walfänger war wirklich ein sentimentaler Kerl. Aber warum schließlich nicht? Wenn es sich mit dem Geschäft vereinbaren ließ. Ich fragte: »Weiß jemand, dass Sie Urlaub auf Föhr machen wollten?«

Sie schüttelte den Kopf.

»Und – das ist jetzt wichtig: Brauchen Sie Ihren Mann noch?«

»Wie – brauchen?« Sie sah mich verständnislos an.

»Die Leiche meine ich. ... Lebensversicherung, Rente oder irgend so etwas? – Oder könnte er einfach ... verschwinden?«

»Ich brauche seine Pension nicht«, behauptete sie trotzig. Sie sei finanziell unabhängig. Und eine Lebensversicherung gebe es auch nicht.

Also doch schlecht geplant. Aber das machte es für uns viel einfacher. »Hans-Dieter, wir haben doch sicher noch Platz in unserer Kühltruhe ...«

»Das würden Sie wirklich für mich tun?« Frau Krause begriff sofort, was wir im Sinn hatten. Sie strahlte Hans-Dieter an, dass der ganz rot wurde. Schließlich trat sie auf ihn zu und gab ihm einen Kuss, ganz zart. Und Hans-Dieter packte sie mit seinen großen Pranken und drückte sie an sich. »Au!«, schrie sie auf, dass er sie erschrocken wieder losließ. »Die blauen Flecken!«, fügte sie entschuldigend hinzu.

Tja, so kam es, dass bei uns mitten in der Saison überraschend ein Zimmer frei wurde und dass der Professor von Lohbergen seinen Urlaub um eine Woche verlängern konnte. Vielleicht schien dann ja die Sonne.

Von Lohbergen strahlte. »Ach, wissen Sie, Herr Ehlers, heute könnte ich mir zur Feier des Tages doch einmal einen trockenen Weißwein gönnen ...«

»Selbstverständlich, Herr Professor!« Hans-Dieter zog die Augenbrauen hoch, aber das konnte der Professor nicht sehen. Er war in das Studium der Weinkarte vertieft.

»Hm, ja. *Würzburger Domspital,* den 2006er, den hätte ich gern!«

»Sehr wohl, Herr Professor, das ist wirklich ein guter Tropfen!« Null Komma sieben Liter für fünfunddreißig Euro. Fast geschenkt.

Wir traten ab. Würdevoll, mit gemessenen Schritten. Kaum waren wir außer Sichtweite, wurden wir aktiv. Natürlich hatten wir keinen Frankenwein im Keller. Ging zu schlecht, bei den Preisen. Und bei den leeren Flaschen war auch kein Bocksbeutel mehr. Also sagte ich zu Hans-Dieter: »Lauf mal schnell rüber zu Aldi und guck, ob die noch irgendeinen Frankenwein haben. Wenn da nichts mehr ist, nimm den Portugiesen von Penny, du weißt schon, das sind auch so ähnliche Flaschen! – Ich werf schon mal den Computer an.« Seit Aldi nebenan war und wir den Farblaserdrucker hatten, war das alles kein Problem mehr.

So dauerte es denn auch keine Viertelstunde, und Professor von Lohbergen hatte seinen Bocksbeutel vor sich stehen. Von uns fachmännisch geöffnet, das versteht sich. Der Professor strahlte. »Sie sind selbstverständlich eingeladen. … Sehr zum Wohl, meine Herren!«

Wir nahmen jeder einen tiefen Schluck. Hans-Dieter verzog das Gesicht. Doch, angemessen sauer war er schon, unser falscher Franke. Trocken, wie die Freunde sauren Weins sagen würden.

Aber der Professor guckte doch etwas skeptisch. »Irgendwie hatte ich das *Würzburger Domspital* etwas anders in Erinnerung …«

Ich lächelte mein Gastronomenlächeln. »Ja, Herr Professor, das ist doch ganz natürlich! Irgendwie spielt bei unserem Geschmacksempfinden auch immer die Umgebung eine Rolle. Denken Sie nur an die salzige Seeluft … ganz anders als im Binnenland. Und die Jahreszeit. Und überhaupt, die ganze Stimmung! – Wenn ich zum Beispiel im Urlaub in Würzburg ein *Flens* trinke, dann ist das auch nicht dasselbe als wie hier auf Föhr, bei der Arbeit, das muss man einfach wissen …«

»Ja, ja, Sie haben recht, natürlich.« Er nahm noch einen Schluck. »Doch, im Grunde merkt man auch erst beim zweiten Glas, was wirklich in dem Frankenwein drinsteckt. Nein, da gibt es gar nichts, über das *Würzburger Domspital* lasse ich nichts kommen!«

Wir nickten und prosteten ihm zu.

Natürlich lebte unsere Gaststätte nicht allein vom Wein, sondern auch von den Speisen. Sollte sie zumindest. Aber leider hatte sich sehr bald herausgestellt, dass wir einfach zu teuer waren. Wir waren ja nur ein kleiner Betrieb, und wir bekamen das Fleisch nicht zu so günstigen Preisen wie das Strandhotel oder das Kurhaus. Also mussten wir uns etwas einfallen lassen.

Angefangen hatte es schon einige Wochen zuvor, als der Hans-Dieter aus dem Norwegen-Urlaub zurückgekommen war und diese Geschichten von der Fischereikrise und vom Walfang erzählt hatte. An den Küsten Nordnorwegens war nämlich außer im Frühjahr fischfangmäßig nicht mehr viel los. Ein bisschen Kabeljau, *Torsk* sagten sie dazu, und ein bisschen Hering, aber das reichte nicht. Also fingen sie Wale. So ein Zwergwal brachte immerhin rund siebzigtausend Kronen. Und so ein Wal, das waren mehrere Tonnen Fleisch.

»Genau was wir brauchen«, hatte Hans-Dieter gesagt.

Ich hatte den Kopf geschüttelt. »Ist verboten.« So viel wusste ich auch. Ausführen durften sie das Zeug jedenfalls nicht. Schlimm genug, dass die Viecher überhaupt gefangen wurden.

Hans-Dieter zuckte mit den Achseln. »Die Norweger kümmern sich nicht um das Ausfuhrverbot. Was sie im eigenen Land nicht loswerden, das geht nach Japan. Was spricht dagegen, dass wir uns auch einen kleinen Anteil sichern?«

»Und wem willst du das Walfleisch vorsetzen? Das merkt man doch.«

»Das merkst du nicht! Schmeckt genau wie ein ganz normales Steak!«

Ich sah ihn zweifelnd an. »Das möcht ich sehen, wie du den Fischgeschmack da rauskriegst!«

»Es ist doch gar kein Fisch. Ein Säugetier, genau wie 'ne Kuh.«

So kam es, dass Hans-Dieter nach Tromsø gefahren war, mit einem Leihwagen, den Kofferraum voller Schnaps. Schnaps war teuer in Norwegen. Klar, dass Hans-Dieter also unheimlich schnell ganz viele Freunde gefunden hatte. Ebenso klar, dass es Streit gab, als der Schnaps alle war. Nach der Schlägerei hatten sie sich dann in der Ausnüchterungszelle wiedergefunden. Er und dieser Kerl, der angeblich Steuermann auf irgendeinem Fischdampfer war. Sven hieß er. Der war unheimlich knapp bei Kasse. Hans-Dieter hatte zu allem nur genickt. Aber als der Norweger dann das

Angebot gemacht hatte, mal mit einer Wagenladung Walfleisch zum Freundschaftspreis vorbeizukommen, da war er nüchtern genug gewesen, um sofort zuzusagen. Oder zuzulallen. Wort ist Wort.

Wäre ja alles kein Problem gewesen, wenn da nicht noch der Herr Krause gewesen wäre. Der Lehrer aus Bochum. In unserer Kühltruhe. Der musste weg, bevor das Walfleisch kam. Hans-Dieter wollte sich erkundigen, ob wir ihn nicht in die Fischmehlfabrik geben konnten, aber das Problem war bisher noch nicht gelöst.

Jeder andere hätte graue Haare gekriegt bei meinen Sorgen. Ich nicht. Ich war ein sehr ruhiger Typ, und außerdem waren meine Haare schon grau.

Wir hatten noch ein anderes kleines Problem. Irgendwie hatte ich das Gefühl, dass in jüngster Zeit wieder jemand in unserem Keller gewesen war. Professor von Lohbergen? Das wäre ziemlich übel. Einen Juristen konnten wir in unserem Keller nicht gebrauchen. Möglich wäre es.

Ich musste nach Hamburg, um meinen falschen Pass verlängern zu lassen. Der Prozess zog sich in die Länge. Als ich schließlich nach knapp zwei Wochen in unser Lokal zurückkam, duftete die ganze Küche nach Gebratenem.

»Mmh! ... Was ist das denn?«, fragte ich.

»Leber«, sagte Hans-Dieter. Er stellte mir gleich einen Teller hin. Sah wirklich lecker aus. Das hatte die Elke zubereitet.

Die Elke, die kennen Sie noch nicht. Die war erst seit Kurzem bei uns. Sie himmelte den Hans-Dieter an, stand offenbar auf große, kräftige Kerle. Schade eigentlich. Denn die Elke war wirklich süß, und ich war natürlich auch solo. Aber jedenfalls half sie jetzt im Lokal, und das war gut fürs Geschäft. Wir brauchten sie noch nicht einmal zu bezahlen. Sie machte das alles freiwillig, so eine Art Praktikum, damit sie immer bei ihrem Hans-Dieter sein konnte. Und der große, schlanke Hans-Dieter sah wirklich aus wie ein Urfriese.

In dem Augenblick kam noch so ein Typ in die Küche, ein fetter Kerl, der mir überhaupt nicht gefiel. Verkniffen sah der aus. Beamter, dachte ich. Bevor ich noch nachfragen konnte, zeigte Hans-Dieter mit dem Finger auf den Mann. »Kripo«, sagte er. »Aus Kiel.«

»Habe ich wieder falsch geparkt?«, fragte ich, aber mir war gar nicht nach Witzen zumute.

Der Dicke schüttelte den Kopf. »Behrends«, stellte er sich vor. »Tötungsdelikte. ... Wir ermitteln in Sachen eines gewissen Ferdinand Krause. Kennen Sie den Herrn?«

Hans-Dieter nickte. Er stand hinter dem Dicken, sodass der nichts davon mitbekam. »Ja«, sagte ich also. »Klar, der Herr Krause hat seinen Urlaub bei uns verbracht. ... Was ist mit ihm?«

»Das möchten wir auch gern wissen«, sagte der Polizist. »Er ist nämlich verschwunden.«

»Ach, Herr Kommissar, da werden sich die Kinder aber freuen«, sagte ich. »Wenn sein Unterricht ausfällt.«

Der Polizist fand das nicht lustig. »Sein Neffe hat sich bei uns gemeldet. Er hat mehrfach versucht, seinen Onkel anzurufen, aber der ging nicht ans Telefon. Wir haben das überprüft. In seiner Wohnung ist er nicht.«

»Ist er verheiratet?«, fragte ich vorsichtig.

»Er war verheiratet, aber die beiden haben sich getrennt – schon bevor er diesen Urlaub auf Föhr angetreten hat. Seine Frau weiß nicht, wo er steckt.«

»Vielleicht hat er im Lotto gewonnen und macht eine Weltreise?«, schlug ich vor.

Aber davon wollte der Kommissar nichts wissen. »Er ist nicht auf Weltreise«, sagte er. »Es sieht ganz so aus, als wäre er von Föhr nicht zurückgekehrt.«

»Nö«, sagte ich. »Das kann ich gar nicht glauben. Wann war sein Urlaub vorbei? Ende Juni? Da ist er hier ganz normal abgereist. ›Bis zum nächsten Jahr!‹, hat er noch gesagt. Hans-Dieter hat ihn selbst zum Schiff gebracht.«

»Nicht nur zum Schiff«, sagte Hans-Dieter. »Bis nach Dagebüll zur Bahn hab ich ihn gebracht.« Ganz so stark sollte er vielleicht besser nicht übertreiben.

»Das ist seltsam«, sagte der Kommissar. »In Bochum ist er jedenfalls nicht angekommen.«

»Ob ihm auf der Bahnfahrt womöglich was passiert ist?«, fragte Hans-Dieter in aller Unschuld. »Man hört da ja oft so schlimme Sachen ...«

Der Kommissar schüttelte den Kopf. »Nein, meine Herren«, sagte er. »Wissen Sie, was ich glaube? Der gute Mann ist noch auf der Insel. Er ist hier im Urlaub ums Leben gekommen. Ja, ich will noch einen Schritt weitergehen: Es kann gut sein, dass die Leiche noch hier im Haus ist!« Dabei sah er mich an. Mir war ganz mulmig, während Hans-Dieter im Hintergrund völlig ungerührt vor sich hin grinste.

»Herr Kommissar«, sagte ich. »Ich bitte Sie! Wir sind die friedfertigsten Menschen von der Welt. Aber unterstellen wir einmal, wir hätten tatsächlich den guten Herrn Krause ... umgebracht. Glauben Sie im Ernst, dass die Leiche dann noch hier im Haus wäre? Wir hätten lange genug Zeit gehabt, sie im Wald zu vergraben.«

»Ich kenne die Insel«, sagte der Kommissar. »Hier ist kein Wald. Und außerdem hat keiner von Ihnen ein Auto. Sie hätten die Leiche nur wegtragen oder mit der Schubkarre wegfahren können. Nein, wenn Krause hier zu Tode gekommen ist, dann ist die Leiche wahrscheinlich noch im Haus.«

»Das geht doch gar nicht«, sagte ich. »Wie stellen Sie sich das vor? Das würde doch stinken wie die Pest. Und das in einer Gaststätte. Völlig ausgeschlossen.« Ich lächelte ihn an.

Er wischte meinen Einwand vom Tisch. »Kühltruhe«, sagte er. »Da dies eine Gaststätte ist, gibt es sicher auch eine hübsche, große Kühltruhe. Könnte ich die mal sehen?«

»Nein, tut mir leid«, sagte ich. »Die Kühltruhe ...« Da sah ich, wie Hans-Dieter im Hintergrund eifrig nickte und grinste: »... na schön. Wenn es Ihnen weiterhilft ...«

Es half ihm nicht weiter. Er hat vielleicht Augen gemacht, als er unsere Vorräte gesehen hat. Steaks für das nächste halbe Jahr mindestens. Er hat noch ein bisschen darin herumgewühlt, aber es waren und blieben Steaks. Ich habe auch Augen gemacht. Dass das die erwartete Lieferung Walfleisch war, das war mir natürlich klar. Aber wo war der Lehrer?

Als der Kommissar schließlich gegangen war, hat Hans-Dieter mich eingeweiht. »Alles erledigt. ... Da war doch vorgestern diese Verkaufsveranstaltung ... Ach, das weißt du ja auch noch nicht. Mit zwei Bussen sind die gekommen. Wolldecken und Heizkissen. Wir haben doch diesen schönen großen Saal ...«

Er meinte die Garage. Die gehörte der Stadt; da parkten im Winter immer die überzähligen Touristenbusse. Aber im Sommer, wenn die Fahrzeuge im Einsatz waren, konnten wir den Raum nutzen.

»Ja. Und die haben gefragt, ob sie bei uns essen können. ... Klar, habe ich gesagt. Und dann haben wir eben Essen gemacht. Alles kein Problem mit der neuen Mikrowelle.«

»Und du hast denen wirklich Walfleisch ...«

»Nee. Das war ja vorher. Und ich musste die Kühltruhe doch leerkriegen.«

Irgendwie wurde mir ganz komisch. Ich starrte auf meinen Teller. »Und diese Leber hier ... ist das auch ... Krause?«

Er schüttelte den Kopf. »Nee, das ist Wal.«

»Hans-Dieter«, sagte ich. »Wenn das einer rauskriegt!«

»Kriegt aber keiner raus«, behauptete er. »Hat allen gut geschmeckt. Obwohl das Fleisch nicht besonders zart war, das muss man ehrlich zugeben. Aber wer kochen kann, der wird auch damit fertig. Der Typ jedenfalls, der das Ganze organisiert hat, der hat zweimal Nachschlag verlangt.«

»Und was hast du mit den Knochen gemacht?«

»Die habe ich ins Watt gebracht. Nachts natürlich. Du weißt doch, da gibt es diese Stelle, wo angeblich früher der Ort Rungholt gelegen hat. Da werden immer mal wieder Knochen gefunden. Tierknochen und auch Menschenknochen. Da fallen die Reste von unserem Lehrer überhaupt nicht auf.«

Wir sahen uns an.

»Ihr Walfänger seid manchmal ganz schön brutale Burschen«, sagte ich.

»Nö«, erwiderte Hans-Dieter.

Damit ließen wir es bewenden. Aber eines musste ich sagen: Der Besuch der Kripo hatte mir doch ziemlich zu denken gegeben. Ich habe mich gefragt, ob wir nicht vielleicht doch die Gaststätte aufgeben und einen anständigen Beruf anfangen sollten. Irgendetwas Kriminelles.

»Ich bin dabei«, sagte Hans-Dieter.

Hinter mir räusperte sich jemand. Ich drehte mich um. Da stand Professor von Lohbergen. »Entschuldigen Sie«, sagte er. »Ich habe zufällig einen Teil Ihres Gesprächs mitgehört. Falls Sie sich wirklich in der angedachten Weise beruflich verändern wollen, dann kommen Sie doch einfach zu mir. Ich bin seit mehreren Jahren in dieser Branche tätig, und ich kann Ihnen versichern: Es lohnt sich! Und ich bin außerdem Jurist. Das kann sich mitunter als sehr nützlich erweisen.«

Leichen entsorgen

Ich war mir zunächst gar nicht sicher, ob der Schritt zum Berufsverbrecher wirklich die richtige Wahl für mich war. Hans-Dieter und ich saßen auf dem Friedhof in Wyk in der Abendsonne.

Hans-Dieter streckte seine Beine aus und gähnte. »Du hast Schiss«, stellte er fest.

»Herrgott noch mal, Hans-Dieter«, sagte ich. »Ich bin eben kein Killer.«

»Ich versteh das ja«, sagte er. »Früher hätte ich auch Probleme gehabt damit. Aber das ist falsch. Völlig falsch. Als ich im Knast war, da hatten die solche Psü… diese Psücho… ach, egal, wie das heißt, so 'ne Frau eben, die einem erklärt, wie alles so zusammenhängt im Leben und was man anders machen muss, damit man gut durchkommt. Und die hat gesagt – das hab ich mir genau gemerkt –, die hat gesagt, man muss einfach nur positiv denken. Das machen die Amerikaner auch alle.«

»Positiv denken?«

»Ja. Und das wirkt tatsächlich. Also, wenn ich jetzt hier schön in der Sonne sitze, dann denke ich nicht darüber nach, dass da jetzt noch Arbeit vor mir liegt und dass ich irgendjemand abknallen soll, sondern dann denke ich einfach an all das viele schöne Geld, das ich dann haben werde, und schon ist alles in Ordnung.«

»Ich glaub nicht, dass das bei mir so einfach funktioniert«, sagte ich.

Aber – um ehrlich zu sein – die Umstellung war gar nicht so schwierig. Zwei Wochen später waren wir bereits voll in das große Geschäft mit der internationalen Kriminalität eingestiegen. Der erste Auftrag für Hans-Dieter und mich bestand darin, ein paar Leichen zu entsorgen, die in Neapel herumlagen und dringend verschwinden mussten, bevor die Polizei sich dafür interessierte. Professor von Lohbergen hatte den Job eingefädelt. Jetzt dirigierte er uns über das Handy.

»Da seid ihr schon zu weit!«, sagte er. »Da müsst ihr jetzt nach links abbiegen.«

»Nach links? Das ist 'ne Autobahn hier!«, beschwerte sich Hans-Dieter.

»Das, was ihr da vor euch seht, das ist das Autobahnkreuz Dortmund/Unna, und da fahrt ihr jetzt links auf den Ruhrschnellweg.«

Natürlich war ausgerechnet jetzt das Navi ausgefallen. Die ganze Fahrt von Neapel hatte die Frau in der kleinen Box genervt und unsinnige Sachen angesagt wie »183 Kilometer der Straße folgen!« Und jetzt, wo sie gebraucht wurde, sagte sie gar nichts mehr.

»E 331, habt ihr das?«, fragte Hasso von Lohbergen.

»Hier steht A 44!«

»Seid ihr jetzt links abgebogen?«

»Rechts, Hans-Dieter!«, rief ich.

Mein Fahrer machte eine scharfe Rechtskurve. Die Herren auf den Rücksitzen pendelten nach links. Gut, dass wir sie mit den Sicherheitsgurten festgezurrt hatten.

»Und jetzt müsst ihr gleich wieder links …«, sagte der Chef.

»Das ist doch wieder 'ne Autobahn! Gib mir mal das Handy!«, verlangte Hans-Dieter.

Ich protestierte: »Das geht nicht, du bist doch der Fahrer!«

Hans-Dieter antwortete nicht, hielt nur die Hand auf.

»Hier, bitte!« Ich war sauer. Ich konnte doch nichts dafür, dass die Anweisungen so unklar waren.

»Was hast du gesagt?«, fragte Hans-Dieter.

Der Boss hatte weiter gequäkt, als ich ihm das Gerät übergeben hatte.

»Ihr müsst jetzt links, also rechts abbiegen und dann gleich auf der Querstraße …«

»Was?«

Ich stieß Hans-Dieter an. »Du, ich glaube, die wollen was von dir!«

Ein Wagen hatte sich vor uns gesetzt; eine Anzeige leuchtete auf: *Polizei – Bitte folgen!*

»Ob der Professor das arrangiert hat?«, fragte Hans-Dieter. »Dass die Bullen uns da hinführen? Der hat doch überall seine Beziehungen!«

Nein, hatte er nicht. Auf dem nächsten Parkplatz mussten wir rechts raus und anhalten. Und da kamen sie schon. Eine nette, kleine Pistole wäre jetzt nützlich, dachte ich. Aber wir hatten nur die Kalaschnikow unter dem Rücksitz; viel zu sperrig, und außerdem kamen wir da jetzt sowieso nicht ran. Hans-Dieter kurbelte das Fenster herunter. »Ja, bitte?«

»Puh«, sagte der Polizist. »Was haben Sie denn für einen Mief im Auto?« Er trat einen Schritt zurück.

»Tut mir leid«, sagte ich.

»Wissen Sie, warum Sie angehalten worden sind?«

Hans-Dieter schüttelte den Kopf.

»Verstoß gegen § 23 Abs. 1a, § 49 StVO, § 24 StVG.«

»Aha.«

»Telefonieren mit dem Handy während der Fahrt. Das kostet vierzig Euro und gibt einen Punkt in Flensburg.«

»Das macht nichts«, sagte ich.

»Bitte?«

»Er meint, ihm macht das nichts; er ist ja nicht gefahren«, korrigierte mich Hans-Dieter. Ich hatte recht, natürlich machte es nichts; der Wagen war geklaut, und die Papiere waren falsch, aber das mussten wir ja der Polizei nicht gleich auf die Nase binden.

»Würden Sie uns jetzt bitte noch Ihr Warndreieck zeigen?«

»Gern.« Hans-Dieter stieg aus, klappte den Kofferraum auf. »Bitte!« Da war das Warndreieck. Und der Werkzeugkasten. Ansonsten war der Kofferraum leer.

Hans-Dieter starrte die Polizisten an. »Wieso sind Sie blau?«

»Bitte?«

»Sonst waren Sie doch grün!«

»Ach, das meinen Sie. Das ist ein Trageversuch für die neuen Polizeiuniformen.«

»Ah ja. Trageversuch. Das ist gut.« Wir hatten auch einen Trageversuch mit den schweigsamen Herren auf der Rückbank veranstaltet, um sicherzugehen, dass wir die am Ende auch bewegen konnten. Das werde nachher immer einfacher, hatte der Boss gesagt, wenn die Leichenstarre erst einmal nachlasse.

Die Polizisten hatten keine weiteren Fragen; wir durften weiterfahren.

Hans-Dieter fragte: »Warum mussten die beiden eigentlich weg?« Er deutete mit dem Daumen auf die schweigsamen Herren auf der Rückbank.

»Weil sie irgendwem gestunken haben«, sagte ich.

Hans-Dieter drehte sich um, schnupperte. »Puh, ja, das verstehe ich.«

Drei Tage waren wir schon mit den schweigsamen Herren unterwegs, und die waren schon nicht mehr ganz frisch gewesen, als wir sie übernommen hatten.

Eine Stunde später waren wir immer noch nicht am Ziel. Ich sagte: »So, pass auf! Jetzt unter der Bahn durch und dann rechts.«

Hans-Dieter bog ab.

»Und jetzt gleich wieder links in die Opherdicker Straße.«

»Mensch, da ist ja die Polizeiwache!«, rief Hans-Dieter.

»Die Wache ist geschlossen, jetzt am Wochenende.«

»Das glaub ich nicht.«

»Ist aber so. In dringenden Fällen soll man sich an das Ordnungsamt wenden.«

»Woher weißt du das?«

»Hat der Boss gesagt.«

Hasso von Lohbergen meldete sich. »Seid ihr jetzt auf der Opherdicker Straße? Das ist gut. Wenn ihr nach links fahrt, dann kommt auf der rechten Seite dieser Schacht, und da steckt ihr die beiden rein. Ganz einfach.«

Da war das Ding. Ich stieg aus, streckte mich, fing an, die Erläuterungstafeln zu studieren. »Das ist ein ehemaliger Lüftungsschacht der Zeche *Vereinigte Margarethe*«, erklärte ich. »Die ist schon 1926 …«

»Das interessiert mich nicht, mit wem sich Margarethe 1926 vereinigt hat! Fass lieber mal mit an!« Hans-Dieter hatte die Sicherheitsgurte gelöst und den ersten der schweigsamen Herren aus dem Auto gezerrt.

»Da ist ein Gitter über dem Schacht!«, sagte ich.

»Na und? Mach es weg! Wozu haben wir den Kuhfuß im Werkzeugkasten!« Hans-Dieter schnaufte. Der Tote war schwerer, als er gedacht hatte.

»Das hat keinen Sinn!«, rief ich. »Das Loch ist zu!«

»Was? – Tatsächlich!« Hans-Dieter hatte den Toten losgelassen, war herbeigeeilt und starrte jetzt fassungslos in den Rest des Lüftungsschachts. »Kein Wunder, dass der Bergbau eingeht, wenn irgendwelche Strolche die Luftlöcher verstopfen!«

»Und jetzt?«

»Wieder einladen natürlich!«

Ein kleiner Junge guckte interessiert zu. »Mama, was machen die Männer da?«

»Die spielen Indianer. Komm mit, wir müssen nach Hause, sonst schimpft Papa, wenn das Essen nicht rechtzeitig fertig ist.«

»Was hat der Boss gesagt?«, fragte ich.

»Emscherquelle«, brummte Hans-Dieter. »Wo zum Teufel ist das denn jetzt wieder?« Das Navi gab keine Antwort. Hans-Dieter haute mit der Faust drauf.

»Man schlägt keine Frauen«, sagte ich.

»Woher weiß der Professor denn überhaupt, wo wir jetzt sind?«, fragte Hans-Dieter.

»GPS«, sagte ich. »So, das ist es!«

Vor uns lag ein hübscher Hof mit schwarz-weißem Fachwerk und hohem Spitzdach. Hans-Dieter rüttelte am Tor. »Zu!«, sagte er. »Soll ich mit dem Kuhfuß?«

Ich schüttelte den Kopf. »Wer weiß, ob die Leute nicht vielleicht zu Hause sind!«

Außerdem war da noch dieser große, schwarze Hund, der uns von der anderen Seite des Zaunes misstrauisch anstarrte. »Hier kann man außen rumgehen«, sagt Hans-Dieter. Und dann: »Oh, hallo!«

»Was sagst du?«

»Da war ein nackichtes Mädchen, in dem Tümpel.«

»Ein Mädchen? – Na, die wird sich wundern, was sie da gleich für Gesellschaft kriegt!« Manchmal bildete sich Hans-Dieter Sachen ein, die gar nicht stimmten.

»Die ist jetzt weggelaufen.«

»Auch gut. Fass mal mit an!«

Hans-Dieter ignorierte mich; er studierte die Informationstafel. »Ja, das ist die Emscherquelle! – Ach, das ist ja toll! Da gibt es eine Fee, die heißt Emirizza, und wenn Gefahr droht, dann sagt sie Bescheid! – Ob die das gewesen ist, die ich gesehen habe?«

Ein typischer Fall von zu viel Gin am frühen Morgen.

»Fass mal mit an!«, rief ich. Ich hatte inzwischen die beiden schweigsamen Herren aus dem Auto gewuchtet.

Etwas lädiert sahen sie inzwischen aus. Ein Bad in der Emscherquelle würde ihnen sicher guttun.

»Ob die das war, diese Emirizza?«, wollte Hans-Dieter wissen.

»Wer?«

»Das Mädchen in dem Teich.«

»Quatsch. Fass mal mit an!«

»Ihr müsst sie natürlich beschweren, dass sie nicht gleich wieder hochkommen!«, quakte der Chef aus dem Handy. »Wagenheber und Kuhfuß und solche Sachen. Oder Steine, wenn da welche sind! Oder notfalls mit der Kalaschnikow!«

»Wir kommen aber nicht dicht genug an den Teich ran«, sagte ich.

»Was?« Hans-Dieter ließ die Leiche fallen.

»Guck es dir an! So weit kann man keine Leiche schmeißen. Ich jedenfalls nicht!«

Ja, das stimmte. Hans-Dieter machte sich daran, die beiden Herren wieder einzuladen.

»Und jetzt?« Hans-Dieter war ratlos. Er drückte wahllos auf alle möglichen Tasten des Handys, aber nichts passierte. Der Boss antwortete nicht.

»Irgendwann ist auch beim besten Handy der Akku leer«, brummte ich. Wir waren nach Holzwickede hineingefahren, und nun war der Kontakt zum Boss mitten im Satz abgebrochen.

»Ich finde, jetzt reicht's, jetzt lassen wir die Karre einfach hier stehen und nehmen uns ein Taxi zum Bahnhof.«

Ich widersprach: »Das ist das Rathaus hier, da kannst du doch nicht einfach vor der Einfahrt …«

»Ach, das macht nichts. Jetzt am Wochenende raten die doch sowieso nichts.«

»Na, wenn du meinst …«

»Ist doch völlig egal, wo wir die Leichen lassen. Werden sie eben schneller gefunden – na und? Das Auto ist geklaut, das Kennzeichen falsch, Papiere haben die beiden nicht dabei, hier kennt sie keiner, und ausplaudern können sie auch nichts mehr – was soll's?«

Hans-Dieter hatte recht. Ich sagte: »Du, da drüben steht *Ratskeller*; da kriegen wir bestimmt was zu essen!«

Als wir aus der Kneipe kamen, fuhr gerade der Abschleppdienst vor. Ein Mann vom Ordnungsamt hatte ihn alarmiert. Der Fahrer stieg aus, warf einen Blick in den Wagen. »Die sind ja da, die sitzen bloß auf dem Rücksitz und pennen.«

Der Mann vom Ordnungsamt nickte. »Ja, sturzbetrunken. Ich hab vorhin schon mal angeklopft. Die rühren sich nicht.«

»Nee, so was!«

Der Abschleppmann klopfte ebenfalls an die Scheibe. Keine Reaktion.

»Die wollen wir hier nicht haben«, sagte der Beamte. »Nicht, dass sie uns hier vor dem Rathaus irgendwo hinkotzen, wenn sie wieder wach werden. Außerdem haben wir jetzt Dienstschluss. Der Wagen muss hier weg.«

»Wie immer?«, fragte der Abschleppmann.

»Ja, wie immer«, sagte der Mann vom Ordnungsamt. »Stell die Karre in Unna vor der Polizei ab, die werden sich da dann schon drum kümmern.«

Störtebekers Schädel

Professor von Lohbergen besaß eine Villa in Sasel, einem der nördlichen Vororte Hamburgs. Das Haus war über hundert Jahre alt, und es war groß genug für uns alle. Der Professor hatte das Erdgeschoss für sich reserviert; wir anderen hatten unsere Zimmer im ersten Stock, bis auf Susanne, die wohnte oben unter dem Dach.

Nach dem gemeinsamen Abendbrot trafen wir uns gewöhnlich bei Hasso im Salon. Im Kamin brannte ein wärmendes Holzfeuer, und wir saßen in den alten Ledersesseln, erzählten Räubergeschichten und tranken Gin Tonic. Oft kreisten die Erzählungen um einen sagenhaften *King of Crime,* über den viel in der Presse zu lesen stand, aber der noch nie verhaftet worden war. »Den würde ich gern einmal kennenlernen«, sagte der Professor.

Manchmal holte Hasso von Lohbergen seine Gitarre, und wir sangen Räuberlieder. Das heißt, meistens sang nur er, denn er war der Einzige von uns, der all die Texte kannte. Und in der richtigen Sprache. Er sang *Stenka Rasin* auf Russisch, er konnte alle elf Strophen auswendig. Und die elf Strophen von Woody Guthries *Pretty Boy Floyd* natürlich auch. Wenn er das Lied von der *Räuberbraut* sang, dann sah er die ganze Zeit Susanne an, aber die tat so, als ob sie es nicht merkte.

Susanne war vierundzwanzig Jahre alt, schlank und blond. Seit gut einem Monat war sie jetzt bei uns. Hasso hatte sie aus dem fahrenden Auto ausgemacht, nicht viel mehr als ein Punkt am Geländer dieses Uni-Hochhauses. »Halt an«, hatte er zu Otto gesagt, war aus dem Wagen gesprungen, durch die Eingangshalle gelaufen, zu den Fahrstühlen, und hatte auf die Zwölf gedrückt. Er war sich sicher gewesen, dass sie sich Zeit lassen würde mit ihrer Entscheidung. Er hatte sich nicht getäuscht.

Viel später, nach dem gemeinsamen Abendessen im *Vier Jahreszeiten*, hatte er es ihr auf den Kopf zugesagt: »Du wolltest springen.« Sie hatte den Kopf geschüttelt. Gesagt, dass sie nur die Aussicht genießen wollte. Eine von diesen Lügen, die man durchgehen lassen müsse, sagte Hasso, als er uns davon erzählte. Er sei sich sicher, dass es anders gewesen war. Und sie wusste, dass er es wusste.

Otto hatte ich erst kennengelernt, als Hans-Dieter und ich in der Villa in Sasel einzogen. Otto Tschaikowski war sozusagen die rechte Hand des Professors. Seine Spezialität waren Geldschränke. Er redete nicht viel. Er sang auch nicht mit, sondern las in irgendeinem Geschichtsbuch. Er war in Rumänien aufgewachsen, und er sprach Deutsch mit einem starken Akzent.

Am meisten wusste ich über Hans-Dieter. Er hatte ursprünglich das *Gymnasium Insel Föhr* besucht, doch war er schon lange vor der Mittleren Reife abgegangen.

Den Einbruch in das Lehrerzimmer hatte man ihm nie nachweisen können, aber die Schule hatte er dennoch verlassen müssen. Am Ende hatte er nicht einmal bis zum Hauptschulabschluss durchgehalten. Ich hatte gestaunt, als er mir seine falschen Papiere vorgelegt hatte. Er besaß drei verschiedene Pässe und konnte als Pierre Dumont aus Brüssel oder als Charles Dapier aus Paris auftreten. Schade nur, dass sein Französisch nicht besser war.

»Was hast du eigentlich in der Zeit gemacht, bevor wir unser Restaurant auf Föhr aufgemacht haben?«, fragte ich ihn.

»Im Knast gesessen, genau wie du«, brummte Hans-Dieter.

»Nein, ich meine danach.«

Er zuckte mit den Achseln. »Dies und das. Nichts, was sich wirklich gelohnt hat. Der spektakulärste Fall war sicherlich die Geschichte mit Störtebeker.«

»Mit Störtebeker?«, fragte ich ungläubig. »Dem Seeräuber? Der ist doch schon unendlich lange tot.«

Der Professor wusste etwas mehr. Er sagte: »Man weiß eigentlich nicht viel über Klaus Störtebeker. Noch weniger als über diesen *King of Crime*. Dabei war er der berühmteste Seeräuber der deutschen Nordseeküste, aber was man zu wissen glaubt, ist in vielen Punkten falsch. Kennt ihr *Das Bordbuch des Satans* von Hans Leip?«

Ich schüttelte den Kopf. Ich kannte nicht einmal Hans Leip.

»Hans Leip war ein Hamburger Dichter. Sein *Bordbuch* ist sozusagen ein Handbuch der Piraterie. Darin kommt natürlich auch Klaus Störtebeker vor. Leip hielt nichts von ihm. Störtebeker war kein Robin Hood. Er hat seine Beute sicher nicht an die Armen verteilt. Leip sagt, dass Schriftsteller schon immer gern Helden aus Leuten gemacht hätten, die in Wahrheit Schurken gewesen seien. Das Einzige, was man über Störtebeker sicher zu wissen glaubt, das ist, dass er am 20. Oktober 1401 auf dem Grasbrook hingerichtet wurde.«

»Nicht einmal das ist ganz sicher«, behauptete Susanne.

»Moment!«, sagte ich. »Da gibt es doch noch den Schädel. Bei Bauarbeiten auf dem Grasbrook wurde doch der Schädel eines hingerichteten Seeräubers gefunden.«

»Woher weiß man, dass es ein Seeräuber war?«, wollte Susanne wissen.

»Weil er ein Nagelloch aufwies. Die Schädel der hingerichteten Seeräuber wurden alle zur Abschreckung auf ein Holzgestell genagelt und gut sichtbar zur Schau gestellt.«

»Und woher weiß man, dass das der Schädel von Störtebeker ist?«, hakte Susanne nach

»Das weiß man gar nicht. Auf dem Grasbrook sind vermutlich einige Hundert Seeräuber hingerichtet worden.«

»Der Schädel ist sowieso gestohlen worden«, behauptete Otto.

»Der Schädel ist wieder da«, widersprach der Professor.

»Nun lasst mich doch auch mal zu Wort kommen«, beschwerte sich Hans-Dieter. »Das ist meine Geschichte. Ich habe den Schädel geklaut.«

»Du?« Susanne sah ihn ungläubig an.

»Ja, ich. – Aber eigentlich habe ich den Schädel gar nicht haben wollen. Ich wollte das Geld aus der Kasse. Hamburgs Museen verlangen ja Eintritt. Der Eintritt in das *Museum für Hamburgische Geschichte* kostet acht Euro, zweihunderttausend Besucher kommen angeblich pro Jahr. Das ergibt ungefähr viertausend Euro am Tag – theoretisch zumindest. Und selbst wenn man die verbilligten Gruppenkarten und Familienkarten abrechnet und all die Kinder, die freien Eintritt haben, dann bleibt noch genug übrig – wenn man den richtigen Tag für seinen Überfall auswählt.«

»Und wann ist der richtige Tag?«, fragte ich.

»Jedenfalls nicht am 8. Januar 2010«, erklärte Hans-Dieter. »Das war nämlich ein Freitag. Am Freitag ist aber kein Geld in der Kasse; am Freitag ist der Eintritt im *Museum für Hamburgische Geschichte* frei. Ich musste mir also etwas anderes suchen. Ich bin durch die Ausstellungsräume geschlendert, und da habe ich dann diesen Schädel entdeckt. Störtebekers Schädel. Zum Glück hatte ich noch eine von diesen Plastiktüten dabei, aus dem Supermarkt, und da habe ich dann den Schädel reingetan.«

»Und dann?«, wollte Susanne wissen.

»Nichts ›und dann‹. Das war schon alles. Natürlich habe ich versucht, den Schädel bei irgendeinem Trödler loszuwerden, aber keiner wollte ihn haben. Ich habe versucht, ihn bei Ebay zu versteigern, aber das ging auch nicht. Als ich ihn ein ganzes Jahr lang nicht losgeworden bin, da habe ich ihn schließlich wieder zurückgegeben.«

Das war typisch Hans-Dieter! Er war nach wie vor mit Elke zusammen, sie hatte sogar ein Kind von ihm, aber heiraten wollte sie ihn nicht und zu uns in die Villa ziehen auch nicht. Hans-Dieter pendelte zwischen unserer Villa und ihrer Einzimmerwohnung hin und her.

Cambridge

Das Leben war voller Überraschungen. Ich hätte nie geglaubt, dass unser Team Urlaub in England machen würde, aber der Professor bestand darauf. Urlaub auf der Insel, das hieß Dauerregen und nichts zu essen außer gebratenem Fisch in Zeitungspapier. Und dieses Cambridge war ein ganz elendes Nest. Hatte ich gleich gemerkt, als wir angekommen waren. Alle Läden zu, an einem ganz gewöhnlichen Montag. *Bank Holiday* sagten sie dazu. Und dann alles voller Kultur und Bildung und Touristen. Und mehr Alarmanlagen als Einbrecher. Und wo man hier ein Schießeisen oder Munition oder wenigstens einen Glasschneider herkriegen sollte, das sagte einem kein Mensch. Jedenfalls nicht bei der *Tourist Information,* das stand mal fest.

Gleich als wir angekommen waren in unsrer kleinen Pension, da gab es auch schon Ärger. Susanne stand zufällig daneben, als Hans-Dieter seinen Koffer aufgemacht hat. Und da hat sie natürlich die ganze Bescherung gesehen. Revolver und Kuhfuß und Dietriche und all dieses Zeug. Was man halt so braucht.

»Es war abgemacht, dass wir keine Arbeit mit in den Urlaub nehmen!« Der Professor war aufgebracht.

Hans-Dieter zuckte mit den Schultern. »Ich kann die Kanone doch nicht gut zu Hause rumliegen lassen, das musst du doch einsehen. Du weißt doch, wie nachlässig Elke mit unserem Kleinen ist. Wenn der nun das Ding findet und ausprobiert ...«

Warum wir überhaupt diesen Ausflug nach England unternommen hatten, war mir ein Rätsel. Hasso meinte, nach der letzten erfolgreichen Aktion hätten wir uns das verdient. Hatten wir auch. Doch das war wohl nicht der wahre Grund. Wahrscheinlich war das alles nur wegen Susanne. Hasso wollte die Studentin beeindrucken. Sie war noch nie im Ausland gewesen.

Nachdem wir unsere Sachen ausgepackt hatten, machten wir einen Stadtrundgang. Hasso zog eine ziemliche Show ab. »Das Gebäude da drüben, das ist Trinity College. Lord Byron hat da studiert. Und Dr. Crippen. Den kennt ihr alle, nicht wahr? Und natürlich Hastings, der Frauenmörder von Essex ...«

Susanne sah ihn zweifelnd an. Sie wusste nicht, was wahr war und was erfunden, aber Hasso machte sich gut in der Rolle des Stadtführers. Nur dass wir natürlich das falsche Publikum waren. Zwei Stunden später saßen wir erschöpft auf einer Bank in den Backs, mit Blick auf den Fluss und die Colleges. Es nieselte. Hans-Dieter hatte sich die Schuhe ausgezogen und massierte seine Füße.

Susanne war sichtlich zufrieden. »Ist das nicht herrlich, dieser Blick auf die alten Gemäuer? Wie im Märchen!« Ihre Augen leuchteten. Manchmal dachte ich, sie sei eine Hexe. Aber jetzt dachte ich, eigentlich war sie ein Kind.

Otto sagte nichts, aber er sah sie amüsiert an.

Hassos Augen leuchteten. »Habt ihr die Filiale der *Barclays Bank* gesehen, mitten in der Fußgängerzone? Mindestens vier verschiedene Fluchtwege, und da kommt so leicht kein Polizeiauto durch!«

Natürlich hatte ich die gesehen. »Haufenweise Einbahnstraßen«, sagte ich. »Und alles zugeparkt.« Spätestens da war mir klar, dass Hasso eigene Vorstellungen davon hatte, wie unser Urlaub aussehen sollte.

»Ihr redet schon wieder von nichts als der Arbeit!«, sagte Hans-Dieter. Er hatte schlechte Laune. Er war eigentlich unser Mann fürs Grobe. Und unser Scharfschütze. Früher hatte er mit seiner Walther eine Bierflasche auf fünfzig Meter getroffen. Aber das war natürlich, bevor seine Augen schlechter wurden. Seit einer Woche hatte er eine Brille, aber er war nicht zufrieden damit. Sagte, sie mache ihn nur nervös.

»Eine Bank!«, sagte ich. »So ein Bankraub, der lohnt sich doch heutzutage überhaupt nicht mehr.« Das wusste ich aus eigener, leidvoller Erfahrung. »Was soll da schon bei herauskommen? Tausend Pfund vielleicht? Zweitausend?«

»Vielleicht auch fünftausend. Diese ganzen Professoren und High-Tech Manager, die müssen doch ein Schweinegeld verdienen!«

»Fünftausend. Na und?«

»Kleinvieh macht auch Mist!«

Ich sah Susanne an. Susanne sagte gar nichts. Doch eine Hexe, dachte ich. Wann Hasso ihr wohl erzählt hatte, auf welche Art wir unser Geld verdienten? Nachdem sie mit ihm ins Bett gegangen war? Ich wusste es nicht. Ich wusste nicht einmal, ob sie überhaupt miteinander schliefen. Hasso tat so, aber man durfte ihm nicht alles glauben.

Der Professor faltete den Stadtplan auseinander, nahm die Brille ab und rieb sich die Stirn. Er hatte nicht nur Jura, sondern auch Mathematik studiert. Ich sah förmlich, wie er alles durchrechnete. Alles schien klar und übersichtlich. Hasso malte einen Kringel um *Barclays Bank* in der Mitte des Stadtplans. Er murmelte: »Dreihundert Meter bis zum Lion Yard. Dann hundert Meter bis zum War Memorial. Schräg über die St Andrews Street, *Marks & Spencer*. Umkleidekabine. Weitere hundert Meter zum Busbahnhof. Mit dem Schnellbus *CamLink* nach Heathrow. Drei, vier Stunden später sind wir wieder in Hamburg ...«

Wenn alles klappte. Ich sah ihn an: »Wann?«

»Übermorgen, Punkt elf Uhr, das ist die beste Zeit.«

Otto nickte begeistert. »Da sitzen die Polizisten alle hübsch in ihrer Wache und trinken ihren Tee.«

»Einige jedenfalls«, sagte Hasso. »Und für die übrigen werden wir uns ein kleines Beschäftigungsprogramm ausdenken.«

»Die Polizeiwache ist aber verdammt dicht am Busbahnhof«, sagte ich.

Hasso ging nicht darauf ein. Er zog Otto auf die Seite, um mit ihm ein paar technische Details durchzusprechen. Die beiden würden übermorgen zusammen mit Hans-Dieter in der Schalterhalle sein. Unsere Arbeit war draußen. Wir sollten den Fluchtweg sichern.

Susanne ging vor die Tür, um zu rauchen. Ich wartete einen Augenblick, dann folgte ich ihr. Sie stand in dem kleinen Garten hinter unserem Haus. »Willst du auch eine?«, fragte sie.

Ich nickte.

Es war dunkel draußen. Sterne konnte man nicht erkennen, aber die große Sichel des Mondes stand knapp über dem Horizont. »Guck mal, der Mond«, sagte ich.

»Ja.« Der Mond interessierte sie nicht. Susanne sah mich an. »Was hältst du davon?« fragte sie leise.

Nichts, um ehrlich zu sein. Hasso war ein alter Angeber, der alles Mögliche anstellte, um das Mädchen zu beeindrucken. Hans-Dieter war entweder ohne Brille halb blind oder mit Brille nervös. Und Otto, der eigentlich auf Tresore spezialisiert war, war wahrscheinlich betrunken, wenn es ernst wurde. Keine guten Voraussetzungen für einen gelungenen Coup. Das mit der Trinkerei war zum Problem geworden, nachdem Susanne aufgetaucht war. Wahrscheinlich war Otto eifersüchtig auf Hasso. Genau wie ich.

»Vielleicht sollten wir uns zusammen absetzen«, sagte ich auf gut Glück.

Susanne lachte. Also lachte ich auch. War nur ein Scherz, sollte das heißen. Kein Zweifel, Susanne stand zu »ihrem« Hasso.

Menschen sind berechenbar, genau wie Dinge. Jedenfalls sagte Hasso das immer. Meistens stimmte es. Nur bei Gerda, seiner Ex-Frau, da hatte er sich verrechnet. Den Schock, als sie plötzlich abgehauen war, den hatte er bis heute nicht überwunden. Als er das erfahren hatte, da war er einfach ausgeflippt. Hatte seinen ganzen wissenschaftlichen Krempel in den Müll geschmissen und ein neues Leben angefangen. Viel aufregender als alles, was er davor gemacht hatte. Und ziemlich verrückt, irgendwie. Denn nötig hatte er das alles nicht. Im Gegensatz zu Otto und mir und vor allem Susanne hatte er irgendwo einen Haufen Geld im Hintergrund. Die Villa in Sasel war nicht gemietet, die gehörte ihm.

»Warum machst du überhaupt mit bei uns?«, fragte ich.

Susanne zuckte mit den Schultern. »Ein bisschen Abenteuer, ein bisschen Freiheit. – Und selber?«

»Weil ich nichts Besseres gelernt habe«, sagte ich.

Sie hielt es für einen Witz. Wir gingen wieder nach drinnen.

Hassos kurze Besprechung mit Otto war beendet. Er sah Susannes besorgtes Gesicht. Er sagte: »Entspann dich, Mädchen. Alles ist unter Kontrolle. Wir sind ein eingespieltes Team, da kann gar nichts schiefgehen. – Übrigens: Wir haben eine Aufgabe für dich. Wir brauchen Schwarzbrot. Und deutsches Bier, wenn du welches kriegen kannst. Und Gin. Und ein Tonbandgerät. Und ein Handy. Und ein Auto.«

Susanne sah den Professor zweifelnd an. »Ein Auto? In dieser Stadt? Damit kann man doch höchstens das Verkehrschaos noch weiter vergrößern!«

»Eben. Das wird deine Aufgabe sein.«

Zwei Stunden später. Hasso und ich waren allein im Zimmer. Otto saß in seinem Zimmer und las ein Buch über die Oktoberrevolution, und Susanne kümmerte sich um unser Abendessen. Eine gute Gelegenheit, Hasso ein paar ernste Worte zu sagen.

»Du bist verrückt«, sagte ich also. Ich hielt nicht viel davon, wenn man erst lange um den heißen Brei herumredete.

Er zuckte mit den Schultern. »Ich habe alles genau ausgerechnet!«, behauptete er.

»Nicht alles«, sagte ich.

Er zog die Augenbrauen hoch.

»Sechsundsechzig minus vierundzwanzig zum Beispiel«, sagte ich. »Das ist ein ziemlicher Unterschied!«

»Und wenn schon. – Das ist mein Mädchen, kapiert?«

»Darum geht es doch gar nicht«, sagte ich. »Du kannst sie nicht festhalten! Sie ist keine von uns, Hasso. Kein bisschen kriminell. Sie klopft flotte Sprüche, aber hast du gemerkt, wie nervös sie ist? Sie ist ein armes, verwirrtes Küken, das irgendwann in Panik davonflattert. Und uns womöglich alle dabei reinreißt.«

»Hast du etwa Angst?«

Ja, ich hatte Angst. Ich wollte nicht wieder ins Gefängnis. Ich wollte in Freiheit leben, gut leben, und dafür sparte ich jeden Euro, den ich übrig hatte. Aber zwei, drei Jahre musste ich noch weitermachen. Mindestens. Vielleicht hätte ich das Lokal auf Föhr nicht aufgeben sollen.

Hasso sah, dass ich zweifelte. »Wir sind ein eingespieltes Team«, sagte er, und: »Sie haben uns nie erwischt.«

»Das Mädchen gehört nicht mit dazu«, beharrte ich.

Er schüttelte den Kopf. »Ich habe ihr das Leben gerettet.«

Ich erwiderte nichts. Was konnte ich darauf schon erwidern? Außer natürlich, dass sie es abstritt. Und dass das mit der Dankbarkeit bei den Menschen so eine Sache ist. Von der Natur nicht vorgesehen. Auch ich hätte Hasso dankbar sein sollen, dass er mich nicht verraten hatte damals, als wir die Leiche in der Gefriertruhe hatten. Aber eigentlich war mir das nur peinlich. Ich würde mich von ihm trennen, sobald ich es mir leisten konnte.

»Also gut«, sagte Hasso. »Ich stelle sie auf die Probe. In meiner Tasche bei uns im Zimmer sind dreißigtausend Euro. Sie weiß es. Entweder nimmt sie die Tasche und haut damit ab, oder sie tut es nicht. – Ich wette, sie tut es nicht.«

Ich fragte mich, ob ich nicht die Tasche nehmen und damit abhauen sollte. Aber natürlich schlief Susanne mit Hasso im selben Zimmer. Ich nicht. Ich würde also wohl kaum eine Gelegenheit haben, an den Zaster heranzukommen.

Wir schliefen lange. Anschließend genossen wir unser Englisches Frühstück. Susanne war natürlich noch da. Den ganzen Vormittag über latschten wir im Dauerregen durch Cambridge, prüften die Fluchtwege und studierten das Verhalten der Polizei. Natürlich gab es Fußstreifen, aber nicht viele. Nachmittags hatten wir frei. Susanne erwarb einen Haufen DVDs. Ich fand in einem Antiquitätengeschäft einen schönen alten Säbel – leider viel zu teuer. Hans-Dieter, der Einzige von uns, der keinen Schulabschluss hatte, kaufte sich ein T-Shirt mit *University of Cambridge* und einen Schlips mit dem Wappen vom *Kings College*. Und Hasso, der Angeber, setzte sich währenddessen in ein Café und fing an, das Kreuzworträtsel im *Daily Telegraph* zu lösen. Als wir zurückkamen, hatte er die Zeitung zugeklappt. Ich sah ihn fragend an; er brummte nur: »Das ist wirklich ziemlich schwer …«

Am Nachmittag gingen wir zur Fortbildung ins Kino. Wir sahen *Guardians of the Galaxy*, aber es gab wenig Neues, was wir hätten unmittelbar umsetzen können.

Am nächsten Morgen hatte der Regen aufgehört. Eine Stunde vor der vereinbarten Zeit stand ich auf meinem Posten. Die Auslagen im Schaufenster von *River Islands Clothing* und vom *Designer Clothes Store* kannte ich jetzt auswendig. Ich war nervös, denn natürlich war mir klar, dass das hier eigentlich kein Job für fünf Personen war und dass das Risiko viel zu hoch war. Ich sah auf die Uhr. Eine Minute vor elf. Jetzt müsste das Handy vom Balkon unseres Zimmers aus anfangen, bei der Polizei anzurufen. So hatten wir es programmiert. Das Tonband mit den Schreien war auch ziemlich gut gelungen. Wahrscheinlich konnte man die Bullen damit für ein paar Minuten ablenken. Und wenn alles gut ging, würgte Susanne jetzt ihren Wagen an der Ecke Pembroke Street/Tennis Court Road ab, wodurch der Verkehr südlich der Bank schlagartig zum Erliegen kommen musste. Und ich fing an, auf der Petty Cury das Lied vom *Swanee River* zu singen, laut und falsch, dass die Leute stehen blieben und der Durchgang blockiert war.

Aber natürlich ging alles schief. Ich war gerade bei der dritten Strophe. Die Leute vom *Tie Rack* hingen inzwischen an der Fensterscheibe, und es hatte sich eine Menge Volk angesammelt, aber man konnte immer noch durchkommen. Und wie ich gerade so schön beim Singen war: »All the world is sad and dreary …«, da kamen sie. Der Professor, Hans-Dieter und Otto kamen angewetzt, und die Polizei war schon hinter ihnen. Ich konnte natürlich nicht viel machen; ich brach meinen Gesang ab, sagte: »Feierabend, Jungs!«, und dann bahnte ich mir einen Weg durch die Menge und guckte, wohin die anderen gelaufen waren.

Ich sah gerade noch, wie unsere drei Bankräuber die eiserne Wendeltreppe bei der »Informatik« hochhetzten und durch eine Stahltür verschwanden. Die Polizei hinterher, aber als die Bullen an der Tür ankamen, war die inzwischen verschlossen. Unsere Leute waren weg. Aber was ich auch sah: Der Verkehr floss ganz normal. Kein geliehenes Auto, das irgendwo abgewürgt quer auf der Fahrbahn stand. Und keine Susanne.

Keine Susanne war zu sehen, als wir uns schließlich wie verabredet in London am Flughafen Heathrow trafen. Otto fluchte leise vor sich hin; er hatte sich bei der Flucht durch die Colleges den Fuß verstaucht. Hasso musste ihn stützen.

»Die kommt bestimmt noch«, sagte der Professor.

Ich glaubte nicht daran. »Wir brauchen neue Tickets«, sagte ich. Unseren Flug hatten wir inzwischen verpasst.

Ein Abend am Kamin

Wir saßen im Wohnzimmer, der Kamin brannte, und ein angenehmer Duft von Gin lag in der Luft. Susanne war schließlich doch noch gekommen. Sie hatte einen Unfall mit dem Leihwagen gehabt, nur Blechschaden, und der andere war schuld gewesen, aber das Ganze hatte sie ein paar Stunden aufgehalten.

»Schön, dass du wieder da bist«, sagte ich.

»Ich freue mich auch«, sagte Susanne.

Hans-Dieter erzählte von seinen früheren Heldentaten. Diejenigen Abenteuer, die ich selbst miterlebt hatte, hatten sich bei seiner Darstellung auf wundersame Weise verwandelt, sodass seine Zuhörer den Eindruck gewinnen konnten, er sei so eine Art *Superman*. Allzu viele Zuhörer hatte er freilich nicht. Der Professor schien ihm gebannt zu lauschen, aber um seinen Mund spielte ein wissendes Lächeln.

Professor Hasso von Lohbergen sprach nicht viel von sich und seiner Vergangenheit. Er hatte ursprünglich Jura studiert und erst später zur Mathematik übergewechselt. Er behauptete, anstatt auf seine Emeritierung zu warten, habe er sich lieber dem Verbrechen gewidmet. Und heute stehe er außerhalb der Gesellschaft und sei an keine Regeln mehr gebunden.

Alles hatte Hasso von Lohbergen freilich nicht aufgegeben. Er war nach wie vor Mitglied im *Golfclub Sasel,* und er trat auf wie ein Gentleman. Ihm kam zugute, dass er höflich und gebildet war. Er ging elegant gekleidet, und der Mann war es ganz ohne Zweifel gewohnt, sich unter Professoren zu bewegen.

Susanne dagegen sah aus wie eine Studentin. Sie war ja eigentlich auch eine Studentin, hatte Lehrerin werden wollen. Jetzt stellte ich fest, dass sich langsam die Grenze zwischen ihrem und unserem Leben zu verwischen begann. So hatte sie zum Beispiel inzwischen gelernt, dass Tonic noch viel besser schmeckte, wenn man es mit Gin vermischte.

Otto schenkte sich schon zum dritten Mal nach. »Er trinkt zu viel«, sagte ich zu Susanne.

»Vielleicht braucht er das«, raunte sie zurück. »Vielleicht hatte er eine schlechte Kindheit.«

Otto warf uns einen finsteren Blick zu. Über Ottos Kindheit wusste ich nichts.

»Und du?«, fragte ich.

»Ich?« Susanne lachte. »Nein, ich hatte keine schlechte Kindheit. Man kann sagen, ich hatte eine zu gute Kindheit. Zu viel Fürsorge. Mein Vater war schon früh gestorben, und so kümmerte sich meine Mutter ausschließlich um mich. Solange ich ein Kind war, war das in Ordnung. Aber es hörte nicht auf, als ich erwachsen wurde. Ich bekam weiter laufend gute Ratschläge, die ich nicht haben wollte. Und eines Morgens hatte ich dann die Schnauze voll. Als ich aus dem Haus ging, fragte meine Mutter: ›Wohin gehst du, Kind?‹ Sie fragte das jeden Morgen. ›Weiß nicht‹, habe ich geantwortet, obwohl ich zur Uni wollte, wie jeden Morgen. ›Und wann kommst du wieder?‹ – ›Nie mehr!‹, habe ich gesagt und die Tür hinter mir zugeschlagen.

»Das war richtig«, sagte ich.

»Ja, das war richtig«, bestätigte Susanne. Aber irgendetwas stimmte nicht. Sie hatte Tränen in den Augen.

»Weinst du?«, fragte ich.

Sie schüttelte den Kopf.

Otto schreckte plötzlich hoch. »So ein verdammter Mist!«, rief er mit lauter Stimme. »Ich hätte die schönste Kindheit von euch allen haben können, aber ich habe sie nicht gekriegt! Ich bin der Urenkel des russischen Zaren!« Er trank sein Glas aus, schmetterte es gegen die Wand und verließ das Zimmer.

Bankraub mit Schubkarre

Weihnachten kam, und wieder einmal war das Geld alle. Wir hatten auf weitere Aufträge von der Mafia gehofft – vergeblich. Aber wir mussten doch Geschenke kaufen. Was sollten wir machen? Ich sah den Professor an, aber der zuckte mit den Achseln. Das war nicht sein Problem. Er hatte genug Geld. Er würde mit Susanne für zwei Wochen nach Teneriffa fliegen.

»Ich möchte auch gern in Urlaub fliegen!«, maulte Hans-Dieter.

»Später«, sagte der Professor. »Das machen wir später.«

»Und wir?«, fragte ich. »Was machen wir? – Weihnachten ohne Geschenke, das ist doch gar kein richtiges Weihnachten.«

»Bankraub natürlich«, sagte der Professor. »Lasst euch was einfallen. Aber wir müssen jetzt los, sonst verpassen wir noch unseren Flieger.«

So setzten wir uns also zusammen und überlegten, wie wir am besten eine Bank ausrauben könnten.

»Ich hätte da eine Idee …«, sagte Otto.

Ottos Idee war nicht schlecht, das musste ich zugeben, aber das Problem war die Ausführung. Das klappt nie, dachte ich, als Elke uns den Kinderwagen nicht geben wollte.

»Kommt überhaupt nicht infrage«, sagte sie. Dabei hätte sie so schön in Ruhe einkaufen können, während wir mit ihrem kleinen Felix die Bank überfallen hätten. Und der hätte auch gleich etwas gelernt für später, fürs Leben, in dem Alter sind sie ja am aufnahmefähigsten. Aber Hans-Dieters Freundin ließ nicht mit sich reden; so mussten wir uns etwas Neues ausdenken.

»Schubkarre«, meinte Otto.

Das gefiel mir nicht.

Otto bestand darauf. »Es muss etwas Ungewöhnliches sein, womit die Leute einfach nicht rechnen.« Ich gab nach. Er hatte die größere Erfahrung. Zwölf Jahre Knast, und ich hatte nur drei.

So machten wir denn den ersten Banküberfall mit Schubkarre. Das heißt, die Karre stand natürlich draußen vor dem Eingang. Ich auch. Wie nun Otto aus der Bank gestürzt kam, schmiss er mir den Plastikbeutel mit der Pistole und dem Geld zu, ich stopfte alles in die Karre, unter den Zementsack, fertig.

Inzwischen schrillte die Alarmsirene, und alle Leute guckten, aber sie sahen nur Otto in seinem Weihnachtsmannkostüm, wie er davonsprintete. »Da hinten läuft er! – Der will sicher zum Parkhaus!« – Mich alten Maurer hatten sie nicht auf der Rechnung. In der Mönckebergstraße in Hamburg wurde immer irgendwo gebaut. Da fiel ein Handwerker mehr überhaupt nicht auf.

Ich schob in aller Ruhe meine Karre zum U-Bahnhof und sah mich gar nicht um, auch wenn inzwischen die ersten Streifenwagen vor der Bank eingetroffen sein mussten. Die Polizei machte ja immer ein großes Aufheben davon, wenn man mal irgendwo ohne Sparbuch ein paar Tausender abhob. Aber wenn das Finanzamt mir den halben Lohn aus der Tasche zog, da sagte sie nichts.

An der Treppe zur U-Bahn kamen mir ein paar Schulkinder entgegen. Sie sahen das Blaulicht, und einer rief: »Eh, geil, da hat jemand die Bank überfallen!«

Ich wies die Jungs darauf hin, dass so etwas streng verboten sei und dass sie das nie machen dürften. Dann sagte ich: »Könnt ihr mir mal eben helfen, die Schubkarre die Treppe runterzutragen?«

Begeistert waren sie nicht, aber sie haben doch mit angefasst.

Unten auf dem Bahnsteig stand schon Otto und wartete auf mich.

»Hast du mal 'ne Zigarette?«, fragte ich.

»Du darfst hier nicht rauchen«, sagte er. »Hast du die Fahrkarten?«

Ja, die hatte ich doch vorhin schon gelöst. »Familienkarte.«

»Und die Schubkarre?«

»Die zählt mit zur Familie.«

Kaum waren wir eingestiegen, sauste die Bahn auch schon los. Der Zug war ganz gut besetzt, aber da, wo wir mit unserer dreckigen Schubkarre standen, da traute sich keiner hin.

»Du stinkst nach Schweiß«, stellte Otto fest.

Kein Wunder bei der Aufregung. »Du stinkst nach Knoblauch«, sagte ich.

»Was? Das kann doch gar nicht sein …«

Ich hob den Zementsack ein bisschen an und guckte in die Plastiktüte.

»Lass das!«, sagte Otto sofort.

»Was sind denn das für Dinger?«

»Was für Dinger?«

»Diese Geldscheine da in der Tüte. Die mit der komischen Schrift. Sind das etwa Rubel?«

»Ja, das sind Rubel.«

Ich schüttelte den Kopf.

»Na und? Ich hab gesagt, sie sollen alles einpacken, was sie dahaben, und das haben sie auch gemacht. Dann fahren wir eben im nächsten Sommer alle nach Russland.«

Hoffentlich nicht. Urlaub in Russland war sicher noch schlimmer als Urlaub in Cambridge.

Aber so weit waren wir noch nicht. Otto las die Stationen vor. »Landungsbrücken – St. Pauli … – Was hältst du davon, wenn wir hier eine kleine Rast einlegen und uns von ein paar netten Damen verwöhnen lassen?«

»Mit der Schubkarre?«, fragte ich. Das war sicher keine gute Idee. »Und für Rubel machen die sowieso nichts.«

»Da drunter sind Euros«, sagte Otto. »Mindestens tausend.«

Wir legten keine Rast ein. Kellinghusenstraße mussten wir umsteigen. Die U1 stand schon bereit. Wir flitzten mit der Karre quer über den Bahnsteig, ein Opa konnte gerade noch zur Seite springen. Der Zementsack hopste hoch, als wir in das Abteil fuhren, aber das Geld war ja in der Tüte, das konnte keiner sehen. Und schon ging es ab.

In Ohlsdorf hatten wir keinen, der uns die Karre die Treppe runtertrug. »Mach du mal«, sagte Otto, »ich hab's im Kreuz!«

Es polterte ziemlich; ich war den Abstieg mit zu viel Schwung angegangen und krachte gegen die Tunnelwand.

»Nun haben wir es gleich geschafft«, tröstete mich Otto. »Nur noch vier Stationen mit der S-Bahn!«

»Ja, ja. Mit dem Kinderwagen wäre das hier nicht passiert!« Ich rieb mir das Knie.

Kaum waren wir zu Hause und hatten die Beute verstaut, als auch schon die Polizei bei uns auftauchte.

»Was gibt's denn?«, fragte ich.

Otto hatte den Sack Zement aufgerissen und staubte damit in der Wohnung herum, damit jeder sehen konnte, wir waren hier am arbeiten.

»Banküberfall in der Innenstadt. Da haben wir uns gedacht, wir gucken mal vorbei, wie es euch so geht …«

»Herr Wachtmeister«, sagte ich, »da sind Sie bei uns an der falschen Adresse. Wir haben lange genug gesessen, wir tun so etwas nicht mehr.«

»Das freut mich zu hören«, sagte er. »Und in diesem Fall seid ihr wohl wirklich unschuldig. In vierzig Minuten von der Innenstadt nach hier – das schafft ihr nicht mit eurer Karre, nicht beim Vorweihnachtsverkehr, selbst wenn ihr überall bei Rot durchfahrt …«

»Sagen Sie das nicht, Herr Wachtmeister, mein Mazda, der hat einiges unter der Haube!«, widersprach Hans-Dieter, der Idiot. Aber keiner hörte auf ihn.

Titanic-Schwindel

»Banküberfälle sind auf die Dauer langweilig«, sagte ich, als die Polizisten endlich gegangen waren.

Hans-Dieter zog die Augenbrauen hoch. Das fand er nicht.

»Lass uns doch mal zwischendurch etwas anderes machen!«

»Was anderes?« Otto war inzwischen von einem ergebnislosen Erkundungsgang durch das Villenviertel zurückgekehrt. »Gern. Wenn es etwas einbringt.«

Hans-Dieter schlug vor: »Wir könnten vielleicht Elstern dressieren.«

Ich schüttelte den Kopf. »Das dauert zu lange.« Wir brauchten das Geld jetzt. »Was haltet ihr davon, wenn wir mal einen kleinen Titanic-Schwindel starten?«, sagte ich zögernd. »Titanic ist immer gut; so was interessiert die Leute!«

Otto winkte ab. »Alles schon versucht worden«, sagte er. »Hast du das Buch nicht gelesen? Die Autoren wollten den Leuten weismachen, in Wirklichkeit sei das Schwesterschiff gesunken, wegen der Versicherung …«

Ja, kannte ich. Ich hatte einen anderen Plan. »Die Titanic ist gesunken«, sagte ich. »Das ist schon in Ordnung. Genau so, wie es jeder kennt aus der Literatur, aus dem Film. Aber sie sollte sinken, denn sie war leer.«

Otto tippte sich an die Stirn. »Die Passagiere, hast du die vergessen? Über zweitausend Tote!«

»Die zählen nicht. Es geht um etwas viel Wertvolleres. Es geht um die Ladung. Die war natürlich hoch versichert. All die teuren Sachen, die du in dem Titanic-Film gesehen hast, die sind in Wahrheit gar nicht an Bord gewesen. Vor ihrer Abreise lag die Titanic eine Nacht in Cherbourg. Da haben die Eigentümer das Schiff ausladen lassen, dann versenkt und die Versicherung kassiert.«

»Quatsch.«

»Kein Quatsch«, sagte ich. »Die meisten Sachen aus dem Titanic-Schwindel-Buch stimmen ja. Warum wohl gehörten die Schiffe, die sich am dichtesten an der Unglücksstelle befanden, alle der *White Star Line*, der Titanic-Reederei? Weil sie die Besatzung retten sollten natürlich. Und die Passagiere. Aber das ist dann schiefgegangen.«

»Aber – selbst wenn das so wäre, für diese Behauptung zahlt uns doch niemand einen müden Euro, und du glaubst doch nicht im Ernst, dass sich einer von uns jetzt hinsetzt und auf blauen Dunst einen Roman schreibt?«

»Flaschenpost«, sagte ich.

Otto tippte sich an die Stirn. »Das Papier! Leicht nachweisbar, dass das falsch ist!«, sagte er.

Er hatte keine Ahnung. Wir rissen die Seiten aus einem Band des *Strand Magazine* von 1911. Antiquarisch jederzeit leicht erhältlich. Und sehr passend, wegen Sherlock Holmes. Unsere Flaschenpost-Schreiberin, stellten wir uns vor, hatte das Buch mit ins Rettungsboot genommen, weil sie es noch nicht fertig gelesen hatte.

»Und die Flasche?«

»Die auch. Sie war Alkoholikerin.«

Natürlich ging es nicht, dass ausgerechnet wir die Flaschenpost fanden; wir waren nicht nur Kriminelle, wir sahen auch so aus. Da war es viel besser, wenn wir ein ahnungsloses Mädchen vorschickten. Und wir konnten die Flasche auch nicht im Hamburger Hafen finden oder in Blankenese. Neufundland wäre am sichersten, aber das war uns zu teuer. Ich wollte eigentlich nach Sylt, aber der Chef entschied, dass wir stattdessen nach Wangerooge fahren würden. Susanne und er waren inzwischen von Teneriffa zurück. Nur der genaue Termin stand noch nicht fest.

Der Urenkel des Zaren

Wir saßen wie jeden Abend vor dem Kamin, aber diesmal war es noch früh am Abend, und Otto war also noch nüchtern. Und als Susanne ihn ganz ernsthaft auf seine Behauptung von neulich Abend angesprochen hatte, hatte er ganz ernsthaft geantwortet.

»Natürlich ist das alles unsicher«, sagte er. »Ich weiß nicht, ob ich der Urenkel des Zaren bin. Es ist einfach nur die Geschichte, die mein Vater mir erzählt hat.«

»Aber wie kommt dein Vater darauf?«, wollte der Professor wissen. »Ich meine, es ist doch eindeutig geklärt, dass die gesamte Zarenfamilie 1918 ermordet worden ist. In Jekaterinburg, wenn ich mich recht entsinne. Irgendwo im Ural ist das.«

Otto seufzte. »Ja, das habe ich auch gelesen. Aber ich bin kein Historiker. Die Quellen widersprechen sich. Der eine schreibt dies, der andere das. Fest steht jedenfalls, dass zwei Jahre nach der Erschießung, nach der angeblichen Erschießung der Zarenfamilie eine junge Frau in Berlin aufgetaucht ist, die gesagt hat, sie sei Anastasia, die jüngste Tochter des Zaren.«

»Aber das hat ihr niemand geglaubt«, vermutete ich.

»Das stimmt nicht«, widersprach Susanne. »Es gab eine ganze Reihe von Leuten, die das geglaubt haben, allerdings gab es mindestens ebenso viele Leute, die das nicht geglaubt haben. Viele von denen hatten sicherlich ein sehr persönliches Interesse daran, sich auf die eine oder andere Seite zu schlagen. Wenn die junge Frau aus Berlin wirklich Anastasia war, dann gehörte ihr das Vermögen der Zarenfamilie, das angeblich in London lag. Wenn sie aber nicht Anastasia war, dann gehörte es den anderen Verwandten.«

»Das ist ja das Problem«, sagte Otto. »Ich weiß nicht, wem ich glauben soll.«

»Wie ist denn die Anastasia nach Berlin gekommen?«, wollte der Professor wissen.

Otto warf ihm einen misstrauischen Blick zu. Wahrscheinlich befürchtete er, dass sich auch der Professor für das Geld interessierte. Wenn es irgendeine Möglichkeit gab, an diese Schätze heranzukommen, dann würde er sicher alles dafür tun, das Vermögen des Zaren für uns zu sichern. Oder für sich selber.

»Wie die angebliche Prinzessin von Jekaterinburg nach Berlin gekommen ist, das ist nie überzeugend geklärt worden«, wusste Susanne.

»Warum weißt du so viel darüber?«, fragte ich.

Susanne lächelte. »Ich habe einiges darüber gelesen«, sagte sie. »Das ist eine Geschichte, die mich interessiert hat. Eine romantische Geschichte. Ein Märchen, wenn du so willst. Ich interessiere mich für Märchen. Es ist lange her, dass ich diese Dinge nachgeschlagen habe, und einiges habe ich inzwischen wieder vergessen, aber ein paar Details sind mir im Gedächtnis geblieben. Angeblich soll ein Bauer sie auf einem Pferdewagen aus Russland herausgeschmuggelt haben. Sie soll diesen Mann geheiratet haben und ein Kind mit ihm gehabt haben, aber der Mann existiert nicht mehr …«

»Das ist genau die Geschichte, die mein Vater mir erzählt hat«, rief Otto. »Der Mann hieß Alexander Tschaikowski. Und ihr wisst doch, dass ich Otto Tschaikowski heiße. Der Mann war mein Großvater. Aber er ist auf offener Straße in Bukarest erschossen worden. Es waren sehr unruhige Zeiten damals. Rumänien führte Krieg gegen Ungarn. Es herrschte Chaos. Mein Vater Alexej landete schließlich in einem Waisenhaus.«

»Hat er denn später seine Mutter besucht?«, fragte ich.

Otto schüttelte den Kopf. »Er hat sich nicht getraut. Als er alt genug war, waren ja in Deutschland die Nazis an der Macht, und mit denen wollte er nichts zu tun haben. So ist er denn in Rumänien geblieben. In Siebenbürgen. Da bin ich geboren worden.«

»Dieser Teil deiner Erzählung stimmt wahrscheinlich«, entschied der Professor. »Aber alles andere ist großer Blödsinn. Die Zarenfamilie ist 1918 erschossen worden, und das war das Ende der Geschichte.«

»Ja, ich weiß«, sagte Otto. »Das sagen alle. Was nützt es also, wenn ich etwas anderes behaupte? Wenn ich als Tresorknacker versuchen wollte, die gesamten Wissenschaftler zu widerlegen?« Es klang resigniert.

»Und du hast nicht irgendetwas, womit du deine Herkunft beweisen könntest?«, sagte Susanne.

»Ich habe nur das hier«, sagte Otto. Er zog einen Stein aus der Tasche und legte ihn auf den Tisch.

»Das ist ein Rubin!«, rief der Professor. Wir alle waren aufgesprungen und starrten auf den Edelstein. Es war ein ziemlich großer Rubin, und er wies einen auffälligen Defekt auf. Der Stein war erheblich beschädigt. Er sah so aus, als hätte jemand eine Ecke davon abgeschlagen. Oder abgeschossen.

Wangerooge

Es dauerte ein paar Monate, bis wir schließlich nach Wangerooge fuhren. Wir hatten die Autos auf dem Festland gelassen – notgedrungen: Wangerooge war eine autofreie Insel. Jetzt fuhren wir mit der Inselbahn vom Anleger ins Dorf. Wir waren zu sechst: der Professor, seine Susanne, Hans-Dieter, Elke, Otto und ich.

»Guck mal, was für niedliche, runde Goldfischteiche die hier haben«, freute sich Elke. Der Chef hob die Augenbrauen, sagte aber nichts. Elke war zu jung; sie wusste nicht, wie Bombentrichter aussahen. Wangerooge war im Mai 1945 bombardiert worden. Außer den Teichen sah man heute nichts mehr davon.

Hans-Dieter wirkte nervös. Immer wieder tastete er sein Jackett ab. Vergeblich – das Schulterhalfter hatte er in Hamburg gelassen, genau wie seine *Smith & Wesson*. Es fiel ihm schwer, sich daran zu gewöhnen, dass wir nur auf die Insel gekommen waren, um unsere Flaschenpost zu finden. Ansonsten waren wir hier im Urlaub. Für einen normalen Urlauber guckte Hans-Dieter auch viel zu finster. Das würde er üben müssen die nächsten Tage, sonst fielen wir nur unnötig auf.

Unsere kleine Pension lag in der Charlottenstraße. Die Vermieterin holte uns wie in alten Zeiten mit dem Bollerwagen vom Bahnhof ab. Nachdem alle Formalitäten erledigt waren und wir unsere falschen Namen in die Anmeldung eingetragen hatten, setzten wir uns auf die Terrasse und dachten nach. *Brainstorming* nannte der Professor das.

Urlaub auf Wangerooge. Was sollte man machen mit so einem Urlaub? Einmal richtig abschalten, hatte Susanne vorgeschlagen. Aber das fiel uns allen ziemlich schwer. Am schwersten natürlich unserem Boss. Er hatte die Zeitung schon auf der Fähre durchgelesen. Stand nichts Interessantes drin. Keine Neueröffnung von Juwelierläden, gar nichts.

»Ich werde mir mal die Gegend anschauen«, sagte er. Und schon war er weg.

»Und ich?«, maulte Hans-Dieter.

»Lies doch mal etwas, das lenkt ab!«, sagte Susanne. Sie gab sich sehr viel Mühe mit ihm. Hatte ihm extra ein Buch gekauft. »Es spielt sogar zum Teil auf Wangerooge.«

Hans-Dieter runzelte die Stirn. Eigentlich hielten wir ja alle nicht viel von Büchern, aber als er dann den Titel gesehen hatte – *Das Rätsel der Sandbank* –, da nahm er es doch und fing sogar an, darin zu lesen.

Am Nachmittag trafen wir uns wieder. Susanne und ich saßen auf einer der Bänke im Rosengarten.

Der Boss ging ruhelos auf und ab. »Wie machen wir es nur, wie machen wir es nur?«, murmelte er. Er hatte die Volksbank in der Zedeliusstraße entdeckt.

Otto schnitzte sich einen Stock und zeichnete Tresore in den Sand.

»Lass das!«, sagte der Professor, »wir machen uns verdächtig!«

Otto zuckte mit den Achseln. Er wischte den Tresor weg und begann, einen Frosch zu zeichnen. Ich hätte ihn gern weiter ausgefragt über seine Großmutter. Ich hätte gern gewusst, ob sie wirklich die Tochter des Zaren gewesen war, aber Susanne hatte uns alle gebeten, jetzt nicht weiter darüber zu reden. Wir wussten zu wenig über die Geschichte, und es war sinnlos, etwas zu diskutieren, was man nicht genau kannte. Sie würde darüber nachlesen, und dann könnten wir alles klären.

Hans-Dieter wirkte deprimiert. Es war ganz offensichtlich, dass er mit der erzwungenen Untätigkeit nichts anfangen konnte. »Wie weit bist du denn inzwischen gekommen mit deinem Buch, Hans-Dieter?«, fragte Susanne, um ihn auf andere Gedanken zu bringen.

Aber Hans-Dieter winkte nur ab. »Alles Schwindel«, sagte er. »Das ist gar keine richtige Bank. In dem ganzen Buch kommt überhaupt keine Bank vor. Da geht es nur um Matsch und Schlick.«

»Mein Gott, es gibt doch auch noch andere Dinge im Leben als nur Banken«, ereiferte sich Susanne.

Hans-Dieter schüttelte den Kopf. »Für mich nicht.«

»Das sind Entzugserscheinungen«, sagte ich. »Wer Tag und Nacht über Banküberfälle nachdenkt, der kann einfach an nichts anderes mehr denken. Hans-Dieter ist ein typischer Workaholic.«

»Was bin ich?« Mit unbekannten Begriffen durfte man Hans-Dieter nicht kommen.

»Ein Workaholic«, wiederholte ich.

»Wenn du das noch mal sagst, dann kriegst du was in die Schnauze«, drohte er.

Susanne besänftigte ihn. »Er meint es doch nicht so!«

Der Chef sagte: »Wie dem auch sei – jedenfalls gibt es hier auf der Insel nur eine einzige Bank.«

»Ja, und das ist die, auf der wir hier sitzen!«

Der Boss starrte Hans-Dieter an.

»Du hast was missverstanden«, sagte Susanne. »Von dieser Sorte gibt es auch auf Wangerooge ziemlich viele. Aber was der Boss meint, das sind keine Bänke, sondern Banken. B-a-n-k-e-n – verstehst du? So etwas wie Sparkassen. Läden, wo andere Leute ihr Geld reinbringen und wo wir es dann rausholen.«

»Die Volksbank«, sagte der Chef. »Hier auf dieser Insel, da gibt es nur die Volksbank.«

»Besser als keine«, sagte ich mechanisch.

»Das würde ich normalerweise auch sagen«, seufzte der Chef. »Das einzige Problem ist, dass ich nicht weiß, wie wir an das Geld herankommen sollen.«

»Na, so wie immer!«, schlug Hans-Dieter vor.

Ich schüttelte den Kopf. »Wir haben unser Handwerkszeug nicht dabei«, erinnerte ich ihn. »Wir sind im Urlaub, und wir haben ganz klar abgemacht, dass im Urlaub nicht gearbeitet wird.«

»Ja, ja, ich weiß! – Aber so eine winzig kleine Bank, das kann man doch nicht als Arbeit bezeichnen!«

»Wir sind unbewaffnet«, sagte ich. »Und das zweite Problem ist, dass wir hier auf einer Insel sind. Wir können zwar vielleicht die Bank ausrauben, aber wenn dann der Alarm losgeht, dann können wir nicht weg. Jedenfalls nicht sofort; wir müssen auf das nächste Hochwasser warten, bis wieder ein Schiff zum Festland geht.«

»Das ist nicht das Problem«, befand der Chef. »Wegkommen ist überhaupt nicht das Problem.«

»Wir könnten uns natürlich einen Wattführer mieten«, schlug Susanne vor.

»Nein. Es gibt eine viel bessere Möglichkeit.« Der Chef erklärte uns, dass man sich immer so verhalten müsse, wie der Gegner es nicht erwarte. »Wenn also die Bullen hören, dass hier die Bank überfallen worden ist, dann denken sie natürlich, dass der Täter so schnell wie möglich mit dem Geld von der Insel runterwill. Das wollen wir aber gar nicht …«

»Nicht?«

»Nein. Ihr erinnert euch sicher noch daran, wie ihr früher als Kinder Fangen gespielt haben? Bei uns war an der Gartenpforte ›Frei‹. Und so ähnlich ist es hier auf Wangerooge. Im Westaußengroden ist ›Frei‹. Wenn wir mit unserer Beute dort hineinlaufen, dann darf keiner hinter uns herkommen. Denn der Westaußengroden gehört zum Nationalpark, und zwar zur Ruhezone des Nationalparks. Und da herrscht strengstes Betretungsverbot. Vor allem jetzt in der Brutsaison.«

Ich schüttelte den Kopf. »Die Bullen halten sich nie an solche Regeln!«

»Doch, das müssen sie.«

Ich war nicht überzeugt. Auch Susanne schien skeptisch. Lediglich Hans-Dieter war Feuer und Flamme.

Wir nahmen das fragliche Gelände in Augenschein. Wir fuhren mit der Inselbahn zum Anleger und wieder zurück. Ich sah sofort, dass der Westaußengroden als Versteck für flüchtige Bankräuber nicht besonders gut geeignet war. Von der Bahntrasse aus hatte man einen ziemlich guten Überblick, und von der Nordseite her, von der Deichkrone, sollte man ebenfalls das Meiste einsehen können. Ganz zu schweigen von der Spitze des Westturms. Und die tief gelegenen Flächen, die man vielleicht nicht sehen konnte, das waren fast ausschließlich Wasserlöcher.

»Wie willst du hier überhaupt hinkommen?«, fragte Susanne. »Diese Bank, die ist doch in der Zedeliusstraße, mitten im Ort. Von da bis zum Westaußengroden sind es an die zwei Kilometer.«

»Kein Problem. Über die Straße zum Westen natürlich.«

»Und du glaubst tatsächlich, das schaffst du? Du glaubst, dass du schneller laufen kannst als die Polizei? In deinem Alter?«

Hasso nickte. »Ja, natürlich. Auf Wangerooge gibt es ja keine Autos. Fast keine jedenfalls. Die Feuerwehr hat eins, und es gibt auch einen Krankenwagen, aber die Polizei muss zu Fuß gehen.«

»Fahrrad«, sagte ich.

Der Professor schüttelte den Kopf. »Hast du die Schilder nicht gesehen, die hier überall stehen? *Vernünftige fahren hier nicht mit dem Rad. Den anderen ist das Radfahren verboten.*«

»Die Polizei ist nicht vernünftig«, sagte ich. »Und an Verbote hält sie sich nicht.«

»Wir auch nicht. – Und wir sind besser als die Bullen. Hans-Dieter, du wirst uns ein Tandem besorgen. Mit dem Tandem dürfen wir auch da fahren, wo es für Fahrräder verboten ist. Jedenfalls behaupten wir das.«

Hans-Dieter war nicht begeistert. »Ein Tandem? – Ich habe noch nie Fahrräder geklaut. Ich weiß überhaupt nicht, wie man das macht. Soll ich nicht lieber den Krankenwagen kurzschließen?«

»Zu auffällig«, entschied der Chef. Es blieb bei dem Tandem. »Wenn du es nicht klauen kannst, musst du es zur Not eben ausleihen.«

»Was wird mit uns anderen?«, fragte ich. »Ich meine, wir passen doch nicht zu sechst auf ein Tandem.«

»Ihr habt frei«, sagte der Chef. »Ihr werdet gebraucht für Erkundung des Objekts, für Ablenkungsmanöver und so, aber mit dem eigentlichen Überfall habt ihr nichts zu tun. Ihr fahrt hinterher ganz normal mit der Fähre zurück zum Festland und wartet auf uns.«

Das war mir auch viel lieber so, und ich glaube, Susanne dachte ganz ähnlich.

Der zweite Urlaubstag. Ich kam zu spät zum Frühstück. Außer mir fehlte noch einer. »Wo ist Hans-Dieter?«, fragte ich.

»Der ist schon am Strand«, sagte Susanne.

»Bernstein?«, fragte ich. »Wenn er Bernstein suchen will, dann ist das jetzt die falsche Zeit. Dann müsste er bei ablaufendem Wasser gehen, am besten nach einer Sturmflut.«

Susanne sagte: »Bernstein interessiert ihn nicht. Hans-Dieter hat in der Zeitung gelesen, dass im letzten Winter am Strand eine Bombe gefunden worden ist. Ein Blindgänger aus dem Zweiten Weltkrieg. Er stellt sich nun vor, dass er auch so eine Bombe findet. Die würde er dann nehmen, damit in die Bank gehen und drohen, mit dem Hammer auf den Zünder zu schlagen, falls der Kassierer nicht sofort das ganze Geld herausrückt.«

»Weil wir ja unsere Waffen nicht dabeihaben«, ergänzte Otto.

Ich schüttelte den Kopf. »Das geht nicht. Die Bombe, die da im Winter gefunden worden ist, das war eine 500-lbs-Bombe.«

»Jetzt komm uns nicht wieder mit deinem Abiturientenwissen«, beschwerte sich Otto. »Wie die Bombe heißt, ist doch völlig egal. Die Hauptsache ist, dass sie groß und gefährlich aussieht.«

Ich sagte: »Eine 500-lbs-Bombe heißt so, weil sie 500 Pfund wiegt. Das sind zwar englische Pfund, also insgesamt nur 227 Kilo, aber selbst das dürfte eindeutig zu schwer sein, um das Ding von Hand zu bewegen. Selbst für einen kräftigen Kerl wie unseren Hans-Dieter.«

Susanne überlegte: »Vielleicht können wir uns ja etwas basteln, das so aussieht wie eine Bombe.«

Ich sagte: »Meine Oma hatte früher zwei solche Munitionshülsen von der Flak. Acht Komma acht Zentimeter. Die hat sie aneinandergeschlagen, um im Garten die Vögel aus den Erbsen zu scheuchen. Wenn wir so etwas hätten – das könnte man leicht ergänzen.«

»Deine Oma wohnt nicht zufällig auf Wangerooge, oder?«

»Nein, sie hat in Hamburg gewohnt. Und sie ist längst gestorben. – Aber auf Wangerooge, da muss doch auch Flak gestanden haben, und da muss es jede Menge Geschosshülsen gegeben haben. Vielleicht sollten wir hier mal in den Schrebergärten nachsehen …«

Der Chef glaubte nicht an die Hülsen in den Schrebergärten. »Wir machen das anders«, antwortete er. »Susanne, du gehst am besten mal in das Spielzeuggeschäft und besorgst uns ein paar Pistolen.«

»Aber – Susanne weiß doch gar nicht, wie eine richtige Pistole aussieht!«, sagte ich.

»Doch, das weiß sie«, widersprach der Chef. »Und jedenfalls fällt es viel weniger auf, wenn sie die Dinger besorgt, als wenn so ein alter Mann wie du in den Laden geht. Wenn wir schon keine Kinder haben, die wir vorschicken können.«

Susanne zog los. Hans-Dieter kam von seinem Strandspaziergang zurück. Er hatte keine Bombe gefunden. Wir ließen uns jeder noch einen Gin bringen und warteten, dass Susanne zurückkam.

Spiel und Spaß hieß der Laden. Er war in der Zedeliusstraße, genau wie die Volksbank. So dauerte es nicht lange, bis unsere Studentin zurück war. Sie berichtete: »Als ich nach Pistolen gefragt habe, hat die Verkäuferin mich ganz komisch angeguckt, und die Mutti neben mir ist gleich ein Stück von mir abgerückt. Die Verkäuferin hat gefragt, ob ich nicht lieber einen Lenkdrachen nehmen möchte. Damit kann man auch sehr schön kämpfen. Aber ich habe gesagt: Unsere Zwillinge wollen Cowboy und Indianer spielen. Mit Lenkdrachen geht das nicht. Schließlich hat sie mir zwei Wasserpistolen verkauft.«

Sie legte die Dinger auf den Tisch. Hans-Dieter konnte sich gar nicht wieder einkriegen vor Lachen. Beide Pistolen bestanden aus durchsichtigem Kunststoff; die eine war rot, die andere grün.

Auch der Chef war im ersten Augenblick etwas verwirrt. Aber Susanne sagte: »Dass die so bunt sind, das macht nichts. Mit schwarzer Schuhcreme können wir das mühelos ändern.«

Natürlich hatten wir keine Schuhcreme. Also wurde Susanne noch einmal losgeschickt, um welche zu besorgen. Wir konnten Hans-Dieter nur mit Mühe davon abhalten, dass er die Wasserpistolen sofort ausprobierte. Das fehlte ja noch, dass wir uns hier in der Pension eine Wasserschlacht lieferten.

Nach der Bearbeitung mit Schuhcreme sahen die beiden Pistolen tatsächlich fast überzeugend aus. Susanne hatte die Waffen ordentlich gewienert, um den charakteristischen Metallglanz hinzubekommen. Auch der Chef war zufrieden. »Geht doch«, sagte er. »Gleich morgen früh schlagen wir zu.«

»Erst die Flaschenpost«, sagte ich.

»Ja, erst die Flaschenpost«, bestätigte der Professor.

Ein ahnungsloses Mädchen sollte die Flasche finden. Wir hatten Elke dafür ausgesucht, Hans-Dieters Freundin. Sie hatte den kleinen Felix für ein paar Tage bei der Nachbarin abgegeben. Elke nahmen wir immer für solche Sachen, aber jetzt zeigte sich, sie war einfach zu ahnungslos. Fünfmal sind wir am Strand entlangmarschiert, hin und her, und immer wieder haben wir die Flasche mit dem wertvollen Inhalt ganz zufällig vor ihren Füßen platziert, aber sie hat sie einfach nicht beachtet. Beim letzten Mal mussten wir das Ding für zehn Euro von einem aufgeweckten Knirps zurückkaufen, der damit über den Harz gehen wollte.

Schließlich hat Otto dann gesagt: »Oh, guck mal, ich glaube, da liegt eine Flaschenpost!«

»Wo?«, hat Elke gefragt. Da haben wir sie ihr gezeigt.

Der Rest war einfach. Als sie die Seiten aus der Flasche gesehen hatte, die Eintragungen: *geschrieben auf einem Rettungsboot der Titanic, am 16.4.1912,* da gab es kein Halten mehr. Natürlich hatte sie den Film gesehen, mindestens zehn Mal, jedes Mal wieder geheult wie ein Schlosshund. – Und wir hatten uns viel Mühe gegeben, in unserem Text nicht nur den Schwindel aufgedeckt, auch noch eine echte Liebesgeschichte mit eingebaut.

Es war eine wunderschöne Geschichte. Elke hörte gar nicht mehr auf zu heulen. Wir haben sie schließlich mit der nächsten Fähre zurück ans Festland geschickt. Ein Bankraub mit einem heulenden Mädchen wäre zwar mal etwas völlig Neues gewesen, aber auf dieses Experiment wollten wir doch lieber verzichten.

»Glück gehabt«, sagte Susanne, als wir im Zug saßen und mit der Inselbahn in Richtung Westen tuckerten.

Ich nickte. Ja, wir drei hatten Glück gehabt.

»Ob die Reise-Rücktrittsversicherung wohl zahlt?«, wollte Otto wissen.

»Wir haben keine Reise-Rücktrittsversicherung«, klärte Susanne ihn auf.

Der Bankraub war gescheitert. Es hatte nur wenige Sekunden gedauert, bis der Mann hinter dem Schalter den Trick mit den Spielzeugpistolen durchschaut hatte. Der Chef konnte nur rasch noch ein paar lose herumliegende Banknoten greifen, und dann war es höchste Zeit für Hans-Dieter und ihn, dass sie sich absetzten. Der Polizist auf dem Fahrrad wartete schon auf der Straße. Wo der so schnell hergekommen war, war uns ein Rätsel. Die beiden Bankräuber konnten sich jedoch der sofortigen Festnahme dadurch entziehen, dass Hans-Dieter die Tische vor dem Spielzeuggeschäft umstürzte und damit den Polizisten zum Absteigen zwang. Die beiden Tandemfahrer bogen links ab und waren im nächsten Augenblick außer Sicht.

Susanne, Otto und ich gingen zum Inselbahnhof. Es war eine ziemliche Schlepperei mit dem ganzen Gepäck unserer Kollegen. Besonders der Professor hatte mal wieder einen großen Teil seiner Bibliothek mitgebracht. Aber wir schafften es rechtzeitig bis zur Abfahrt des Zuges.

»Ob die beiden es auch geschafft haben?« Susanne machte sich Sorgen, vor allem um den Professor.

Es sah nicht so aus. Wir fuhren gerade am Westinnengroden vorbei. Ein kleiner Junge fragte seine Mama: »Mutti, was macht der Mann da draußen?«

Mitten im Westinnengroden stand Hans-Dieter und versuchte mit wild fuchtelnden Armen die Angriffe der Kiebitze abzuwehren.

Die Mutter sagte: »Das ist wieder einer von diesen Eierdieben. Aber die Vögel wissen sich zu wehren. Die geben keine Ruhe, bis sie den Eindringling vertrieben haben.«

»Ist das denn nicht verboten, was der Mann da macht?«

»Natürlich ist das verboten. Da hinten kommt ja auch schon die Polizei.«

Hans-Dieter gab das Gefuchtel auf und versuchte davonzurennen. Schon klatschte er ins Wasser. Nicht weit von ihm hockte ein zweiter Mann am Boden. Das musste der Chef sein. Dann fuhr der Zug um eine Kurve, und was weiter geschah, konnten wir nicht mehr beobachten.

»Das geht schief, Jürgen, das geht schief!«, sagte Susanne. Sie sah mich ängstlich an.

»Der Professor schafft das!«, behauptete ich, aber auch ich hatte meine Zweifel.

Susanne hatte Tränen in den Augen.

Aber irgendwie haben die beiden es dann doch noch geschafft. Unmittelbar vor Ablegen der Fähre sind sie an Bord gekommen. Ende gut, alles gut.

Der Bankraub hatte zwar nicht geklappt, aber unser Titanic-Schwindel war ein voller Erfolg. Es gab richtig Geld. Natürlich hat der *Stern* nicht geglaubt, dass das Ding echt war. So hat dann eine andere große Zeitschrift den Zuschlag bekommen. Das Papier stammte aus der richtigen Zeit, das Alter der Schrift war beim Bleistift (im Unterschied zur Tinte des Schwindlers Kujau) nicht nachweisbar. Und außerdem war es völlig logisch, dass unsere Heldin mit Blei geschrieben hatte; das hielt sich besser, falls die Seiten nass werden sollten.

Jetzt, wo der Vertrag besiegelt, das Geld überwiesen war, jetzt störte eigentlich nur noch eines: Elke. Selbst das schönste Honorar war nicht mal halb so schön, wenn einer von uns alles für sich behalten wollte. Als wir Elke ernsthaft ins Gewissen reden wollten, machte niemand auf. Elke war unbekannt verzogen, mit dem Geld – und unseren Anteil hatte sie mitgenommen.

Das Märchen vom Dschungelkind

Susanne hatte gesagt, sie interessiere sich für Märchen. Bei unserem abendlichen Zusammensein im Kaminzimmer fragte ich nach. »Was für Märchen sind das, für die du dich interessierst? So Dinge wie *Hänsel und Gretel* oder *Das hässliche junge Entlein*?«

Susanne schüttelte den Kopf. »Richtige Märchen«, sagte sie. »Märchen, die hier und heute passieren. Märchen, die uns das Fernsehen erzählt oder die in der Zeitung stehen.«

Wir saßen in gemütlicher Runde vor dem Kamin, die Holzscheite knackten und knisterten im Feuer, und jeder von uns hatte seinen Gin Tonic vor sich.

»Die Medien machen Fehler«, sagte der Professor bedächtig. »Aber ich glaube nicht, dass die Zeitungen und das Fernsehen uns mit Absicht Märchen vorsetzen.«

Susanne widersprach: »Das sehe ich anders! – Ein typisches Beispiel ist das Dschungel-Mädchen. Kennt ihr die Geschichte vom Dschungel-Mädchen?«

»Ist das nicht irgend so ein Film?«, fragte Hans-Dieter.

Susanne schüttelte unwillig den Kopf.

»Was ist das für eine Geschichte?«, wollte der Professor wissen.

Susanne berichtete: »Es war im Januar, da hatten Waldarbeiter im indischen Bundesstaat Uttar Pradesh in der Nähe der Grenze zu Nepal zu tun. Sie hörten eine Horde Affen, die in der Nähe herumtobte, und als sie näher hinsahen, entdeckten sie, dass ein kleines Mädchen bei den Affen war. Das Kind war ungefähr acht Jahre alt und vollständig nackt. Es war völlig abgemagert und hatte Wunden am ganzen Körper. Es bewegte sich auf allen vieren, konnte nicht sprechen. Es aß direkt vom Boden, ohne die Hände zu gebrauchen. Das Mädchen war ganz offensichtlich seit Jahren mit den Affen herumgezogen. Die Waldarbeiter versuchten, es einzufangen, aber sie wurden von den Affen angegriffen, die das Kind verteidigten. Natürlich berichteten die Männer von dieser Begegnung. Ein Polizist wurde losgeschickt, um das Kind zu fangen. Auch er wurde von den Affen attackiert, aber es gelang ihm schließlich doch, das Mädchen zu greifen, es in sein Polizeiauto zu ziehen und vor den ihn verfolgenden Affen davonzurasen. Das Kind kam dann erst einmal in ein Krankenhaus, wo es gründlich untersucht wurde. Die Affen haben es gefunden und das Kind im Krankenhaus besucht.«

»Das hört sich an wie eine Geschichte aus dem Dschungelbuch«, staunte der Professor.

»Das Dschungelbuch ist frei erfunden«, sagte Otto.

Susanne nickte. »Die Geschichte vom Dschungel-Mädchen ist auch frei erfunden«, sagte sie. »Jedenfalls zu großen Teilen. Zum Beispiel war das Mädchen nicht nackt. Es bewegte sich zwar unbeholfen fort, aber es lief nicht auf allen vieren. Auch haben die Affen es nicht gegen die Waldarbeiter und den Polizisten verteidigt. Die Affen haben es auch nicht im Krankenhaus besucht. Es waren überhaupt keine Affen im Spiel. Das Kind wurde auch nicht irgendwo im Wald entdeckt, sondern am Straßenrand, und die Polizei geht davon aus, dass es dort höchstens vierundzwanzig Stunden lang gesessen hatte. Das Einzige, was stimmte, das war, dass ein behindertes Kind gefunden worden ist.«

»Ausgesetzt«, vermutete der Professor.

»Ausgesetzt«, bestätigte Susanne. »Ein geistig und körperlich behindertes Kind, das von seinen Eltern am Straßenrand ausgesetzt worden war. Seine Eltern haben es nicht haben wollen, zumal es nicht nur behindert, sondern obendrein noch ein Mädchen war. Aber nun, als alle Zeitungen darüber geschrieben hatten und es so berühmt geworden war, tauchten plötzlich verschiedene Leute auf, die behaupteten, es sei ihr Kind.«

»Und was geschah dann?«, fragte der Professor.

»Es waren natürlich nicht die Eltern. Zum Glück, muss man sagen. Was wäre das für ein Schicksal gewesen, zu den Eltern zurückgebracht zu werden, die einen ausgesetzt haben? – Das Mädchen hat inzwischen einen Namen bekommen. Es heißt jetzt Ehsaas. Es ist seit Anfang April in einem Heim für geistig Behinderte in Lucknow. Dort hat Ehsaas inzwischen Freundschaft mit Pooja, einem etwas älteren, ebenfalls behinderten Mädchen geschlossen. Die beiden verstehen sich, obwohl keines der Mädchen richtig sprechen kann. Sie verstehen sich ohne Worte.«

»Das ist eine schöne Geschichte«, sagte Otto. »Eine Geschichte, die gut ausgegangen ist.«

Ich war mir nicht so sicher. »Ist sie das wirklich?«

Susanne lächelte. »So steht es jedenfalls in der Zeitung.«

»Aber alles andere hat auch in der Zeitung gestanden«, wandte ich ein. »Und wir haben gerade gehört, dass es nicht gestimmt hat. Woran willst du erkennen, wann die Presse die Wahrheit sagt und wann sie lügt?«

»Das kannst du nur herausfinden, indem du deinen Verstand einsetzt«, sagte Susanne.

»Viel Glück dabei!«, brummte der Professor.

Ein Wochenende in Harburg

Eine Woche später mussten wir überraschend einen Ortswechsel vornehmen. Für uns als Berufsverbrecher war es zwar nie gut, sich zu lange an einem Ort aufzuhalten. Aber zu weit wegfahren wollten wir auch nicht. So entschieden wir uns für Hamburg-Harburg. Kennen Sie Harburg? Die Hamburger, die das Glück haben, nördlich der Elbe zu wohnen, sagen gern: In Harburg fängt der Balkan an. Aber die meisten sind nie in Harburg gewesen.

Das Hotel, das Hasso für uns ausgesucht hatte, sah ziemlich vornehm aus. Zu vornehm für uns. Wir ließen den Chef vorgehen. Der hatte einen ordentlichen Anzug, und auf seiner Kreditkarte stand *Professor Hasso von Lohbergen*. Das machte Eindruck. Normalerweise.

Otto trug einen Hut; er sah aus, als ob er direkt einem amerikanischen Gangsterfilm entsprungen wäre. Dabei war das doch nur, damit man die Schramme am Kopf nicht sehen konnte. Da war ihm ein Eisenteil von diesem Geldautomaten an den Schädel geflogen, den wir in Schwarzenbek gesprengt hatten. Hans-Dieter hatte die Sprengladung wohl etwas zu groß bemessen.

Hans-Dieter war bei der Bundeswehr gewesen, bei den Pionieren. Charakteristisch für die Pioniere war angeblich die Verbindung von technischem Können, handwerklichem Geschick und verantwortungsbewusstem Improvisieren. Hans-Dieter hatte mehr improvisiert als die meisten seiner Kameraden. Die Bundeswehr wollte ihn nicht länger als nötig behalten. Aber jedenfalls hatte er lange genug gedient, um größere Mengen von Sprengstoff zur Seite zu schaffen. Von den Vorräten würden wir noch einige Jahre zehren können. Hans-Dieter trug jetzt Handschuhe, damit man die rote Farbe nicht sah. Die hatte der Geldautomat nicht nur über die Banknoten, sondern obendrein noch über Hans-Dieter versprüht. Wir wussten noch nicht, wie wir die wieder abkriegen konnten.

Der Professor fragte, ob sie ein Familienzimmer hätten. Die Dame am Empfang starrte uns an, als ob wir von einem anderen Stern kämen.

»Wir sind alles Brüder«, fügte Otto hinzu.

Die Frau zuckte zusammen, als sie seinen rumänischen Akzent hörte. Wie oft hatten wir ihm schon gesagt, dass er den Mund halten sollte, wenn wir mit Fremden redeten?

Am Ende bekamen wir zwei Doppelzimmer.

»Nobel«, sagte Otto.

Otto hatte recht. Im Augenblick stand er am Waschbecken und versuchte wieder einmal, die rote Farbe von den Händen zu bekommen. Er hatte sich extra einen Bimsstein besorgt. Am Ende waren nicht nur die Flecken rot, sondern die ganzen Hände.

Hans-Dieter hatte sich den Wasserkocher genommen und darin einen Hunderter eingeweicht. »Das wäre doch gelacht, wenn man die Dinger nicht sauber kriegen könnte!«, sagte er. Das Wasser begann zu säuseln. Wir sahen zu, wie der Geldschein sich langsam im Kreis bewegte.

»So etwas nennt man Geldwäsche!«, sagte ich. Das Wasser begann zu brodeln, die Farbe ging noch immer nicht ab.

»Die taugen auch überhaupt nichts!«, entrüstete sich Otto. »Die gute alte D-Mark, die konntest du in die Waschmaschine stecken, mit Ariel im Hauptwaschgang, und hinterher war alles Paletti. Aber diese Dinger, die sind für nichts zu gebrauchen.«

»Vielleicht bleicht ja die Farbe aus, wenn man sie in die Sonne legt!«, schlug ich vor.

Otto fand einen Weg auf das Flachdach. Er heftete einen Hunderter mit einer Heftzwecke auf die Teerpappe, damit er nicht wegwehen konnte.

»Morgen wissen wir, ob es klappt«, sagte er.

»Urlaub in Harburg«, murrte Otto. »Hat jemand von euch schon mal gehört, dass irgendwer Urlaub in Harburg macht?«

»Der Kaiser war hier«, sagte der Professor. »Kaiser Wilhelm II. Als er die Elbbrücke eröffnet hat. 1899 ist das gewesen.«

»Das gilt nicht«, sagte Otto. »Da war er im Dienst.«

Daraufhin erläuterte der Chef uns, dass wir hier auch im Dienst seien. Es sei zwar richtig, dass wir nach der spektakulären Aktion in Schwarzenbek unseren Aufenthaltsort wechseln mussten, aber das hieße noch lange nicht, dass wir jetzt untätig sein müssten.

»Die Kreissparkasse«, sagte der Professor. »Unten am Sand. Direkt im Zentrum sozusagen. Der größte Laden hier im Ort.«

»Der größte Laden?«, fragte ich. »Das bezweifle ich.«

»Doch, das ist so. Natürlich gibt es da noch die Hannoversche Bank, das heißt, da sitzt heute natürlich diese andere Bank drin – wie heißt sie doch noch gleich? Egal. Ich komm aus der Gegend. Mein Vater hat selbst hier gearbeitet.«

»Und wie machen wir es?«, fragte Hans-Dieter.

Der Chef sagte: »Wir waren doch neulich im Kino.«

»Ja«, sagte Kurt. »In Schwarzenbek. Als wir gewartet haben, dass es endlich dunkel wird, damit wir diesen Geldautomaten …«

»Eben. Und was haben wir da gesehen? *Ocean's 13*. Erinnert ihr euch noch, wie die Jungs einen Tunnel zum Keller des Casinos gegraben haben?«

»Ja, mit einer Schildvortriebsmaschine. Aber das kannst du vergessen. Zufällig haben wir keine Schildvortriebsmaschine. Die *Trude* vom Elbtunnel ist abgebaut worden. Die Überreste stehen im *Museum der Arbeit*.«

Der Chef schüttelte den Kopf. »Wir graben den Tunnel selbst!«

»Das kann doch gar nicht gehen. Von wo denn? Etwa hier vom Hotel aus?«

»Unsinn! Wir benutzen das Siel.«

»Aber das Siel, das geht doch nicht in die Bank.«

Der Chef erläuterte, dass wir eine Abzweigung graben müssten. Wenige Meter, mehr nicht.

Als es dunkel war, gingen wir auf Erkundung. Es gab drei Sieldeckel, die als Einstieg infrage kamen. Aber alle lagen auf der Straße. Wir entschieden uns für den auf der Abbiegespur.

»Ideal«, sagte der Chef. »Das sind nur ein paar Meter von hier bis zur Sparkasse.«

Otto und Hans-Dieter gingen los und besorgten eine Absperrung. Wir wuchteten den Gullydeckel hoch, starrten hinunter in das finstere Loch.

Hans-Dieter kratzte sich am Kopf. »Das ist aber ziemlich eng!«

Doch der Chef ermunterte uns. Wer reich werden wolle, der müsse schon etwas Mühe auf sich nehmen, sagte er. Und dass wir uns an ihm ein Beispiel nehmen sollten.

»Mich friert«, sagte Otto.

»Wenn wir hier ein Loch graben«, sagte ich, »dann müssen wir das abstützen. Wir brauchen mindestens leere Fässer oder so etwas, damit uns nicht der ganze Dreck auf den Kopf fällt.«

»Unsinn!«, brummte Hans-Dieter. »Beim Bund haben wir das auch nicht gemacht.«

Und auch der Chef sagte: »Wir sind hier nicht bei der Versicherung, mein Lieber! So viel Sicherheit können wir uns nicht leisten, dann kommen wir nie an das große Geld. Als alter Bremer sage ich dir: *buten un binnen, wagen un winnen …*«

Nun war der Professor zwar kein alter Bremer, und außerdem glaubte ich, dass die Bremer mit »wagen« nicht tollkühnes Draufgängertum gemeint haben, sondern wahrscheinlich eher »abwägen«, aber bei den Übersetzungen aus dem Plattdeutschen kann man manchmal verschiedener Meinung sein. Und wenn Hans-Dieter mit seinem Platt loslegte, dann verstand sowieso keiner mehr was. Er kam aus Guderhandviertel, dem Ort mit den drei Dolchen im Wappen; er sagte, da sprächen alle so.

Als wir von unserem nächtlichen Erkundungsgang durch das Siel zurückkamen, war natürlich der Seiteneingang unseres Hotels verschlossen. Also mussten wir vorn beim Portier vorbei. Gesehen hatte er uns wahrscheinlich nicht; er saß gerade über einem Kreuzworträtsel. Aber gerochen.

»Huch! Wie sehen Sie denn aus?«

Der Professor blieb ganz cool. »Wir trainieren für den Crosscountry-Marathon.«

Der Portier schüttelte nur den Kopf. Wir waren schon fast bei den Fahrstühlen, da rief er uns zurück.

»Was gibt's denn?«, fragte der Chef.

»Wissen Sie vielleicht einen amerikanischen Bankräuber mit neun Buchstaben? Der erste wäre ein D.«

Der Chef schüttelte den Kopf. »Sehen wir vielleicht so aus?«

Nach dem Frühstück sagte Otto: »Mal sehen, ob die Farbe inzwischen aus dem Geldschein herausgebleicht ist.« Er verschwand auf das Dach.

»Hast du den Sprengstoff bereit?«, fragte der Chef.

Hans-Dieter nickte.

»Was ist denn das überhaupt für ein Zeugs?«, fragte ich.

»Nitropenta«, sagte Hans-Dieter. »Von der Bundeswehr. Sieht aus wie Himbeermarzipan. Ist aber Plastiksprengstoff.«

»Wie bist du da überhaupt rangekommen?«, fragte ich.

»Ach, das war ganz einfach. Ich hab mich immer freiwillig gemeldet für die Munitionswache; da brauchte ich das Zeugs dann nur noch einzupacken.«

Das glaubte ich nicht. »Das müssen die doch sofort gemerkt haben, dass das Zeugs gefehlt hat. Da wird doch genau Buch drüber geführt, und wenn da ein paar Pakete fehlen ...«

»Haben ja keine gefehlt. Ich hab sie durch Himbeermarzipan ersetzt.«

Otto kam vom Dach zurück. »Verdammter Mist!«, sagte er. »Jemand hat unseren Hunderter geklaut.«

»Das ist doch gut«, sagte der Chef.

»Wieso gut?«, fragte Otto.

»Ganz einfach: Wenn jemand den Schein geklaut hat, dann war der Schein in Ordnung, dann war die rote Farbe inzwischen weg.«

»Wahrscheinlich geht sie von den Händen auch weg, wenn du nicht mehr diese Handschuhe trägst.«

Otto zog die Handschuhe aus.

»Zieh sie wieder an!«, verlangte der Chef. »Du bist der Einzige, dessen Fingerabdrücke in der Kartei sind.«

Otto schnappte sich die Tasche mit den markierten Geldscheinen. »Ich kauf jetzt 'ne Wäscheleine und Klammern, und dann hänge ich die Lappen im Wald auf, da, wo keiner hinkommt.«

Schließlich wurde es Abend. Bei Einbruch der Dunkelheit machten wir uns auf den Weg. Wir bauten die Absperrung wieder auf, öffneten den Gullydeckel und stiegen in die Tiefe. Wir gruben und gruben. Wir waren nur zu dritt; der Chef stand über Handy mit uns in Verbindung. »Alles ruhig hier draußen«, sagte er.

Bei uns unter der Erde war es nicht ruhig. Wir schwitzten und fluchten. Aber nach ein paar Stunden hatten wir es tatsächlich geschafft. Vor uns lag eine Wand. Otto stieß mit der Schaufel dagegen. »Das klingt massiv«, sagte er.

»Ja, natürlich, das ist Beton. Aber damit werden wir schon fertig. Das haben wir bei der Bundeswehr gelernt«, sagte Hans-Dieter. »Die Panzerung hat den Wettlauf mit dem Sprengstoff verloren. Du kannst noch so einen dicken Bunker bauen, mit der modernen Technik schießen wir da immer noch durch.«

»Wir?«, fragte Otto. »Ich denke, du bist nicht mehr beim Bund. Sie haben dich gefeuert, weil du damals …« Das hätte er besser nicht sagen sollen.

»Haben sie überhaupt nicht!«, fiel Hans-Dieter ihm ins Wort. »Ich bin freiwillig gegangen, weil mir der ganze Laden …«

»Ruhe!«, quakte die Stimme des Chefs aus dem Handy. Ich guckte mich besorgt um. Was wohl die Passanten sagten, wenn der Ton von dieser Auseinandersetzung aus irgendeinem Gullydeckel nach oben drang? Aber der Chef setzte sich durch. Nun herrschte Ruhe.

»Und jetzt die Sprengladung«, sagte der Professor.

Ich guckte zweifelnd auf das Paket, das Hans-Dieter aus seiner Aktentasche zog. Es sah ziemlich groß aus.

Auch Otto hatte Bedenken. »Sag mal, wie viele Kilo sind das denn?«

»Das hier? Das ist genau ein Kilo. Das reicht aus.«

»Nur ein Loch«, meldete sich jetzt auch der Chef zu Wort. »Nur ein Loch, damit ihr in den Keller kommt. Du sollst nicht gleich das ganze Gebäude in die Luft sprengen.«

»Ach was! Das passiert schon nicht! Aber beim Bund nehmen wir immer ein bisschen mehr von dem Zeugs, damit nichts schiefgeht.« Er wickelte die Zündschnur ab. Sie sah kurz aus. Für meinen Geschmack zu kurz.

»Wie lange brennt denn diese Lunte?«, fragte Otto.

»Das ist keine Lunte, das ist eine Anzündungsschnur. Und die brennt genau so lange, bis der Funke hier vorn auf die Sprengkapsel trifft, und die zündet dann den Sprengstoff, und – wumm! – stürzt die Wand in sich zusammen.«

»Nur ein Loch, Hans-Dieter«, erinnerte der Chef. »Nur ein kleines, winziges Loch!«

»Ja, ja.«

Hans-Dieter schaltete das Handy aus. Und bevor wir irgendetwas tun konnten, hatte er plötzlich die Zündschnur angezündet. »Nun lauft!«, rief er.

Wir konnten nicht laufen. In dem engen Rohr konnten wir allenfalls kriechen. Otto war der Vorderste, und er war auch der Langsamste von uns. Hinter uns zischte die Anzündungsschnur. Mit letzter Kraft warfen wir uns in das Siel, und im nächsten Moment ging hinter uns die Sprengladung los.

»Verfluchter Mist, was ist das denn für eine Sauerei!« Otto wischte sich Schlamm aus dem Gesicht. Er war nicht schnell genug in Deckung gegangen.

»Ich würde sagen, es ist genau das, wonach es riecht«, sagte ich. »Wir sind hier schließlich in der Kanalisation.«

Aber das war jetzt alles unwichtig. Hans-Dieter war wieder nach vorn gekrabbelt, und er schrie jetzt: »Es ist offen! – Kommt schnell, Jungs, es ist tatsächlich offen!«

Wir arbeiteten uns durch den Matsch nach vorn. Es war einiger Dreck von der Decke gefallen, und außerdem war es jetzt viel nasser in unserer Höhle. Wahrscheinlich hatte Hans-Dieter irgendeine Wasserleitung gesprengt. Und wenn schon, dachte ich. Da war die Mauer, da war das Loch, groß genug für uns. Und dann standen wir im Keller der Kreissparkasse.

»Großartig!«, sagte Otto. »Ein erhebender Moment, Freunde. Auf diesen Augenblick habe ich Jahre gewartet. Endlich einmal eine Bank ganz für uns allein, und wir können sie völlig ungestört ausräumen, das ganze Wochenende …«

In dem Augenblick fiel hinter uns der Tunnel zusammen.

»Oh!«, sagte ich.

Es war faszinierend zu sehen, wie eine Erdhöhle einstürzt. Es gab kein lautes Geräusch; eben war sie noch da, und nun war sie weg.

»Macht nichts«, rief Hans-Dieter. »Wir sind ja jetzt drin!«

Otto kratzte sich den Kopf. »Ja, schon«, sagte er. »Aber wie kommen wir wieder raus? – Ich denke, wir sollten den Chef fragen.«

Hans-Dieter gab ihm das Handy, Otto schaltete es ein.

»Wir warten einfach bis Montag«, sagte Otto. »Das ist doch gar kein Problem. Montag früh kommen all diese niedlichen Bankangestellten rein – und wir gehen raus. Wer will uns aufhalten? Wenn die unsere Pistolen sehen …« Er hielt inne. Offenbar war auch ihm plötzlich klar geworden, dass wir unsere Schusswaffen im Hotel gelassen hatten.

»Wir können den Tunnel nicht einfach wieder aufgraben …«, sagte der Chef. »Der stürzt doch sofort wieder ein, und dann haben wir wirklich Probleme.«

»Wir brechen einfach die Tür auf und marschieren nach draußen«, sagte Otto.

»Alarmanlage!«, gab der Chef zu bedenken. »Nein, wir sprengen die Tür auf. Da haben wir eine gute Chance, dass die Alarmanlage bei der Aktion gleich mit ausfällt.«

»Das ist aber ziemlich laut«, sagte ich. »Wo war noch gleich die nächste Polizeiwache?«

»Marienstraße«, sagte der Chef. »So weit hört man das nicht. Das sind an die vierhundert Meter Luftlinie. Und wenn wir so bis gegen drei Uhr warten, dann ist auch kein Streifenwagen mehr unterwegs.«

»Dann also los. Sprengen wir erst einmal den Tresor auf!«

»Moment«, sagte Hans-Dieter. »Was soll denn nun gesprengt werden? Der Tresor oder die Tür nach draußen?«

»Beides natürlich«, sagte ich.

»Das geht nicht. Ich habe nur noch einen von diesen Klötzen.«

Wir starrten ihn an. Einen Moment herrschte völlige Stille. Schließlich fragte der Chef: »Kann man diesen Plastiksprengstoff nicht einfach teilen?«

»Ja, natürlich. Aber wenn man nur die Hälfte nimmt, dann kriegt man auch nur den halben Bumms, das ist ja klar.«

»Wahrscheinlich reicht das«, sagte ich. »Los, hier, nimm mein Messer!«

Wir standen um ihn herum und sahen im Schein der Taschenlampen zu, wie er das Päckchen Sprengstoff in zwei annähernd gleich große Teile teilte. Das Zeug sah wirklich aus wie rosa Marzipan.

»Hast du denn wenigstens zwei von diesen Sprengkapseln?«, fragte plötzlich Otto.

Hans-Dieter hielt inne, fasste sich in die Jackentasche, nickte. Ja, zwei Sprengkapseln hatte er noch. Drei sogar. Und die Anzündungsschnur, die konnte man natürlich teilen.

Es dauerte nur Minuten, dann war die Sprengladung gelegt. So wie die Lunte anfing zu zischen, rannten wir alle zur Treppe. Diesmal schafften wir es rechtzeitig. Aber diesmal passierte gar nichts, außer dass es kurz Plopp machte.

»Das hat nicht funktioniert!«, stellte Hans-Dieter fest. »Ich seh mal nach.«

»Moment!«, quakte der Chef aus dem Handy. »Das kann immer noch nachglimmen und erst etwas verzögert ...«

Aber da glimmte nichts nach.

»Das verstehe ich nicht!«, sagte Hans-Dieter.

Otto nahm ihm die Sprengladung aus der Hand, schnitt ein Stück ab, kaute darauf herum und rief: »Das ist wirklich Marzipan, Leute!«

»Ich geh dann mal zurück ins Hotel«, sagte der Chef.

So verbrachten wir also das Wochenende in der Kreissparkasse in Harburg. Sehr erholsam. Es gab kaum einen ruhigeren Ort in Hamburg als den Tresorraum einer geschlossenen Sparkasse. Wir konnten nichts tun, mussten einfach nur ausspannen. Jeder hatte etwa dreihundert Gramm Marzipan; verhungern würden wir also nicht. Der Himbeergeschmack war etwas unangenehm, aber man gewöhnte sich dran, wenn man nichts Besseres hatte. Schade, dass keiner von uns etwas von Computern verstand, sonst hätten wir vielleicht ein paar hübsche Sümmchen auf unsere Privatkonten überweisen können. Vielleicht hätten wir mal einen Kursus mitmachen sollen.

Als die Sparkasse am Montagmorgen wieder öffnete, marschierten wir nach draußen. Die Angestellten guckten zwar etwas dumm, als wir gleich nach der Öffnung alle aus der Toilette kamen, aber niemand versuchte uns aufzuhalten.

Der Brief der Prinzessin

Wenig später verließen wir das Hotel und zogen in eine kleine Wohnung in der Gazertstraße. Nach Sasel zurück wollten wir erst, wenn die rote Farbe von Ottos Kopf und Händen vollständig verschwunden war. Das konnte noch ein paar Wochen dauern. Der größte Nachteil der Wohnung war, dass wir uns jeweils zu zweit ein Zimmer teilen mussten. Und einen Salon mit Kamin gab es natürlich auch nicht. Statt auf Ledersesseln saßen wir in der Küche auf Holzstühlen. Nur der Gin schmeckte wie immer.

»Ich habe jetzt alles durchgelesen, was ich über das Schicksal der Zarenfamilie finden konnte«, sagte Otto. »Nach dem, was ich gelesen habe, scheint es durchaus möglich, dass Anastasia die Mordnacht überlebt hat.«

Susanne warf Otto einen skeptischen Blick zu. Mir war sofort klar, dass sie Einwände hatte, aber ich war mir nicht sicher, ob sie die wirklich zur Sprache bringen würde. Uns allen war aufgefallen, dass Otto, seit wir die Geschichte seiner fürstlichen Abstammung nicht von vornherein abgelehnt hatten, eine erstaunliche Wandlung durchgemacht hatte. Er trank nicht mehr, jedenfalls nicht mehr als wir anderen auch, und er wirkte viel lebhafter als vorher. Es war so, als hätte er plötzlich ein neues Ziel seines Lebens entdeckt. Das Problem war nur, dass die Gefahr riesengroß war, dass diese Seifenblase irgendwann platzen würde.

»Wie kommst du darauf?«, fragte der Professor.

»Fangen wir mit der Erschießung an«, sagte Otto. »Die Kommunisten hatten zunächst nur erklärt, dass Zar Nikolaus II. zum Tode verurteilt und hingerichtet worden sei. Die Familie sei in Sicherheit. Aber es gab keinerlei weitere Informationen. Und dann wurden die Kommunisten aus Jekaterinburg vertrieben. Die Konterrevolutionäre haben sofort angefangen nachzuforschen, was mit der Zarenfamilie passiert war. Ihr Sonderermittler Sokolov hat die Wahrheit sehr rasch herausgefunden. Er hat Zeugen befragt, und er hat seine Untersuchungsergebnisse veröffentlicht: Die gesamte Zarenfamilie sei erschossen worden. Aber er hatte nicht die Grube entdeckt, in der die Kommunisten die Leichen verscharrt hatten. Die wurde erst 1976 gefunden. Und detaillierte archäologische Untersuchungen haben dann später gezeigt, dass es sich bei den Toten tatsächlich um die Zarenfamilie handelte. Aber die Geschichte hatte einen Haken: Die Familie war nicht vollständig. Zwei der Kinder fehlten. Das eine war der Thronfolger Alexej, das andere war eines der Mädchen. Anastasia.«

»Vielleicht Anastasia«, wandte Susanne ein.

»Ja, das stimmt. Die Archäologen waren eigentlich zunächst der Ansicht, dass es eine der älteren Töchter sei, vielleicht Maria. Aber da Maria niemals aufgetaucht ist, sondern nur Anastasia, nehme ich an, dass sie sich einfach geirrt haben.«

»Das wäre immerhin möglich«, sagte ich, obwohl ich eigentlich nicht daran glaubte. Ich wollte Otto helfen, seine Geschichte so lange wie möglich am Leben zu halten.

»Ja, vielleicht ist das möglich«, bestätigte der Professor, aber ich hatte sofort den Eindruck, dass er sich damit nicht zufriedengeben würde. »Aber selbst wenn wir einmal annehmen, dass es dem Mädchen oder den beiden Kindern – Anastasia war damals siebzehn Jahre, Alexej dreizehn Jahre alt – gelungen wäre, auf irgendeine geheimnisvolle Weise zu flüchten, und wenn wir einmal der Einfachheit halber annehmen, dass die Frau, die 1920 nach einem Selbstmordversuch in Berlin aus dem Landwehrkanal gefischt worden ist, tatsächlich die russische Prinzessin war, dann bleibt die Frage, wodurch sie ihre Behauptung hätte beweisen können.«

»Das darfst du mich nicht fragen«, sagte Otto, jetzt wieder sichtlich entmutigt. »Ich habe diese Frau ja nie getroffen – und meinen Vater auch nicht.«

An dieser Stelle griff Susanne ein. »Die Frau sprach Deutsch mit einem russischen Akzent«, sagte sie. »Sie hatte am ganzen Körper Spuren schwerer Verletzungen, die sie bei der Ermordung der übrigen Familie erlitten hatte. Sie erinnerte sich an Details aus dem Zarenpalast, die nur jemand wissen konnte, der tatsächlich dort gewesen war …«

Der Professor schüttelte den Kopf. »Du weißt, dass das alles nicht stimmt, Susanne«, sagte er. »Offen gestanden wundere ich mich ein wenig, dass jemand wie du, der die Wahrheit so hoch schätzt, sich auf die Verteidigung dieser Lügengeschichte einlässt.«

Susanne war rot geworden.

Hasso fuhr fort: »Die Frau, die behauptete, Anastasia zu sein, sprach kein Russisch. Sie war eine Polin. Für jemanden, der sich nicht sehr genau auskennt, klingt ein polnischer Akzent nicht viel anders als ein russischer Akzent. Sie konnte Einzelheiten aus dem Zarenpalast beschreiben, nachdem sich Gleb Botkin ihrer angenommen hatte. Botkin war der Sohn des Leibarztes des Zaren, und er war im Zarenpalast aufgewachsen. Die Verletzungen, die die angebliche Anastasia erlitten hatte, waren darauf zurückzuführen, dass sie in einer Munitionsfabrik gearbeitet hatte und 1916 bei einer Explosion schwer verletzt worden war. Ihr wirklicher Name war Franziska Schanzkowska. – Das ist alles, was es dazu zu sagen gibt.« Hasso lehnte sich in seinem Sessel zurück und blickte uns alle zufrieden an.

»War das nötig?«, fragte ich.

Professor von Lohbergen zuckte mit den Schultern. »Nötig oder nicht«, sagte er, »es ist die Wahrheit.«

Otto hatte den Blick gesenkt.

Susanne sagte: »Du weißt natürlich, Hasso, dass die Frage, ob die Frau aus dem Landwehrkanal die echte Anastasia war oder nicht, in einer Serie von Prozessen untersucht worden ist?«

»Ja, natürlich. Und am Ende dieser Prozesse hat der Bundesgerichtshof festgestellt, dass die Frau eine Schwindlerin sei.«

Susanne schüttelte den Kopf. »Das hat er nicht, Hasso! Der Bundesgerichtshof hat lediglich festgestellt, dass die Frau nicht bewiesen habe, mit der Großfürstin Anastasia Nikolajewna von Russland identisch zu sein.«

»Das ist dasselbe«, behauptete Hasso. Aber er wusste natürlich, dass es nicht genau dasselbe war.

»Und da ist der Rubin«, hakte Susanne nach. »Die Prinzessinnen hatten Schmuck und Edelsteine in ihre Wäsche eingenäht, das ist eindeutig belegt. Dieser Rubin, den Otto uns gezeigt hat, der hat ganz offensichtlich die Kugel abgefangen, die Anastasia töten sollte. Und so hat sie überlebt. – Das wäre doch möglich, oder?«

Otto sah Susanne dankbar an.

Der Professor war nicht überzeugt. »Ein Rubin ist ein Rubin«, sagte er, »und sonst gar nichts. Dieser Stein beweist nichts. Dieser Stein ist ein beschädigter Rubin. Mehr gibt es dazu nicht zu sagen.« Er erhob sich und ging nach draußen. Wahrscheinlich war er beleidigt, dass wir seine Deutung der Ereignisse in Zweifel zogen.

Ich sah Otto an. »Es wäre natürlich gut, wenn du außer diesem Stein noch irgendetwas hättest, was deine Herkunft bestätigen könnte. Irgendetwas Schriftliches. Ein Dokument.«

Otto schüttelte den Kopf. »Es gibt keine Dokumente. Das Einzige, was ich sonst noch habe, ist irgend so ein Zettel, der angeblich von meinem Großvater stammt. Irgendeine Notiz, die ich nicht lesen kann. Auf Russisch. – Vielleicht könnt ihr etwas damit anfangen.«

Otto hatte den Zettel seit vielen Jahren in seiner Brieftasche mit sich herumgetragen, und er war in keinem guten Zustand. An den Stellen, an denen er gefaltet war, war das Papier eingerissen, und außerdem war die

Schrift verblasst, sodass man sie nur noch mit Mühe lesen konnte.

Kaum hatte Susanne einen Blick darauf geworfen, so verlangte sie: »Gib mir den Zettel.« Es war offensichtlich, dass sie nicht wollte, dass der Professor ihn las. Ich saß direkt neben Susanne und konnte daher einen Blick auf das Papier werfen, bevor sie es einsteckte. Das Blatt enthielt eine etwas unbeholfene, komische Zeichnung. Darunter stand ein Text in kyrillischer Schrift. Das letzte Wort lautete Анастасия. Ich konnte kein Russisch, aber mir war sehr wohl klar, was das bedeutete.

Cybercrime

Achtung! Sie kommen!«, schrie der Professor plötzlich. Wir zogen unsere Waffen und ballerten los, bis die schwerhörige Alte in der Wohnung unter uns mit dem Besenstiel an die Decke klopfte.

»Feuer einstellen!«, rief Hasso von Lohbergen.

Susanne hustete. Die ganze Bude roch nach Pulver. Ich machte das Fenster auf. Hans-Dieter nahm inzwischen das Poster von der Wand, hielt es gegen das Licht. »Nicht schlecht«, sagte er. Jamie Foxx hatte fünf Löcher bekommen. Wir nahmen für unsere Schießübungen immer das Poster von *Django Unchained*. Die drei Gestalten darauf sahen so aus, wie wir uns einen Überfall der Russenmafia vorstellten. Nur eine Kugel war völlig danebengegangen, hatte den Lichtschalter zerschlagen.

»Susanne, du musst noch üben!«, seufzte der Professor. Er hängte das Bild mit dem röhrenden Hirsch wieder auf, damit man die Löcher im Putz nicht sah.

Susanne sammelte die Patronenhülsen ein. »Ich bin eben ein friedlicher Mensch.«

Schön und gut, aber wir mussten auf der Hut sein. Wer heute ohne Beteiligung der Russenmafia als Auftragskiller arbeitete und obendrein Banken überfiel, musste mit Schwierigkeiten rechnen. Und wer außerdem noch wie wir jemanden beschäftigte, der der rechtmäßige Erbe der Zarenkrone sein könnte, der musste obendrein mit dem russischen Geheimdienst rechnen. Unsere Feuerkraft war zwar zufriedenstellend, aber was uns wirklich Sorgen bereitete, das war die wachsende technische Überlegenheit der Konkurrenz.

»Wir sind einfach nicht auf dem Laufenden!« Der Professor schlug mit der Faust auf den Tisch. »Hier! Ich habe die neuesten Zahlen! Innerhalb des letzten Jahres sind allein in Deutschland durch Computerbetrug etwa fünfundfünfzig Milliarden Euro an Schaden entstanden. Und was haben wir davon abgekriegt? – Nicht eine einzige lausige Million!«

»Aber Hasso«, warf ich ein, »das liegt doch ganz einfach daran, dass wir von diesem Elektronikzeugs nichts verstehen. Unsere Begabung liegt mehr auf handwerklichem Gebiet. Geldschränke und so etwas. Wir sind keine Programmierer.«

»Davon redet ja auch keiner. Das ist überhaupt nicht nötig. Du musst nichts programmieren, du musst einfach nur das nutzen, was schon da ist. Wenn du einen Brief schreiben willst – irgendeinen Brief, einen Erpresserbrief zum Beispiel –, dann brauchst du dir ja auch nicht erst ein Textverarbeitungsprogramm zusammenzubasteln, sondern du kaufst dir eins.«

»Ich glaube«, sagte Susanne, »das ist nicht gemeint, wenn in der Zeitung von Cybercrime die Rede ist. Keine Erpresserbriefe. Die denken an äußerst komplexe Systeme, mit denen man irgendwo irgendwelche Millionen einfach abzweigen kann, ohne dass das jemand merkt.«

»Die Russenmafia macht so etwas«, sagte ich. »Aber wir?«

»So komplex muss das gar nicht sein«, behauptete Hasso. Er wedelte mit einem Computerausdruck. »Das hier, das ist das *Cybercrime-Bundeslagebild,* der aktuelle Bericht des Bundeskriminalamts. Es gibt da zum Beispiel Erpresser-Software, mit der man fremde Computer sperren kann. R-a-n-s-o-m-w-a-r-e heißt das Programm. Das Bundeskriminalamt schreibt, dass man das einfach im Internet kaufen kann.«

»Wo?«, fragte Hans-Dieter.

»Das haben sie nicht gesagt.«

»Ruf doch mal an«, schlug Hans-Dieter vor. »Die sind immer ganz freundlich bei der Polizei. Man muss nur nett fragen. Als die mich damals verhört haben und ich gern eine rauchen wollte …«

Von diesem Ansatz hielt der Professor nichts. »Ich schlage vor, wir wenden zunächst einmal einfach die Software an, die wir haben.«

»Da bin ich aber neugierig«, sagte ich, »wie du Cybercrime mit Word machen willst!«

Es stellte sich dann aber heraus, dass der Professor nicht nur auf die Textverarbeitung zurückgreifen, sondern auch noch einige andere Hilfsmittel zum Einsatz bringen wollte. Und eines dieser Hilfsmittel war ein Spracherkennungsprogramm. Es hieß *Alligator Speaking.* Hasso hatte es schon gekauft. Das Paket war so groß wie ein kleiner Schuhkarton. Sehr eindrucksvoll. Der Professor riss den Karton auf, und neben allerlei

Verpackungsmüll kam schließlich eine CD zum Vorschein.

»Ich installiere das jetzt auf unserem Rechner«, sagte Hasso. »Das dauert wahrscheinlich eine halbe Stunde. Ihr könnt so lange einen Kaffee trinken gehen.«

Wir gingen ins Café gegenüber. Das war ein Vorteil, seit wir unser neues Büro in der Innenstadt hatten, wir hatten alle wichtigen Orte in Fußgehentfernung. Die Dame hinter dem Tresen sah uns missbilligend an. Wahrscheinlich dachte sie, dass wir um diese Zeit eigentlich arbeiten sollten. Dass es auch so etwas wie geistige Arbeit gab, wusste sie wohl nicht.

Heute war sogar noch ein Tisch am Fenster frei. Das Holz knarrte, als wir uns auf die Stühle fallen ließen. Die ältere Dame am Nebentisch guckte ganz irritiert, und als sie uns sah, rief sie gleich: »Zahlen bitte!«

»Cybercrime – so ein Unfug!« Hans-Dieter konnte sich gar nicht beruhigen.

»Nun warte doch erst einmal ab«, versuchte Susanne ihn zu beschwichtigen. »Man muss auch für Neuerungen offen sein!«

Hans-Dieter schüttelte den Kopf. »Im letzten Jahr haben wir fast dreißigtausend Euro erbeutet. Durch solide Arbeit, durch Banküberfälle, Erpressung, ja selbst durch Handtaschendiebstahl ...«

»Da waren nur dreißig Euro drin«, warf Otto ein. »Das mit der Handtasche, das hat sich nun wirklich nicht gelohnt.«

»Dreißigtausend Euro, das ist fast doppelt so viel wie im Vorjahr! Und wenn wir so weitermachen, dann können wir die Einkünfte in diesem Jahr wieder verdoppeln – ohne irgendwelchen Computer-Schnickschnack!« Als die Bedienung mit dem Kaffee kam, fragte er: »Fräulein, können Sie sich vorstellen, dass man mit Cybercrime Geld verdienen kann?«

Das Fräulein starrte Hans-Dieter überrascht an: »Cyber… was?«

»Cybercrime«, wiederholte Hans-Dieter.

Sie schüttelte nur den Kopf.

»Da siehst du es«, sagte ich. »Dieses Dummchen weiß gar nicht, was Cybercrime ist. Die merkt das gar nicht, wenn man sie damit übers Ohr haut!«

»Weißt du denn, was Cybercrime genau ist?«, fragte Otto.

Ich sagte: »Cybercrime umfasst alle Straftaten, die unter Ausnutzung der Informations- und Kommunikationstechnik oder gegen diese begangen werden.« Otto staunte. Ich hatte den Begriff im Internet nachgeschlagen.

Als wir zurückkamen, hatte Hasso von Lohbergen das Programm installiert. Er saß vor dem Laptop, hatte Kopfhörer aufgesetzt, ein Mikrofon vor dem Mund und sagte: »Mama.«

Aufgeregt deutete der Professor mit dem Finger auf den Bildschirm. »Es funktioniert! – Seht ihr? Es funktioniert!«

Ja, es funktionierte. Auf dem Bildschirm stand: *Mama.*

»Und was soll das?«, wollte Hans-Dieter wissen.

»Das ist doch wohl offensichtlich«, sagte Hasso irritiert. »Mit einem solchen Spracherkennungsprogramm kann man Texte viel schneller eingeben, als wenn man jeden Buchstaben einzeln per Tastendruck erzeugen muss. Und hinzu kommt, dass das Programm sich selbsttätig korrigiert. Also wenn du zum Beispiel Mama schreiben willst und statt *M-a-m-a* aus Versehen *M-a-m-b* eintippst, dann würdest du das vielleicht gar nicht merken, aber das Spracherkennungsprogramm schon.«

Hasso von Lohbergen schaltete das Mikrofon wieder ein und sagte: »Im Garten blüht eine schöne Komma rote Rose Punkt.«

Auf dem Bildschirm erschien: *Im Garten blüht eine schöne, rote Rose.*

Der Professor sagte: »Jetzt können wir unsere Erpresserbriefe viel schneller schreiben.«

Hans-Dieter schüttelte den Kopf: »Ich bleibe lieber bei der alten Methode! Das ist doch viel sicherer, wenn man die einzelnen Wörter aus der Zeitung ausschneidet und dann auf Papier klebt.«

»Das ist ungesund«, sagte Susanne. »Denk an all die Lösungsmittel, die im Klebstoff enthalten sind! Die atmest du ein, und die fressen dein Hirn kaputt.«

»Bei mir nicht!«

»Weil du kein Hirn hast!«, behauptete Otto.

»Und was für einen Text nehmen wir nun für unseren Erpresserbrief? Denselben wie beim letzten Mal?«, wollte Susanne wissen.

Der Professor schüttelte den Kopf. »Das ist viel zu gefährlich! An den Stilmerkmalen kann man leicht rekonstruieren, wer so ein Schreiben verfasst hat. Nein, es ist viel besser, wenn man sich eine Vorlage aus dem Internet holt.« Hasso gab in Google *Erpresserbrief* ein, und schon erschien eine ganze Seite voller wunderbarer Beispiele von Erpresserbriefen.

Ich setzte meine Brille auf und las: »*Ich habe den Keks! Ihr wollt ihn haben. Und deswegen wollt ihr an einem Tag im Februar allen Kindern …*«

»Nein, den nicht!«, unterbrach mich Hasso. »Das Internet ist voll von irgendwelchen unseriösen Beiträgen. Für uns kommen selbstverständlich nur ernst gemeinte Einträge infrage.« Er deutete auf einen der anderen Briefe.

Ich las: »*Guten Tag, die Wurst, die ihr herstellt, ist sehr gut – doch nur so lange, wie wir nichts reinspritzen! Dafür solltet Ihr uns eine kleine Spende von 200.000 DM geben.*«

Hans-Dieter schüttelte den Kopf: »Was sollen wir mit zweihunderttausend D-Mark? Wer tauscht uns die um?«

»Die Vorlage ist alt«, sagte Hasso. »Wir fordern natürlich Euros. Und wir machen auf jeden Fall klar, dass wir echte Profis sind. Er deutete auf einen anderen Text. *Ich bin ganz ruhig, lasse mir Zeit. Meine Willenskraft ist unerschöpflich. Ich trainiere täglich den Umgang mit Faustfeuerwaffen und mit Tellerminen. Das Papier für diesen Brief habe ich in einem Supermarkt gekauft. Die Schreibmaschine stammt vom Sperrmüll; ich werde sie nach Gebrauch einschmelzen. Ich trage Lederhandschuhe. Alles, was ich berührt habe, habe ich hinterher sorgfältig abgewischt. Den Briefumschlag habe ich nicht mit Speichel zugeklebt, und die Briefmarke habe ich mit einer Büroklammer am Umschlag befestigt.*

»Das klingt ziemlich irre«, sagte Susanne.

»Soll es auch«, sagte der Professor. »Wenn der Empfänger des Drohbriefes glaubt, dass er es mit einem wahnsinnigen Erpresser zu tun hat, dann ist er viel eher bereit, jede Summe zu bezahlen.«

»Wen wollen wir denn erpressen?«, fragte ich.

Hasso sagte: »Das Café gegenüber. Nur so zur Probe, um zu sehen, ob es auch wirklich funktioniert.«

Fasziniert sahen wir zu, wie Hasso den Erpresserbrief fertigstellte. Er schrieb:

Guten Tag, der Kaffee, den ihr verkauft, ist sehr gut – doch nur so lange, wie ich nichts reinspritze! Damit ich das nicht tue, solltet ihr mir eine kleine Spende von 20.000 Euro geben. Wartet auf mein Zeichen. Und nicht die Polizei benachrichtigen. Ich bin ganz nah bei euch, beobachte euch ständig. Das Papier für diesen Brief habe ich in einem Supermarkt gekauft. Die Schreibmaschine stammt vom Sperrmüll; ich werde sie nach Gebrauch einschmelzen. Alles, was ich berührt habe, habe ich hinterher sorgfältig abgewischt. Den Briefumschlag habe ich nicht mit Speichel zugeklebt, sondern mit Uhu, und die Briefmarke habe ich mit einer Büroklammer am Umschlag befestigt. Bis bald!

»Was kann man daran noch verbessern?«, fragte Hasso. »Was glaubt ihr?« Er sah uns herausfordernd an.

Hans-Dieter zuckte mit den Achseln.

Ich sagte: »Man sieht gleich, dass das ein Deutscher geschrieben hat.«

»Genau. – Und was tun wir dagegen?«

Otto schlug vor: »Wir fragen die Frau, die hier immer das Treppenhaus putzt. Die kommt aus Russland, glaube ich. – Aber dann müssen wir natürlich von der Beute einen Teil …«

Ich erhob sofort Einspruch. »Das ist schlecht!«, rief ich.

Hasso sagte: »Wir leben doch nicht mehr in der Steinzeit. Hier, guckt mal auf den Bildschirm! Was ich hier habe, das ist der *Google Translator.* Damit kann man jeden beliebigen Text in jede beliebige Sprache übersetzen ...«

»Echt?« Hans-Dieter war fasziniert. Er setzte sich vor den Bildschirm und tippte *Arschloch* ein. *Asshole* hieß das auf Englisch. Er probierte weiter, übersetzte das ins Polnische, dann ins Persische, dann wieder zurück ins Polnische – jetzt stand da ein anderes Wort als vorher – und dann wieder ins Deutsche. *Danke* stand da jetzt. Aus *Arschloch* war *Danke* geworden.

»Das sind die kleinen Übersetzungsfehler«, sagte Hasso, »die jeder macht, der versucht, sich in einer fremden Sprache auszudrücken. Und an diesen manchmal völlig überraschenden Fehlern erkennt man, dass man es wirklich mit einem Ausländer zu tun hat.«

»Danke!«, sagte Hans-Dieter.

»Natürlich darf man es nicht übertreiben. Unseren Brief, den übersetzten wir jetzt einmal ins Russische und dann wieder zurück ins Deutsche!«

Gesagt – getan. Jetzt stand da:

Hallo, Sie verkaufen den Kaffee ist sehr gut – aber nur so lange, wie ich etwas, um die Spritze zu reinigen haben! Also habe ich dies nicht tun, müssen Sie mir eine kleine Spende von 20.000 Euro. Warten auf mein Signal. Und nicht zu die Polizei benachrichtigen. Ich bin ganz nah bei dir, nachdem du ständig. Bumaga mich zu diesem Brief erfahren, kaufte ich supermarkete. Mashinki kommt aus Deponien, schmelzen ich sie nach Gebrauch. Alles, was ich berührt, ich sorgfältig abgewischt. Auf dem Umschlag fand ich den Speichel, aber mit der kleinen Eule, und die Dichtung angebracht I mit Büroklammer auf dem Umschlag. See you soon!

»Perfekt!« Der Professor betrachtete voller Stolz sein Werk. »Das sieht doch jeder sofort, dass dieser Brief nicht von einem Deutschen geschrieben sein kann.«

»Ja. – Aber glaubst du, dass der Inhalt jetzt noch verständlich ist?«, wollte Susanne wissen. »Was heißt zum Beispiel *Bumaga*?«

»Papier. – Das weiß doch jedes Kind!«

Aber nur, wenn es wie unser Professor in der DDR aufgewachsen war und Russisch in der Schule gehabt hatte. »Und was ist mit so einem Satz wie *Auf dem Umschlag fand ich den Speichel?* Und was ist mit der kleinen Eule?«

»Eine Drohung ist umso wirkungsvoller, je geheimnisvoller sie ist«, behauptete der Professor. »Und der entscheidende Satz ist klar zu verstehen: Wir wollen zwanzigtausend Euro haben.«

»Und das ist nun Cybercrime?«, fragte Hans-Dieter.

»Cybercrime fürs Volk«, sagte der Professor.

Natürlich wäre es jetzt am besten gewesen, den Brief per E-Mail zuzustellen. Aber leider war auf der Webseite des Cafés keine E-Mail-Adresse angegeben, und so blieb uns nichts anderes übrig, als den Erpresserbrief ganz normal in den Hausbriefkasten zu werfen. Susanne, Hans-Dieter und ich führten diesen Auftrag aus. Dafür hätte natürlich einer von uns ausgereicht, aber wir alle waren neugierig, was geschehen würde. Wir setzten uns in das Café und warteten ab.

Zunächst einmal passierte gar nichts. Wir bestellten unseren Kaffee, und nach zehn Minuten bekamen wir ihn auch. Kurz darauf verließ die Bedienung das Gastzimmer.

»Jetzt holt sie die Post«, vermutete Susanne.

Ich nickte. Tatsächlich kam die junge Frau gleich darauf mit einem Stapel Briefe zurück. Wir beobachteten sie unauffällig, wie sie einen Umschlag nach dem anderen öffnete und las. Das Meiste landete im Papierkorb. Dann kam unser Brief.

»Das ist unser Brief«, sagte Susanne.

Ja, das hatte ich auch bemerkt. Das Fräulein stutzte, sah zu uns herüber und zückte ihr Handy. Und plötzlich hatte ich das Gefühl, dass die blonde Frau gar nicht so dumm war, wie sie aussah. Im Gegenteil. Ich hatte den Eindruck, sie wusste sehr genau, dass das Schreiben von uns kam. Womöglich wusste sie auch, wo wir wohnten. Und jetzt telefonierte sie wahrscheinlich mit der Polizei.

»Nichts wie weg hier!«, sagte ich.

Susanne nickte. Die Frau telefonierte noch immer, während wir davoneilten.

Eigentlich war es eine Selbstverständlichkeit, wenn jemand von uns in Gefahr geriet, dass wir anderen ihn sofort anriefen und ihn warnten. Das machten wir sonst auch immer. Das Dumme war nur, dass wir diesmal ein kleines bisschen in Panik waren und erst viel später daran dachten.

Als wir nach zwei Stunden zurückkamen, war von Polizei keine Spur.

»Die haben Hasso mitgenommen«, sagte Susanne.

Das glaubte ich auch. Aber das stimmte nicht. Alles war gut ausgegangen. Als wir ganz vorsichtig die Tür zu unserem Büro öffneten, stand Hasso da, die Pistole in der Hand, und vor ihm auf dem Teppich lag eine reglose Gestalt.

»Oh«, sagte Susanne.

Hasso sagte: »Hättet ihr gedacht, dass das Café Schutzgeld an die russische Mafia zahlt? – Nur gut, dass ich die ganze Zeit aus dem Fenster geguckt habe!« So hatte Hasso rechtzeitig erkannt, dass Gefahr drohte, hatte den hereinstürzenden Mafioso in unserem Büro gleich mit einem wohlgezielten Kopfschuss empfangen.

»Und jetzt?«

Auch darüber hatte der Professor sich schon Gedanken gemacht. »Den Schutz des Cafés übernehmen jetzt wir«, sagte er. »Hans-Dieter kann gleich mal rübergehen, um die Einzelheiten mit der jungen Frau zu besprechen.«

»Und was machen wir mit ihm hier?« Ich deutete mit dem Fuß auf den toten Russen.

»Kein Problem«, sagte Hasso. »Das ist ein typischer Fall von Selbstmord.«

»Selbstmord? – Das Mindeste, was man bei einem Selbstmord erwarten sollte, das ist doch wohl ein Abschiedsbrief!«

»Ja, natürlich. Den soll er haben. Wozu gibt es denn schließlich das Internet?«

Und so versammelten wir uns wieder alle vor dem Computer. Hasso tippte in Google *Abschiedsbrief* ein. Die Auswahl, die wir bekamen, war nicht ganz so farbenfroh wie bei den Erpresserbriefen. Das Meiste war in Schwarz-Weiß gehalten. Und auch niemand hatte sich die Mühe gemacht, seinen Abschiedsbrief aus

Schnipseln von Zeitungspapier zusammenzukleistern. Aber es waren zu viele unseriöse Angebote dazwischen.

Susanne deutete auf einen der gezeigten Briefe. *Soldaten sind Mörder* stand da.

»Aber leider meistens keine Selbstmörder«, sagte ich.

Wir mussten die Suchabfrage einschränken. Hasso versuchte es mit *Abschiedsbrief – Suizid – Vorlage.* Aber das brachte uns auch nicht weiter. Weder der Kamikaze-Angriff auf den amerikanischen Kreuzer *Louisville* noch der Doppelselbstmord von Heinrich von Kleist und seiner Gefährtin ließen sich mit unserem Fall direkt vergleichen, und Abschiedsbriefe im eigentlichen Sinne gab es dazu auch nicht. Auch ein Foto der *Agentur für Arbeit* tauchte an dieser Stelle auf, doch es blieb unklar, wo *Google* hier einen Zusammenhang gesehen haben mochte.

»Lass mich mal«, sagte ich. Ich fand auf Anhieb *Abschiedsbriefe bei eBay – Große Auswahl an Abschiedsbriefe.* Na bitte! Und der kleine grammatische Fehler ließ hoffen, dass der gewünschte ausländische Einschlag hier von vornherein berücksichtigt war. Cybercrime war klasse.

Der Goldschatz

So gut die Idee mit dem Schutzgeld auch sein mochte, es war abzusehen, dass wir damit nicht reich werden würden. Dazu waren wir einfach zu viele. Da fiel mir etwas ein, was ich schon längst hatte machen wollen, was ich aber aufgrund der aufregenden Ereignisse der letzten Jahre etwas aus den Augen verloren hatte.

»Susanne«, sagte ich, »damals, als ich im Gefängnis saß, da hat mein Zellennachbar damit angegeben, dass er einen sehr erfolgreichen Bankraub durchgeführt hatte. Er hatte nachts die Schließfächer ausgeraubt und war mit der Beute entkommen.«

»War das dieser Einbruch in Lübeck? Wo der Täter übers Dach gekommen ist?«

»Das weiß ich nicht. Frank Weber hieß er.«

»Weber? – Ich glaube, das ist der Mann.«

»Später haben sie ihn dann erwischt, aber da hatte er die Beute längst an einer sicheren Stelle deponiert.«

»Und diese Stelle weißt du?« Susanne war skeptisch. Zu Recht.

»Ich weiß sie nicht«, gab ich zu. »Ich habe versucht, ihn zu provozieren. Ich habe gesagt, dass er bis zu dem

Zeitpunkt, an dem er entlassen würde, sicher längst alles vergessen habe. Aber er war sich ganz sicher, dass ihm das nicht passieren würde. Und ich glaube, ich weiß auch warum. Er hat den Schatz irgendwo vergraben, und er hat sich die Lagekoordinaten auf den Arm tätowieren lassen.«

»Aber diese Koordinaten hast du natürlich inzwischen vergessen!« Susanne lachte.

»Ich habe sie nicht vergessen. Ich habe sie mir genau gemerkt.« Ich zeigte ihr den Zettel mit den beiden siebenstelligen Zahlen.

Susanne schüttelte den Kopf. »Das sind Telefonnummern«, sagte sie. »Hamburg hat siebenstellige Telefonnummern.«

Nein, das waren keine Telefonnummern. Das hatte ich längst ausprobiert. »Es sind Koordinaten, da bin ich mir ganz sicher. Das Problem ist nur, dass ich nicht weiß, auf was für ein Koordinatensystem sie sich beziehen.«

Susanne überlegte. »Wenn es um die Lage eines Ortes auf der Erdoberfläche geht, dann sind wahrscheinlich Längen und Breitengrad am zuverlässigsten.«

Jetzt kam die entscheidende Frage. »Was machen wir, wenn wir das Gold wirklich finden?«

Susanne brauchte nicht lange zu überlegen. »Behalten natürlich«, sagte sie.

»Und – was ist mit den anderen? Teilen wir durch fünf, oder behalten wir alles für uns?«

Auch darauf wusste Susanne die passende Antwort. »Wenn es *viel* Gold ist«, sagte sie, »dann behalten wir es. Und wenn es *sehr viel* Gold ist, dann teilen wir es mit den anderen.«

»Na schön. Aber wie kriegen wir heraus, wo der Längen- und Breitengrad liegt, an dem sich dieser Schatz befindet?«

»Messtischblatt«, sagte sie.

Das Messtischblatt hieß nicht mehr Messtischblatt, sondern *Topografische Karte 1:25.000*. Mithilfe der Karten in meinem alten Schulatlas konnten wir immerhin grob abschätzen, dass die angegebene Position irgendwo im Bereich des Blattes mit der Nummer 2525 liegen musste. Das Blatt 2525 hieß mit bürgerlichem Namen Hamburg-Harburg, und das darauf dargestellte Gebiet gehörte zu etwa zwei Dritteln zu Hamburg und zu einem Drittel zu Niedersachsen. Die Karte wurde allerdings weder vom Landesbetrieb Geoinformation und Vermessung in Hamburg noch vom Landesamt für Geoinformation und Landesvermessung Niedersachsen, sondern vom Landesamt Vermessung und Geoinformation Schleswig-Holstein in Kiel hergestellt. Nachdem wir das herausgefunden hatten, war es relativ leicht, die Karte zu bestellen.

Etwas schwieriger war es schon, den Punkt, den Frank sich eintätowiert hatte, auf der Landkarte zu identifizieren. Wir stellen fest, dass die siebenstelligen Koordinaten in Nord-Süd-Richtung auf ungefähr drei Meter genau waren, in Ost-West-Richtung auf 1,80 Meter. Auf dem Messtischblatt waren drei Meter aber nur 0,1 Millimeter.

»Woher weißt du das alles?«, fragte ich.

»Ich habe Geografie studiert«, antwortete Susanne. »Zu irgendetwas muss so ein Studium doch schließlich nütze sein.«

»Und wie finden wir jetzt die richtige Stelle?«

»Das machen wir mit dem Schrittmaß. Wir gehen hier von diesem Knick im Weg aus, und dann schreiten wir die Entfernung ab.«

»Die Harburger Berge sind Landschaftsschutzgebiet. Hoffentlich kriegen wir keine Schwierigkeiten, wenn wir da mit unseren Spaten herumgraben«, sagte ich.

»Wir nehmen Klappspaten«, entschied Susanne. »Die fallen nicht so auf. Und wir machen es nachts.«

Es sah alles ganz anders aus, als ich erwartet hatte. Die Stelle lag nicht in der Nähe des Weges. Die Koordinaten, die Frank sich hatte auf den Arm tätowieren lassen, die führten uns zu einem Punkt mitten im Wald.

»Wenn es wirklich hier gewesen ist, dann gute Nacht!«, sagte Susanne. Sie stieß mit dem Fuß gegen einen grün bemoosten Stubben.

Hier kann das doch unmöglich gewesen sein, dachte ich. Ich rammte den Spaten lustlos in den Waldboden.

Gute Nacht, hatte Susanne gesagt. Leider war es wirklich Nacht. Ich weiß nicht, ob Sie schon mal versucht haben, nachts mitten im Wald ein tiefes Loch zu graben? Ich kann Ihnen versichern, das ist keine Freude. Überall diese verdammten Baumwurzeln, und im Dunkeln kann man noch nicht einmal genau erkennen, wo die verlaufen. Unsere Klappspaten waren der Aufgabe kaum gewachsen, und es half auch nicht viel, dass ich mit dem Wagenheber auf ihn eindrosch, die hartnäckigsten Wurzeln ließen sich einfach nicht durchtrennen. Wir mussten um sie herumgraben. Besonders unauffällig waren wir auch nicht. Unsere Taschenlampen waren sicher auf große Entfernung sichtbar. Aber niemand störte uns.

Wir gruben und gruben. Wir waren im Nu in Schweiß gebadet. Nach einiger Zeit stieß Susannes Spaten auf Widerstand. »Da ist etwas Hartes!«, rief sie.

»Bestimmt wieder eine Baumwurzel«, sagte ich.

»Nein, keine Baumwurzel!«

Ich half ihr, das Objekt auszugraben. Es war in der Tat keine Baumwurzel. Es war ein großer Stein.

Nach einer Stunde warf ich den Spaten zur Seite. »Hier kann es nicht gewesen sein«, sagte ich.

»Dies ist genau der Punkt«, beharrte Susanne. »Neunzig Schritte östlich vom Weg und zehn Schritte südlich der Stelle, wo der Weg diesen Knick macht. Aber wenn du willst, gehe ich alles noch einmal ab.«

Susanne nahm Kompass und Taschenlampe und kämpfte sich erneut durch das Unterholz. Das Ergebnis war dasselbe. »Dies ist der richtige Platz«, sagte sie.

Wahrscheinlich wäre es besser gewesen, wenn wir ein Bandmaß mitgebracht hätten. Ich hätte am liebsten aufgegeben, aber das wäre töricht gewesen, jetzt, wo wir so nahe am Ziel waren. Und natürlich wussten wir nicht, wie tief Frank Weber seinen Schatz vergraben hatte. Also gruben wir weiter.

Am Ende hatten wir ein ungefähr zwei mal drei Meter großes Loch ausgehoben, das in der Mitte fast anderthalb Meter tief war. Den Schatz hatten wir nicht gefunden. Es wurde schon hell, als wir schließlich aufgaben. Vielleicht hätten wir das Loch wieder zuschaufeln sollen, aber dazu waren wir einfach zu erschöpft. Wir gaben fürs Erste auf und gingen zurück zu unserem Auto und fuhren nach Hause.

Mannheimer Planspiel

Für unser nächstes Vorhaben hatte Professor von Lohbergen einen völlig neuen Ansatz ausgearbeitet. »Planspiele sind besonders gut geeignet, um konfliktreiche Situationen mit vielen Beteiligten zu simulieren«, belehrte uns der Professor. Er liebte es, sich gewählt auszudrücken. Wir ließen das über uns ergehen. Solange die Kohle stimmte, konnte er reden, wie er wollte. Und bis jetzt stimmte die Kohle.

Wir saßen zu fünft in unserem kleinen Büro in Hamburg. Otto lauschte dem Professor andächtig. Er hatte einen Zettel vor sich liegen, machte sich Notizen. Hans-Dieter dagegen schrieb sich nichts auf. Er konnte sich einfach nicht konzentrieren. Er hatte die Schachtel mit der Revolvermunition vor sich ausgeschüttet und zählte die Patronen.

Der Professor war nicht zu bremsen. »Planspiele helfen, Konflikte zu vermeiden. Und könnte es etwas Konfliktträchtigeres geben als einen Banküberfall? Eine Vielzahl Beteiligter mit ganz unterschiedlichen Interessen, die in Einklang gebracht werden müssen: Da sind die Bankräuber, die Bankangestellten, die

Kunden, zufällige Passanten und nicht zuletzt die Polizei.«

Hoffentlich nicht die Polizei. Aber als Bankräuber mussten wir halt mit einem gewissen Restrisiko leben. Das nahmen wir in Kauf. Genau wie in einer Bank oder in jedem anderen Unternehmen musste auch bei uns die Kohle stimmen, sonst hätten wir ja nicht einmal unsere Reitstunden bezahlen können.

»Bei einem Banküberfall können nur allzu leicht Zielkonflikte auftreten. Die Banker wollen das Geld behalten, und wir wollen es haben. Das wiederum führt zu Verteilungskonflikten. Diese Konfliktart kann als Ausdruck des allgemeinen Knappheitsproblems angesehen werden …«

Hans-Dieters Kopf sackte auf die Tischplatte. Er schreckte hoch, einige seiner Patronen rollten über die Kante.

»… und deshalb braucht man Planspiele. Jedes größere Unternehmen nutzt Planspiele, wenn es um wichtige Entscheidungen geht«, sagte der Professor. »Und wir nutzen dieses hier!« Er legte einen Stapel Karten auf den Tisch. Einen Augenblick lang herrschte Stille. Im Hintergrund gurgelte die Kaffeemaschine.

»Das ist nicht dein Ernst!«, sagte Otto schließlich. Er legte den Bleistift zur Seite.

»Doch, natürlich. Alle erfolgreichen Unternehmen arbeiten mit solchen Verfahren. Die Banken, die Kaufhäuser, selbst die Bundesregierung trifft ihre Entscheidungen erst nach mehrwöchigen Planspielen!«

»Ja, aber doch nicht mit dem Autoquartett.«

»Es werden die Mittel und Möglichkeiten eingesetzt, die für das jeweilige Vorhaben am zweckmäßigsten sind. Und natürlich die Mittel, die zur Verfügung stehen. Und wenn das nun zufällig Autoquartett ist, dann nehmen sie auch Autoquartett.«

»Blödsinn!« Otto war richtig ärgerlich.

»Schreit doch nicht so rum«, beschwerte sich Hans-Dieter. »Jetzt bin ich schon wieder beim Zählen durcheinandergekommen.«

»Das Lehrbuch sagt: Planspiele leben von der Bereitschaft der Teilnehmenden, sich auf offene Lernprozesse einzulassen. Das ist gewissermaßen die Voraussetzung für den Erfolg. Und den Erfolg, den wollen wir doch alle.«

»Na schön.« Wir hatten uns schon einmal breitschlagen lassen, als es darum ging, den Ort für unseren Überfall auszuwählen. »Mannheim«, hatte der Professor gesagt. »Es muss Mannheim sein. Mannheim ist die Stadt der Quadrate. Wo sonst gibt es in Deutschland einen Ort, in dem alle wichtigen Straßen ein Gitternetz bilden? Das sind ideale Voraussetzungen für den Modellierer. Und wo gibt es sonst eine Stadt, in der statt Straßennamen die Häuserblöcke bezeichnet sind? Wenn da zum Beispiel die Meldung kommt: Banküberfall in C3, dann weiß ja selbst die Polizei nicht gleich, wo das ist!«

Ich wies darauf hin, dass die Voraussetzungen für den Fahrer des Fluchtautos nicht ganz so ideal seien. Eine unendliche Zahl von Kreuzungen, an denen es zu unendlichen Verzögerungen kommen konnte, wenn die Ampeln rot waren.

Der Professor widersprach »Nicht unendlich! Zehn Straßen von Nordwest ... also von links oben nach rechts unten und elf Straßen von rechts oben nach links unten.

Das gibt genau zweiundsiebzig Kreuzungen innerhalb des Gitters, wenn man den Rand nicht mitzählt, und an jeder dieser Kreuzungen kann man sich entscheiden, ob man nach links, rechts oder geradeaus fährt.«

Im Gegensatz zum Professor kannte ich Mannheim. »Es sind Einbahnstraßen«, sagte ich.

»Das ist ja gerade der Witz! Wir bewegen uns natürlich gegen die Fahrtrichtung der Einbahnstraßen!«

Ich hatte das Gefühl, jetzt sei er völlig durchgedreht, der Professor. Aber bevor sich jemand ernsthaft aufregen konnte, kam Susanne mit dem Kaffee. »Das ist mein Autoquartett«, sagte sie. »Verknickt mir bloß nicht die Karten!«

Dann folgte das eigentliche Planspiel. Der Professor sagte nicht, wie der Überfall ablaufen sollte. Er war immer ein großer Geheimniskrämer. Er erläuterte, dass es zunächst nur darum gehe, das geeignete Auto für unser Vorhaben zu bestimmen. Er mischte die Karten; dann nahm er die oberste Karte vom Stapel und legte sie offen auf den Tisch. »Das ist jetzt unser Fluchtauto. Und nun wollen wir mal sehen, was passiert, wenn die Polizei hinter uns her ist.« Er wies auf den Stapel Karten. »Das hier, das sind die Polizisten. Die nimmst du, Otto. Und jetzt deckst du die Karten der Reihe nach auf.«

»Okay«, sagte Otto. »Ich wollte schon immer mal Bulle spielen. Also – hier komme ich mit dem Opel Corsa …«

Hans-Dieter grinste. »Der Professor hat einen Jaguar«, sagte er.

»Ja, dann … Also: Ich habe 70 PS.«

»298«, sagte der Professor knapp. »Weiter. Die nächste Karte.«

»Mazda 3 Sport«, sagte Hans-Dieter. »Von null auf hundert in neun Sekunden.«

»7,5 Sekunden.« Der Professor war nicht zu schlagen.

»Aber jetzt: BMW 116i! Höchstgeschwindigkeit. 193 km/h.«

»230 km/h«, konterte der Professor.

Ich seufzte leise. So wie es aussah, würden wir uns tatsächlich in einen Jaguar zwängen müssen. Womöglich zu fünft, wenn Susanne diesmal mit dabei war.

Otto gab nicht auf, zog eine weitere Karte. »Ford Fiesta.«

Hans-Dieter lachte. »Damit willst du des Professors Jaguar schlagen?«

»Diesmal nehme ich Bewaffnung. Zwei Walther P99 Q.«

»Was? Steht das wirklich auf der Karte?«, fragte Susanne entgeistert.

Ja, stand es. Der Professor hatte das mit Kugelschreiber nachgetragen.

»Was macht ihr mit meinen Karten!«, empörte sich Susanne.

»Wir kaufen dir hinterher ein neues Spiel«, beruhigte der Professor sie. Für die Bankräuber im Jaguar verlas er: »Drei Sig Sauer und eine Uzi. Auch dieser Punkt geht an die Bankräuber. – Ich denke, damit ist klar, wir brauchen einen Jaguar.«

Wir gingen genau so vor, wie wir es im Planspiel geübt hatten. Den Jaguar stellten wir beim Planetarium ab.

Wir gingen zu Fuß zur Bank. Auch für den Weg zum Tatort bemühte der Professor das Autoquartett. Er sagte, es sei immer von Vorteil, wenn man als Bankräuber nicht schon vorher durch ungewöhnliches Verhalten auffalle. Der Weg zur Bank solle sich rein zufällig ergeben. Die Karten waren auf Otto, Hans-Dieter und mich verteilt. Otto stand für links, Hans-Dieter für rechts und ich für geradeaus. An jeder Kreuzung wurde die oberste Karte gezogen. Der Professor sagte dann zum Beispiel »Hubraum!«, und dann gingen wir in die Richtung mit der höchsten Karte. Bei zwei oder mehr gleichen Zahlen wurde gewürfelt.

Wir kamen nur langsam voran. Ich war mir auch nicht ganz sicher, ob die Methode mit den Karten so unauffällig war, wie der Professor glaubte. Spätestens als wir die Würfel herausholten und mitten auf der Kreuzung anfingen, die Richtung auszuknobeln, waren einige Passanten sichtlich irritiert. Ein besonders unbeherrschter Autofahrer fing sogar an zu hupen. Hans-Dieter zeigte ihm die Uzi. Das half.

Aber die Karten schickten uns ganz schön in die Irre. Es dauerte fast eine Stunde, bis wir in die Nähe unserer Bank kamen. Und an der letzten Kreuzung gab es dann noch eine unerwartete Schwierigkeit.

»Was ist das denn?« Hans-Dieter raufte sich die Haare.

»Was ist passiert?«, fragte Otto.

Ich sah schon, was passiert war. »Ein Hamster! Hans-Dieter hat einen Hamster aufgedeckt! – Wie viele PS hat ein Hamster?«

»Ungefähr 0,00007 PS«, behauptet Otto.

»Ein Hamster? Du meinst einen Hummer!«, schlug der Professor vor.

Aber es war ein Hamster. Hans-Dieter zeigte ihm die Karte.

»Das kann nicht sein. Da hast du wahrscheinlich Karten von Susannes Tierquartett mit eingemischt«, ereiferte sich der Professor.

»Nee, das war ich nicht! Das muss die Susanne gewesen sein!«

Ich drehte die Karte um. Sie war auf der Rückseite grün kariert, die anderen hatten ein blaues Muster. »Die grünen musst du aussortieren«, sagte ich.

»Die grünen rausnehmen?« Hans-Dieter war manchmal etwas schwer von Begriff. Otto nahm ihm die Karten aus der Hand und sortierte die grünen aus.

»Ich glaube, wir können jetzt mit dem Spiel aufhören«, sagte ich. »Da drüben ist doch schon die Bank!«

Der Professor beharrte darauf, bis zum Ende nach dem Zufallsprinzip vorzugehen. Aber nun sprach ihn eine ältere Dame an: »Was machen Sie da eigentlich, meine Herren? Ich habe Sie schon die ganze Zeit beobachtet. Ist das eine Rallye oder so etwas?«

»Ja, genau«, sagte Hans-Dieter. »Kommt, Leute, nun wird es wirklich Zeit!«

Vielleicht hätten wir doch lieber konsequent nach des Professors Methode weitermachen sollen. Zehn Minuten später hatten wir zwar jede Menge Geld eingesackt, aber nun saßen wir in der Falle. Draußen vor der Bank fuhr ein weiterer Streifenwagen vor. Hans-Dieter fummelte nervös am Abzug seiner Maschinenpistole. Der Kassierer hatte Schweißperlen auf der Stirn.

Der Professor räusperte sich. »Ich glaube, jetzt wird es allmählich Zeit, eine adäquate *exit strategy* ins Auge zu fassen«, sagte er. »Das haben die Amerikaner ja bekanntlich versäumt, als sie in den Irak einmarschiert sind. Und die Bundeswehr, als die in Afghanistan …«

»So'n Quatsch! Jetzt sag mir lieber mal, wie wir hier jetzt rauskommen sollen!« ereiferte sich Otto.

»Darauf will ich ja gerade hinaus!«

»Ich will auch hinaus, und zwar so schnell wie möglich!« Hans-Dieter fuchtelte mit seiner Maschinenpistole.

Draußen tönte ein Lautsprecher: »Achtung, Achtung, hier spricht die Poli…« Die Stimme verstummte abrupt, als Hans-Dieter die Schaufensterscheibe der Bank zerschoss.

»Keine übereilten Aktionen!«, rief der Professor. »Das kostet doch alles Geld! Jede sinnlos verballerte Patrone bedeutet fünfundzwanzig Cent weniger in unserer Gemeinschaftskasse!«

Ich glaubte, dass wir die Kasse sowieso fürs Erste vergessen konnten.

Der Professor wandte sich an die Bankkunden, die sich in die hinterste Ecke des Raumes zurückgezogen hatten. »Wie spät?«, fragte er.

»Hier, sehen Sie selbst!«, jammerte ein älterer Herr. Er gab ihm seine Rolex.

»Noch drei Minuten«, haderte der Professor. Er steckte die Uhr ein. »Wir sind einfach zu früh hier eingetroffen! Warum habt ihr nicht auf mich gehört?«

Otto murmelte vor sich hin: »Einen schnellen Fluchtwagen, den brauchen wir jetzt. Aber keinen Jaguar. Der ist zu klein, wenn da außer uns noch ein paar Geiseln rein sollen. Vielleicht einen Subaru oder aber zwei Jaguars. Oder Jaguare ...« Er blätterte nervös im Autoquartett. Ich fragte mich: Wo blieb des Professors vielgepriesenes Konfliktmanagement? Jetzt brauchten wir es wirklich.

Bei den Bankleuten klingelte das Telefon. Der Professor ließ sich den Hörer geben. »Die Polizei«, sagte er. »Wenn wir nicht freiwillig rauskommen, wollen sie das Gebäude stürmen. Otto, sprich du mal mit den Leuten!«

Otto sollte mit den Bullen verhandeln? Jetzt sind wir verloren, dachte ich.

Aber natürlich ging alles gut aus. Der Professor war immer für eine Überraschung gut. So auch diesmal. Er hatte sich die Sache mit der *exit strategy* gut überlegt. Während Otto am Telefon mit den Bullen über einen Fluchtwagen und die Zahl der Geiseln verhandelte, um Zeit zu gewinnen, kam Susanne mit den Pferden.

»Halt!«, rief einer der Polizisten. »So bleiben Sie doch stehen! Sie können hier nicht ...«

Doch, mit den Pferden ging es. Alle fünf Gäule setzten elegant über die Barriere hinweg, die die Polizei errichtet hatte, hielten vor der Bank, wir stürzten hinaus, schwangen uns in die Sättel, und dann ging es ab. Natürlich nicht aufrecht sitzend, sondern nach Indianerart tief zur Seite hängend, in Feuerlee. Jetzt zahlte sich der teure Reitunterricht aus, den wir zusammen mit Susanne genossen hatten. Allerdings wurden wir gar nicht beschossen. Die Polizisten waren zu verblüfft, und bevor sie wussten, was sie tun sollten, waren wir schon weg.

»Hinterher!«, rief jemand.

Aber jetzt kam unser Zickzackritt durch die Einbahnstraßen, immer entgegen der Fahrtrichtung, und im Nu hatten wir die Streifenwagen abgehängt. Der Professor sang fröhlich vor sich hin: »Ein Jäger aus Kurpfalz, der reitet durch den grünen Wald …«

Genial, dachte ich. Auf uns Räuber hätten sie natürlich geschossen, wenn wir nicht stehen geblieben wären. Aber auf Pferde? Undenkbar! Leider waren wir im Gegensatz zum Jäger aus Kurpfalz nicht im grünen Wald, sondern mitten in der Stadt, und in der Ferne hörten wir immer noch die Martinshörner.

»Der Friedrichsring«, rief Hans-Dieter. »Wir kommen unmöglich über den Friedrichsring!«

Nein, mussten wir auch gar nicht. Wir banden die Gäule in der Heidelberger Straße an die Chausseebäume und nahmen von dort die Straßenbahn. In gemütlichem Tempo zuckelte die rot-weiße Tram der Oberrheinischen Eisenbahngesellschaft in Richtung Osten. Der Professor wühlte in der Tasche mit dem Beutegeld, bis er endlich genügend Münzen zusammenhatte, um unser Gruppenticket zu bezahlen. Otto ließ ein junges Mädchen für sich aufstehen; er hatte sich beim Sprung vom Pferd den Fuß verstaucht und humpelte sehr eindrucksvoll.

Es waren nur ein paar Stationen, dann waren wir aus der Innenstadt heraus. Wir guckten natürlich die ganze Zeit aus dem Fenster, aber wir sahen nur einen einzigen Streifenwagen, und der fuhr in die Gegenrichtung. Die

Fahrt bis zum Planetarium dauerte neun Minuten, und da stand dann endlich unser Jaguar.

»Was haben die denn gesagt bei dem Reitstall, als du auf einmal fünf Pferde haben wolltest?«, fragte ich Susanne.

»Gar nichts. Ich hab sie einfach von der Weide geholt. Die Tiere kennen uns ja jetzt, wo wir einen Monat lang jeden Tag Reitstunden genommen haben.«

»Hast du denn gar keine Angst gehabt?«, wollte Otto wissen. Ich hätte jetzt gern mit ihm getauscht. Auf der Rückbank hatten sie es zu dritt kuschelig eng. Susanne saß natürlich in der Mitte.

Sie schüttelte den Kopf. »Ich hatte keine Angst. Die Polizisten konnten doch unmöglich schießen. Stellt euch doch mal vor, was die Presse daraus gemacht hätte: Banküberfall in Mannheim; Polizei erschießt fünf Pferde! Das geht einfach nicht.« Sie nahm die Karte mit dem Jaguar zur Hand, studierte die Angaben. »Preise sind hier nicht drauf«, stellte sie fest.

»Dafür reicht die Beute nicht«, sagte Otto. »Aber wir können dir natürlich jederzeit einen klauen. Wenn du willst, kannst du doch einfach diesen behalten. Wenn wir ihn umspritzen lassen …«

Aber davon wollte sie nichts wissen. Sie liebte das Abenteuer, aber dass wir Räuber waren, das wollte sie einfach nicht zur Kenntnis nehmen.

»Und was haben wir jetzt erbeutet?«, fragte Hans-Dieter.

»Zwanzigtausend und ein paar Zerquetschte.« Otto hatte die Scheine gleich in der Bank gezählt.

»Gar nicht so übel!«

»Na ja, wenn man das durch fünf teilt ...«

Hans-Dieter zuckte mit den Schultern. »Ich bin zufrieden. Das bedeutet doch, wenn wir weiterhin so ein bis zwei Überfälle pro Monat machen, dann kommen wir ganz gut klar.«

Der Professor schüttelte missbilligend den Kopf. »Ich will euch sagen, was euer Fehler ist: Ihr verschleudert euren Anteil! Ihr müsst das Geld für euch arbeiten lassen! An der Börse zum Beispiel! Meine Aktien haben im letzten Jahr um neunzig Prozent zugelegt!«

»Kann doch gar nicht sein. Jedes Kind weiß, dass die Wirtschaft im letzten Jahr den Bach runtergegangen ist.«

»Nicht überall!«

»Aber fast überall! Da bleibt doch nur noch China oder Nordkorea, oder wo kaufst du das Zeug?«

»Brasilien«, konterte der Professor knapp. »*Petroleo Brasileiro*. Todsichere Sache. Kapital verdoppelt und drei Prozent Dividende außerdem. Ich habe auf diese Weise inzwischen ein sicheres Jahreseinkommen von über hunderttausend Euro. Das ist zwar noch nicht viel, aber das ist ja auch nur der erste Schritt.«

Der King of Crime

Der Professor war Rechtswissenschaftler. Er kannte nicht nur alle Paragrafen in- und auswendig, sondern hatte auch gute Beziehungen zu Richtern und Staatsanwälten. Wenn er jemanden um einen Gefallen bat, war es immer schwer, Nein zu sagen. Unsere besten Jahre hatten wir, als einer seiner alten Kumpel Senator geworden war. *Richter Skrupellos* nannte die Presse ihn. Wenn einer von uns verurteilt werden sollte, hat er immer mit sehr viel Augenmaß eingegriffen. Ich weiß nicht – vielleicht hat der Professor ihm etwas von unserer Beute abgegeben.

Die letzten Jahre ging es dann leider bergab. Die Banküberfälle brachten immer weniger ein. Und die Mordaufträge gingen auch stark zurück. Nicht, dass kein Bedarf mehr an Auftragsmorden bestanden hätte, nein, aber viele unserer Kunden stellten sich unter einem Killer eben doch einen jüngeren Mann vor, nicht jemanden, der die Sechzig schon deutlich überschritten hatte und der statt starker Muskeln nur einen mächtigen Bierbauch vorweisen konnte.

So kam es, dass wir uns nach etwas anderem umsehen mussten. Der Professor hatte eine Idee. Das heißt, eigentlich war es nicht seine Idee, sondern die Idee eines anderen Ganoven, den die Juristen nur ehrfürchtig als den *King of Crime* bezeichneten. Hasso wusste nicht genau, um was es bei dieser Idee ging, aber alle Fachkollegen waren sich darin einig, dass man mit diesem Plan für alle Tage ausgesorgt haben würde.

»Und, hat dieser *King of Crime* seinen Plan inzwischen umgesetzt?«, wollte Hans-Dieter wissen.

»Soweit ich weiß, bis jetzt noch nicht.«

»Unser einziges Problem besteht darin, diesen Mann zu finden«, sagte Susanne.

»Wenn wir ihn finden wollen, dann müssen wir ihn ernsthaft suchen«, meinte ich. »Wenn wir nur hier zusammensitzen und schöne Reden schwingen, dann kommen wir nicht weiter.«

»Aber wir suchen ihn ja«, rief Susanne.

»Das ist das Erste, was ich höre!«, brummte Hans-Dieter.

»Regt euch nicht auf, Leute, wir suchen ihn wirklich. Erinnert ihr euch daran, dass Hasso und ich vor zwei Jahren über Weihnachten nach Teneriffa geflogen sind? Wir haben da nicht etwa Urlaub gemacht, wie ihr vielleicht geglaubt habt, sondern wir haben die ganze Insel umgekrempelt, um diesen *King of Crime* zu finden. Leider vergeblich. Am Ende hieß es sogar, er sei inzwischen in Hamburg gesehen worden.«

»Höchst ärgerlich«, befand Otto. Er schenkte sich einen weiteren Gin ein. In letzter Zeit verzichtete er wieder häufiger auf das Tonic Water.

»Das ist noch nicht alles«, fuhr Susanne fort. »Erinnert ihr euch noch an unsere gemeinsame Reise nach England? Als wir nach Cambridge gefahren sind?«

»Wer würde sich nicht daran erinnern«, brummte Hans-Dieter. »Selten hat mich der Chef so zusammengestaucht. Dabei hatte ich doch nur meine normale Ausrüstung mitgenommen. Hassos Reaktion war völlig überzogen.«

»Hans-Dieter, so ist der Professor nun einmal!«, sagte Susanne.

»Ich will mich auch gar nicht beschweren ...«, murmelte Hans-Dieter. Es war immer wieder interessant zu beobachten, wie sanft er mit der jungen Frau umging.

»Das habe ich damals auch nicht verstanden«, sagte ich. »Wir sind nach Cambridge gefahren, um eine Bank auszurauben, aber ohne unsere Gerätschaften. Das gab doch überhaupt keinen Sinn.«

»Du hast den Sinn nur nicht erkannt«, erwiderte Susanne. »Den Banküberfall haben wir nur gemacht, um euch alle bei Laune zu halten. In Wirklichkeit haben wir den *King of Crime* gesucht. Er sollte angeblich in dem Café auftauchen, in dem Professor von Lohbergen das Kreuzworträtsel gelöst hat. Aber er ist nicht gekommen. Später haben wir gehört, dass er zu der Zeit in Wien gewesen sein soll.«

Ich sah Susanne an. »Und Wangerooge?« Auch auf Wangerooge waren wir ohne unsere Ausrüstung gewesen und hatten am Ende einen schlecht vorbereiteten Banküberfall versucht, bei dem um ein Haar Hans-Dieter und der Professor geschnappt worden wären.

Susanne nickte. »Ja, Wangerooge war auch so ein Fall. Und wieder war der *King of Crime* angeblich an zwei Orten gleichzeitig: Wangerooge und Greifswald.«

»Was für konkrete Informationen habt ihr denn gehabt?«, wollte Otto wissen. Er schenkte sich ein weiteres Glas Gin ein.

Susanne sah ihn an, schüttelte den Kopf. Otto ließ sich nicht stören. Er wurde ein kleines bisschen rot, aber das konnte auch am Alkohol liegen.

»Was für Informationen habt ihr?«, wiederholte Otto.

»Zunächst einmal haben wir sein Foto«, sagte Susanne. Sie öffnete ihre Brieftasche, entnahm ihr ein Passbild und legte es auf den Tisch. Alle waren jetzt aufgestanden, beugten sich über die Aufnahme. Um ehrlich zu sein – wir waren enttäuscht. Das Bild zeigte einen weißhaarigen Herrn im Nadelstreifenanzug.

Hans-Dieter sprach das aus, was wir alle dachten: »Der sieht ganz harmlos aus.«

Otto stand noch aufrecht, aber er hatte leichte Sprachschwierigkeiten. Er lallte: »Wa… warum, also das verstehe ich nicht! Warum hast du uns damals dieses … diese Fotografie nicht gezeigt? Ich hab ihn nämlich gesehen. Ja, guckt nicht so blöde, ich hab ihn – diesen Opa da – ganz eindeutig gesehen. Auf Spiekeroog. Oder wo sind wir gewesen? Wangeroog. Wangerooge dann eben. Im Kurhaus. Da hat er gesessen und sein Eis gelöffelt.«

Killer in Hamminkeln

Wir sind Killer. Ganz normale Killer. Den bisher größten Auftrag hatten wir letztes Jahr. Einen Amerikaner. Zwölftausend Euro hatte ich verlangt und ohne Diskussion bekommen. Die waren natürlich inzwischen längst ausgegeben. Wahrscheinlich hätte ich zwanzigtausend fordern sollen. Hinterher ist man immer schlauer. Jedenfalls – das war ein komplizierter Auftrag.

Hans-Dieter hat auch gleich ganz bedenklich geguckt. »Die Mafia«, sagte er. »Das ist bestimmt wieder die Mafia. Damit will ich nichts zu tun haben.«

Der Professor schüttelte den Kopf. Er erklärte uns, dass die Mafia ihre eigenen Leute für so etwas habe und dass dies ein reines Privatvergnügen sein müsse.

»Und wie war das damals, als wir die Leichen von Neapel bis nach Holzwickede transportiert haben?«, fragte ich.

»Das war reine Zuarbeit. Solche Nebentätigkeiten werden schon mal outgesourct, aber die eigentlichen Morde, die macht die Mafia selbst.«

»Und warum lässt der Auftraggeber den Kerl nicht in Amerika killen?«

»Der will das lieber hier bei uns machen lassen. Hier gibt es nicht so viele Scherereien.«

Hans-Dieter sagte: »Beim letzten Mal, bei der Sache im Zoo, da hatten wir genug Scherereien.«

Das war der Versicherungsvertreter gewesen. Wir hatten den Kerl erst erschossen und dann in den Löwenzwinger geworfen, damit keiner die Schussverletzung sehen sollte. Das hatte aber nicht geklappt, die Löwen waren wohl satt, oder sie mochten den Kerl auch nicht – jedenfalls haben die Bullen am Ende doch gemerkt, dass er erschossen worden war, und wir hatten die teure Beretta wegwerfen müssen, wegen der Spuren.

»Wir machen es ohne Schusswaffen«, sagte der Professor. »Ganz ohne Gewalt.«

»Wie – ohne Gewalt? – Versteh ich nicht.«

»Das ist doch ganz einfach. Der Mann kommt rüber, um an dieser – dieser Wanderung in den Niederlanden teilzunehmen.«

»*Vierdaagse* in Nijmegen, ja, das hast du gesagt.«

»Ich habe das im Internet nachgeguckt. Das sind viermal fünfzig Kilometer, Hans-Dieter! Eine gewaltige Belastung für den Kreislauf. Wenn man da ein bisschen nachhilft …«

»Wie nachhilft?«

»Mit Digitalis zum Beispiel. Meine Oma hat das Zeug immer verschrieben gekriegt, aber nie genommen. Sind mindestens noch fünfzig Packungen von da.«

»Und wie willst du den Ami dazu bringen, dass er fünfhundert von diesen Pillen schluckt?«

Manchmal war Hans-Dieter wirklich zu dämlich. Der Professor erklärte ihm, dass wir die Dinger im Tee auflösen müssten.

Bevor wir uns für diesen Gewaltmarsch anmeldeten, mussten wir natürlich trainieren.

»Das geht nicht«, sagte Hans-Dieter. »Vier Tage freinehmen, jetzt vor Ostern, du glaubst ja gar nicht, was da alles los ist bei uns ...«

Ich blieb hart. »Unsere Zielperson kommt extra aus Amerika, um an diesem Marsch teilzunehmen. Du kannst davon ausgehen, dass der Kerl gut trainiert ist.«

»Wir sind aber im Vorteil«, sagte Hans-Dieter. »Er muss sich seine Kräfte gut einteilen. Glaubt er jedenfalls. Er weiß ja nicht, dass er schon nach den ersten zwanzig Kilometern hopsgeht.«

»Aber wir müssen hinterher weitermarschieren, damit wir nicht auffallen.«

Der Professor schüttelte den Kopf. »Ich kenn das. Bei so einem Gewaltmarsch, da fallen so viele Leute aus, mit Blasen an den Füßen oder Schmerzen im Knie, da kannst du jederzeit aufhören, ohne dass das auffällt.«

Das ließ ich nicht gelten. »Wenigstens eine Tagesetappe müssen wir vorher ausprobiert haben!«

»Also ich nicht«, sagte der Professor. »Ich laufe nicht mit. Ich bin sozusagen eure Fernsteuerung.«

»Also nur Susanne, Otto, Hans-Dieter und ich?«, fragte ich.

»Susanne auch nicht«, sagte Hasso. »Die Frauen laufen eine andere Route.«

»Von Hamburg nach Ahrensburg und zurück«, schlug Hans-Dieter vor. Das waren zwar keine fünfzig Kilometer, aber ziemlich weit war es auch. Besser als nichts.

»Sonnabend früh um acht«, sagte ich. »Vor dem Rathaus.«

»Abgemacht.«

Sonnabend früh um sechs stand ich allein vor dem Hamburger Rathaus. Otto hatte sich krankgemeldet. Von Hans-Dieter keine Spur. Kalt war es so früh am Morgen; ich hatte vorsichtshalber eine Wolljacke übergezogen. Ich wartete noch eine Viertelstunde, aber als sich dann nichts tat, machte ich mich allein auf den Weg. Die fünftausend Euro waren eingetroffen, das schuf die nötige Motivation. Das war üblich so bei solchen Aufträgen, dass man die Hälfte vorher kassierte und den Rest, wenn die Arbeit erledigt war.

Als ich auf die Ahrensburger Straße kam, war ich der einzige Fußgänger weit und breit. Es war ein herrlicher Frühlingstag, die Sonne schien gnadenlos, und ich geriet schon bald ins Schwitzen. Ich deponierte schließlich die Wolljacke hinter einem Gebüsch im Eichtalpark. Musste ich später abholen. So, nun ging es besser.

Eine Weile jedenfalls. Aber je weiter ich kam, desto müder wurde ich. Dauernd flitzten irgendwelche Radfahrer vorbei, und ich musste ausweichen.

»Schneller, schneller!«, rief jemand. Es sah wahrscheinlich ziemlich verbissen aus, wie ich mich da abmühte.

In Rahlstedt hatte ich die Schnauze voll. Von der ersten Telefonzelle aus ließ ich mir ein Taxi kommen und fuhr nach Hamburg zurück.

Da stand Hans-Dieter vor dem Rathaus.

»Wo warst du denn heute Morgen?«, fragte er.

»Ich? – Du bist nicht da gewesen. Sechs Uhr war abgemacht. Und um Punkt sechs Uhr habe ich hier vor dem Rathaus gestanden. Und als du nicht gekommen bist, da bin ich schließlich allein losmarschiert.«

»Fünf Uhr«, behauptete Hans-Dieter. »Wir wollten uns um fünf Uhr treffen. Als du nicht gekommen bist, bin ich allein losgegangen. War ganz schön anstrengend. Aber jedenfalls habe ich es geschafft. Hin und zurück.«

Ich schüttelte den Kopf. »Sechs Uhr war abgemacht«, sagte ich.

»Tatsächlich? Dann habe ich mich wohl geirrt.«

Er war nicht marschiert. Dafür sah er viel zu frisch aus. Aber er würde schon sehen, was er davon hatte, wenn er untrainiert auf diesen Marsch ging.

Und dann war es so weit. Die *Vierdaagse* in Nijmegen – ich hatte mal die Bilder in der Zeitung gesehen, das war alles. Hans-Dieter sagte, er sei früher schon mal mitgelaufen. »Damals, als der Prinz Claus mit dabei war.«

»Das ist ziemlich lange her«, sagte ich.

»Das verlernt man nicht. Genau wie Schwimmen«, behauptete er. Aber als es dann losgehen sollte, kam er angehumpelt. »Du musst das allein machen. Ich hab mir den Fuß verstaucht.«

»Ach«, sagte ich.

»Wieso ›ach‹? – Du könntest mich gern mal ein bisschen bedauern.«

Da bedauerte ich lieber mich selbst. Eigentlich wollten wir auslosen, wer laufen sollte und wer die Verpflegung übernahm. Ich hatte extra so eine Münze mit zwei Vorderseiten besorgt. Aber nun musste ich wohl oder übel in den sauren Apfel beißen.

»Zehntausend Euro«, sagte Hans-Dieter. »Das spornt an!«

»Mach bloß keinen Scheiß mit dem Tee«, sagte ich. Wir hatten es tatsächlich geschafft, all die Pillen aufzulösen. Es waren zwar nur noch dreiundsiebzig, aber das musste eigentlich auch reichen. Wir hatten ordentlich Zucker dazugegeben und einen Schuss Rum, damit man von dem blöden Geschmack nichts merkte.

»Der Tee ist hier in der Thermoskanne«, sagte Hans-Dieter. »Da kann nichts passieren.«

Wahrscheinlich hätten wir uns irgendein Hotelzimmer nehmen sollen, aber Hans-Dieter wollte ja unbedingt das Geld sparen. So saßen wir jetzt auf dem überfüllten Campingplatz in Groesbeek, und ich tat vor Hitze kein Auge zu. Als ich schließlich doch einmal kurz einnickte, fing Hans-Dieter an, im Zelt herumzurumoren.

»Was soll das?«, fragte ich mürrisch.

»Zeit zum Aufstehen, ich muss doch rechtzeitig in Position, bevor alles abgesperrt wird.«

Natürlich hatten wir nur das eigene Auto. So stand ich über eine Stunde vor Startbeginn mitten in Nijmegen, unausgeschlafen und frierend.

Langsam füllte sich der Startplatz. Über vierzigtausend Teilnehmer hatten sich angemeldet, hatte es am Vortag auf der Eröffnungsfeier geheißen. Zum Glück liefen nicht alle gleichzeitig los. Es gab verschiedene Altersklassen, und die Gruppen starteten sowieso woanders als die Einzelteilnehmer. Als sich der Platz mit Menschen füllte, wurde mir langsam klar, ich hatte überhaupt keine Chance, unsere Zielperson in der Menge zu finden. Vierzigtausend Leute! Und ich hatte nur dieses kleine Foto.

»Alles kein Problem«, hat Hans-Dieter behauptet. »Die Hälfte ist sowieso Militär und Polizei, die kannst du schon mal vergessen. Und vom Rest ist die Hälfte Jugendliche und die Hälfte Rentner, die scheiden alle aus.«

Bei so vielen Hälften dürfte eigentlich am Ende nur dieser Kerl übrig bleiben. War aber nicht so. Es gab teuflisch viele Leute, die alle ungefähr gleich aussahen. Lauter so asketische Langläufer-Typen. Im Gegensatz zu mir. Mich zu finden, wäre viel einfacher gewesen.

»Du machst das so«, hatte der Professor gesagt. »Du gehst als Holländer. Das verwischt schon mal alle Spuren …«

»Wie soll ich das denn machen?«

»Orangefarbenes Hemd, blau-weiß-rote Ringelsocken …«

»Ich kann aber nicht Holländisch!«

»Das macht nichts, das kann dieser Ami ja auch nicht. Du musst dir nur einen Satz merken: *Goeden middag!* Wenn er darauf irgendetwas auf Holländisch antwortet, ist es der falsche. Nur wenn er Englisch spricht, dann ist es unser Mann.«

Jetzt ging es endlich los. Vom Startplatz am *Wedren* drängten wir uns über *Prins Bernhardstraat – Oranjesingel* in Richtung Fluss. Auf der Waal-Brücke entdeckte ich zum ersten Mal jemand, der so aussah wie der Kerl auf dem Foto. Vorsichtig pirschte ich mich an ihn heran.

»Khuden middakh!«, sagte ich. Die Holländer sprächen das so aus, hatte der Professor gesagt.

Der Mann sagte gar nichts, starrte mich nur an, als ob ich bekloppt wär. Vielleicht war halb sechs am Morgen die falsche Tageszeit für *Goeden middag*.

Der erste offizielle Rastplatz war bei dem kleinen Dorf Bemmel, kurz vor dem Ortseingang. Wir hatten uns die Lokalität auf der Karte angesehen, die Entfernungen ausgemessen, waren schließlich alles abgefahren, damit nichts schiefgehen konnte, aber als ich beim Rastplatz ankam, war Hans-Dieter nirgends zu entdecken. Ich suchte den ganzen Rastplatz ab. Nichts. Was war passiert? – Egal, ich musste weiter.

Ich traf Hans-Dieter wenig später mitten in Bemmel. Er strahlte über das ganze Gesicht.

»Hör mal«, sagte ich, »wir hatten abgemacht …«

Aber er hörte gar nicht zu. »Es funktioniert!«, rief er begeistert. »Es funktioniert tatsächlich!«

»Was funktioniert?«

»Na, das mit dem Tee!«

»Wieso?« Ich begriff noch immer nicht.

»Na, ich hab's ausprobiert! Sicher ist sicher, hab ich mir gedacht. Und da kam so'n Kerl, der sah schon ziemlich fertig aus, schon nach diesen paar Kilometern. Ich hab gesagt: ›Hier, willst du'n Schluck?‹ – ›Ja‹, hat er gesagt, ›gib her.‹ Gluck, gluck – und schon war er hin. Ich konnt ihm grad noch die Thermosflasche aus der Hand nehmen …«

»Du spinnst!«

»Nein, ehrlich! Hast du denn den Rettungshubschrauber nicht gehört?« Den Hubschrauber hatte ich schon gehört, aber keinen Zusammenhang mit unserer Arbeit gesehen.

»Du siehst verärgert aus!«, stellte Hans-Dieter fest.

Verärgert war gar kein Ausdruck. »Das fällt doch auf«, sagte ich.

»Quatsch. Und ich bin ja auch vorsichtshalber ein Stück weitergegangen.«

»Na schön. Aber jetzt keinen Unsinn mehr.«

Hans-Dieter schüttelte den Kopf. »Dieser Ami, ich hab ihn übrigens gesehen. Der ist hier so vor fünf Minuten durch.«

»Was?« Das sagte er erst jetzt! Ich sah zu, dass ich weiterkam.

Jetzt begann eine gnadenlose Aufholjagd. Das heißt, gnadenlos war sie zunächst einmal für mich. Schon vor dem nächsten Rastplatz merkte ich, dass ich eine Blase bekommen hatte. Zähne zusammengebissen und weiter. Schneller. Bei der nächsten Rast hatte ich schon zwei Blasen.

»Er ist noch immer drei Minuten vor dir«, sagte Hans-Dieter.

Der erste Tag der *Vierdaagse* war der sogenannte »Tag von Elst«, einer kleinen Stadt in Gelderland. Früher, sagte Hans-Dieter, waren sie bis an den Rand von Arnhem marschiert, unter der berühmten Brücke durch. Aber das war wohl wirklich *»A bridge too far«* für die Wanderer, genau wie für die Engländer 1945, sodass die

Route inzwischen geändert worden war. Als ich in Elst ankam, war die Blase am rechten Fuß aufgeplatzt, und am linken Hacken hatte sich eine hässliche Scheuerstelle gebildet, die auch durch mehrfaches Zerren an der Socke nicht verschwinden wollte.

Ich kam ganz gut voran, war wohl noch im ersten Drittel, glaubte ich, aber andere waren schneller. »The Dutch are coming, get out of the way! *The Dutch are coming, get out of the way!*«, tönte es hinter mir. Ich musste aus dem Weg, und eine Kompanie niederländisches Militär in Tarnanzügen marschierte an mir vorbei. Sie sangen aus vollem Hals:

»Adieu Sophie, we gaan je weer verlaten
Adieu Sophie, we gaan 'r weer vandoor
Adieu Sophie, je mag 't heus wel weten
Dat elk van ons zijn hart aan jou verloor.«

»Srebrenica!«, brummte ich, aber keiner beachtete mich. Zum Glück. Der Professor hatte recht, ich hatte ein Vorurteil gegen alles Militär. »Völlig unberechtigt«, sagte er. »Guck sie dir doch an, die Jungs – das sind alles nur Mörder wie du und ich!«

Dann waren die Soldaten vorbei, und ich konnte wieder in Ruhe weitergehen. So kam ich nach Elst. Die ganze Bevölkerung war auf den Beinen. Musik, Blumen, Flaggen, ein buntes Bild. Schade nur, dass meine Füße so wehtaten, ich konnte es gar nicht richtig genießen. Zum Glück kam gleich hinter Elst der nächste Rastplatz. Da würde ich die Füße behandeln lassen, dachte ich. Wahrscheinlich würden sie die Blasen aufstechen und Jod draufpinseln. Ich stellte mir vor, wie das brennen würde.

Aber die Rast fiel aus. Denn in dem Augenblick, als wir das Zentrum von Elst passiert hatten, sah ich ihn. Das heißt, ich sah jemanden, der so aussah wie der Mann auf dem Foto. Doch, wirklich, das musste er sein. »Goeden middag!«, sagte ich.

»*Pardon?*«

Das war er. »*Oh, excuse me – you – english?*«

Nein, sagte er, er sei Amerikaner, aus Chicago.

»Jan Peter Balkenende aus Amsterdam«, stellte ich mich vor.

»Bill Stump«, sagte er.

»Angenehm.« Ja, er war der Richtige. Als wir am Rastplatz vorbeikamen, stand da Hans-Dieter und winkte und schüttelte mit dem Kopf. Was sollte das nun bedeuten? Es war ohne Frage der richtige Mann. Hans-Dieter zeigte auf eine Gruppe schweißüberströmter junger Männer, die gerade dabei war, uns zu überholen. KLPD – was immer das heißen mochte. Ich fragte den Ami, der kannte sich hier aus. Er erklärte es mir. KLPD war die niederländische Polizei. Keine gute Gelegenheit, jemand abzumurksen, wenn man gerade von KLPD umringt war.

Also hatte ich viel Zeit, mich mit Mr. Stump zu unterhalten. Ich erzählte ihm von meinen Blasen. Er lachte nur, sagte, dass ich eben nicht genug trainiert hätte. Wir diskutierten über alle möglichen Themen, und Bill Stump schaffte es in wenigen Kilometern, sich meine sämtlichen Sympathien zu verscherzen. Ich konnte gut verstehen, dass ihn jemand nicht mehr haben wollte. Aber ich ließ es mir natürlich nicht anmerken. Der Kerl redete in einer Tour.

»… habe ich ihn natürlich entlassen«, sagte er gerade, »ob er nun Neger ist oder Krüppel oder sonst was, da kann ich keine Rücksicht drauf nehmen.«

»Bewundernswert«, behauptete ich. »Wie Sie das alles durchsetzen …«

»Ihr Holländer seid einfach zu weich.«

»Ja«, sagte ich, »da ist was dran.« Wenn der nächste Rastplatz nicht bald käme, würde ich ihn erwürgen, anstatt ihn zu vergiften.

Aber der nächste Rastplatz kam schneller, als ich gedacht hatte. Selbst die dämlichste Unterhaltung mit dem größten Arschloch trug dazu bei, dass die Zeit schneller verging, und auch meine schmerzenden Füße waren kaum noch zu spüren.

»Da vorn steht mein Kollege mit Verpflegung«, sagte ich.

»So was brauche ich nicht, ich bin autark.«

Aber als wir dann da waren und Hans-Dieter uns jedem einen Becher Tee in die Hand drückte, war Bill Stump doch gar nicht mehr abgeneigt.

Hans-Dieter machte hinter dem Rücken des Amerikaners irgendwelche Grimassen, aber ich hatte jetzt keine Zeit, mich darum zu kümmern.

»Trinkst du gar nichts?«, fragte der Ami.

Ich hatte meinen Tee nicht angerührt. »Ich brauche eigentlich nur etwas zu essen«, behauptete ich. Mit äußerster Überwindung biss ich in ein Wurstbrot und würgte ein paar Bissen herunter, während Bill sich noch einmal nachschenken ließ und Zug um Zug unseren köstlichen Tee austrank. »Das tut gut«, sagte er.

Berühmte letzte Worte, dachte ich.

Aber nichts passierte. Wir marschierten weiter am Deich entlang, zurück in Richtung Nijmegen. Die Luft stand, es war irrsinnig heiß, ich war dem Verdursten nahe, und Bill schwatzte fröhlich vor sich hin.

»Das war ja ein hervorragendes Zeug«, sagte er. »Was ist denn da alles drin in dem Tee?«

»Traubenzucker und Honig«, behauptete ich.

»Das merkt man. – Ich glaube, ich muss jetzt mal ein bisschen Tempo zulegen, damit ich rechtzeitig zum Kaffee wieder im Quartier bin.«

»Ja, das werde ich auch tun«, sagte ich. Aber als er das Tempo anzog, musste ich schon nach hundert Metern aufgeben. Ich verfolgte ihn mit den Augen. Irgendwann musste der Kerl doch umfallen, dachte ich. Mehr als fünfzig Tabletten Digitalis, das hielt keiner aus. Aber er marschierte weiter und weiter. Ich verlor ihn aus dem Blick. Einmal glaubte ich, ihn noch kurz auf der Waal-Brücke gesehen zu haben, aber auf die Entfernung war ich mir nicht sicher.

»Ich habe es dir ja nicht sagen können«, behauptete Hans-Dieter.

Wir standen mitten in Nijmegen, wo er auf mich gewartet hatte. Ich war völlig erschöpft. »Was hast du mir nicht sagen können?«

»Er stand doch die ganze Zeit neben dir. Ich habe versucht, dir Zeichen zu geben, aber du hast natürlich …«

Ich packte ihn am Kragen. »Was hast du mir nicht sagen können?«

»Der Tee. Da war gar nichts drin.«

»Hör mal, ich habe diesen Tee eigenhändig …«

»Nein, nein. Du verstehst mich nicht. Ich musste den Tee doch neu kochen.«

»Wieso neu kochen?«

»Na ja, ich hab doch gedacht, ich mache noch einen zweiten Test. Dieser Mann da in Bemmel, der war doch schon so alt. Da habe ich gedacht, ich versuche es mal mit einem Jüngeren. Nur zur Sicherheit ...«

»Hans-Dieter ...«

»Aber dieser Soldat, als ich dem die Flasche hingehalten habe, da hat er die einfach weitergereicht. Die haben alle jeder einen Schluck genommen und sie dann immer weitergegeben, bis die Flasche leer war. – Was dann passiert ist, weiß ich nicht. Ich hab mich aus dem Staub gemacht. Hab nur noch gesehen, dass da all diese Krankenwagen vorbeigefahren sind ...«

»Hans-Dieter, das ist wirklich ärgerlich. Wir sollen diesen Stump umlegen. Keine alten Wanderer und keine Soldaten, einfach nur diesen Stump!«

»Ich weiß, ich weiß. Aber morgen ist ja auch noch ein Tag. Und übermorgen und Freitag auch. Das ist ja das Schöne bei so einem Viertagemarsch.«

»Und wo willst du neues Digitalis herkriegen? Mehr als fünfzig Packungen?«

Hans-Dieter kratzte sich am Kopf. »Dann müssen wir ihn eben erschießen«, sagte er schließlich ganz kleinlaut. »Das ist sowieso billiger.«

Aber dazu kam es nicht. Am Abend entschloss sich das Organisationskomitee, die *Vierdaagse* für dieses Jahr nach dem ersten Tag abzubrechen. Die große Hitze habe zu unerwartet hohen Ausfällen geführt, hieß es. Und um gesundheitliche Schäden für die Teilnehmer zu vermeiden, sollte nicht weitergelaufen werden. Bill Stump reiste natürlich ab. »An den kommen wir nicht mehr heran«, sagte ich. »Schade um das schöne Geld.«

»Das kassieren wir trotzdem«, entschied der Professor. »Das ahnt doch keiner, dass der Kerl noch lebt. Das mit den Toten, das steht eh morgen alles in der Zeitung. Und keiner weiß, wer das ist. Da brauchen wir nur zu sagen: Auftrag ausgeführt!«

Ich hatte Bedenken, aber der Professor behauptete: »Was kann schon passieren? Die wissen doch gar nicht, wer wir sind. Die haben ja nur unseren toten Briefkasten und die falsche Telefonnummer.« Er ließ sich nicht beirren, und tatsächlich hielten wir eine Woche später den Brief mit den fehlenden fünftausend Euro in der Hand. Der Professor strahlte. Alles in Ordnung.

Bis dann am nächsten Morgen dieser Anruf kam. Von einer Telefonzelle aus. Die Stimme – wahrscheinlich verstellt, aber, wenn ich es mir recht überlegte, doch mit einem ganz leichten, amerikanischen Akzent. Wir leiden unter Verfolgungswahn, meinte der Professor. Aber alle anderen waren dafür, den Standort zu wechseln. So mussten wir unser schönes Quartier in Hamburg aufgeben und uns etwas anderes suchen. Irgendein kleines Nest, das keiner kannte. So kam es, dass wir nach Hamminkeln gezogen sind.

Schafsmord

Eine Weile untertauchen und unauffällig unseren Berufen nachgehen. Hamminkeln schien uns wie geschaffen für diesen Zweck. Eine kleine Stadt, die eigentlich aussah wie ein großes Dorf. Durch unseren Umzug stieg die Einwohnerzahl auf siebenundzwanzigtausend. Wir suchten uns verschiedene Wohnungen, hielten lockeren Kontakt, aber wir trafen uns nie. Nur Otto bin ich einmal zufällig begegnet, als er bei *Winkelmann* saß. Er hatte einen Kaffee vor sich und ein Buch mit dem Titel *Ich, Anastasia, erzähle*. Aber er las nicht in dem Buch, sondern starrte auf seinen iPad. Auf dem Bildschirm war irgendein Frosch zu sehen. Otto war so vertieft in seine Tätigkeit, dass er mich nicht bemerkte.

Am meisten vermisste ich natürlich Susanne. Sie war als Einzige in Hamburg geblieben. Wir tauschten Fotos und kurze Nachrichte über Facebook aus.

Da in Hamminkeln kein Bedarf an technischen Zeichnern oder Grafikern bestand, musste ich mir etwas anderes suchen. Ich hatte ja sowieso schon lange nicht mehr in diesen Berufen gearbeitet. Bauer, dachte ich, das kann doch jeder. Und als zufällig gerade jetzt dieser Hof zum Verkauf stand, habe ich gleich zugeschlagen.

»Sind sie nicht niedlich?«

Das sagen viele Leute, wenn sie kleine Lämmer sahen. Kinder. Meistens Mädchen. Und dann fragen sie, ob sie mal eins streicheln dürfen. »Ja«, sage ich dann, aber sie schaffen es doch nicht, denn kleine Lämmer lassen sich nicht einfangen und streicheln. Sie sind zu schnell.

Die junge Frau, die diesmal am Zaun stand, sah selbst aus wie ein kleine,s blondes Lämmchen. Sie war in einen Parka gehüllt, und es war ganz offensichtlich, dass sie fror.

»So naiv, so friedlich!«

»Kommen Sie«, sagte ich, »ich zeige Ihnen was.«

Schafe sind nicht friedlich. Wir urteilen nach dem Aussehen, wir lassen uns täuschen. Die meisten Menschen kennen die Schafe nicht. Ich besaß jetzt über hundert Texelschafe. Und in meiner Zeit mit den Schafen habe ich einiges gelernt. Ich hatte in der Küche einen Verschlag eingerichtet, eine andere Möglichkeit gab es nicht, und da hatte ich ein Schaf mit seinen drei Lämmern eingesperrt.

»Sie kriegen normalerweise eins oder zwei«, erklärte ich. »Dass sie drei Lämmer haben, ist ungewöhnlich, kommt aber vor.«

»Drillinge!«

»Ja, Drillinge.«

»Oh!«

Das Schaf stieß eines der Lämmer mit roher Gewalt von sich. Das Lamm kam zurück, um zu trinken. Das Mutterschaf senkte den Kopf und schleuderte sein Kind erneut mit aller Kraft fort. Das Lamm knallte gegen die Wand. Das Lamm kam zurück.

Das Schaf wollte keine Drillinge. »Das Schwächste wird ausgestoßen«, sagte ich. »In der Natur kann sie nur zwei Lämmer ohne Probleme großziehen. Schafe haben schließlich nur zwei Zitzen. Das dritte Lamm muss weg.«

»Sie will, dass es tot ist«, sagte die junge Frau erschüttert.

Ja, das war offenbar die Absicht. Aber Mutterschafe können ihre Jungen nicht totbeißen. Sie können die Lämmer nur wegstoßen, immer wieder – so lange, bis sie keine Kraft mehr haben und verhungern.

»Das werden wir verhindern«, sagte ich. Aber ich sah jetzt, ich hatte den Verschlag zu groß gebaut. Rasch zog ich ein paar weitere Bretter als Zwischenwand ein, sodass das Mutterschaf sich kaum noch rühren konnte und nicht mehr verhindern konnte, dass auch das dritte Lamm Milch bekam. Ende der Vorstellung.

»Das habe ich noch nie gesehen«, sagte die junge Frau.

»Nein«, sagte ich. Das sehen die meisten Menschen nicht. Oder wenn sie es doch einmal sehen, aus der Ferne, bleiben sie nicht lange genug stehen, um zu begreifen, was da geschieht.

»Sie haben ein Herz für die Tiere!«, stellte die Frau fest.

Das wollte ich nicht kommentieren. »Mögen Sie einen Kaffee?«, fragte ich stattdessen.

Ja, mochte sie. »Hier ist es wenigstens schön warm«, sagte sie. Sie zog ihre Parka aus.

Wir redeten und redeten.

Sie sah aus dem Fenster. »Ist es nicht ziemlich einsam hier draußen?«

»Manchmal schon«, sagte ich. »Manche Leute mögen das nicht. Aber bis Hamminkeln sind es ja nur zwei Kilometer. Mit dem Fahrrad kein Problem.«

»Ist es nicht gefährlich, hier so allein zu wohnen?«

Ich schüttelte den Kopf. »Kommen Sie mit, ich zeige Ihnen was.« Ich stand auf, öffnete die Tür zum Hof und pfiff. Im nächsten Moment stand ein riesiger Rottweiler vor uns. Die junge Frau wich zurück. »Das ist Rex«, sagte ich. »Keine Angst, der tut nichts. Außer, wenn ich es sage.«

»Ich heiße Julia«, sagte sie. Das war schon am nächsten Morgen. Sie war erst aufgewacht, als ich schon Brötchen geholt und Kaffee gekocht hatte.

»Ich bin Jürgen.« Ich hatte noch nie mit einer Frau geschlafen, die mich siezte. Wir saßen beim Frühstück in der Küche, alles war friedlich, alles stank nach Schaf.

»Sie tun sich nichts mehr«, stellte Julia fest. Alle drei Lämmer saugten abwechselnd bei ihrer Mutter.

»Nein. Sie haben sich aneinander gewöhnt.« Es geht nicht immer so schnell, manchmal dauert es ein paar Tage. Und manchmal kommt man auch zu spät.

»Sie sind wirklich süß!«

Ich schwieg einen Augenblick. Dann sagte ich: »Julia – ich bin Bauer. Schafzüchter, um genau zu sein. Texelschafe sind Fleischschafe. Ich ziehe diese Lämmer groß und verkaufe sie. Aber ich fürchte, die Leute, die sie mir abkaufen, die tun das nicht, um sie zu streicheln.«

»Nein, wahrscheinlich nicht. Ich dachte …« Julia zögerte. »Ich dachte, Schafe hält man vor allem wegen der Wolle?«

»Das denken viele. Aber das lohnt sich nicht mehr. Der Erlös für die Wolle reicht nicht einmal, um die Kosten für die Schur zu decken.«

»Wie viele Schafe hast du überhaupt?«

»Über hundert.«

»Wahnsinn!«

»Ach, das ist gar nicht so viel. Holtkamp hat mehr.«

»Aber es lohnt sich trotzdem?«

»Man kommt durch«, sagte ich. »Schafe sind besser als Kühe. Reich wird man nicht dabei, aber man kommt durch. – Soll ich uns noch etwas Kaffee machen?« Die Kanne war inzwischen leer.

»Nein, danke, ich glaube nicht.«

Sie machte keine Anstalten zu gehen. So fing es an.

Ich hatte gefürchtet, dass es irgendwann enden würde. Eines Morgens, als ich die Brötchen aus Hamminkeln holte, stand auf dem Parkplatz vor dem Café *Winkelmann* ein Wagen mit Hamburger Kennzeichen. Es kamen gelegentlich Besucher aus Hamburg nach Hamminkeln, aber dieses war der erste, dessen Kfz-Kennzeichen die Buchstabenkombination HH-FW hatte. Das musste nichts bedeuten, natürlich nicht, aber ich dachte sofort an Frank Weber. Von den zwanzig Jahren, die mein Zellengenosse damals gekriegt hatte, war jetzt ein knappes Drittel rum. Sollte er womöglich auf Bewährung freigekommen sein? – Auf Bewährung! Man brauchte Frank nur anzusehen, um zu wissen, dass er sich nie ändern würde, aber die Justiz ging nicht nach dem Aussehen. Ich habe meine Brötchen vorsichtshalber bei Overkamp geholt, aber genützt hat es nichts.

Am Abend kam er. Ich sah die Lichter seines Autos von dem Moment an, als es von der Straße abbog und den Weg zu unserem Hof einschlug. Julia sah sie auch.

»Besuch?«, fragte sie.

»Ja. Unangenehmer Besuch.« Ich hätte ihr längst alles erzählen müssen, hätte ich wahrscheinlich tun sollen, wo war das Problem? Ich hatte ja niemanden erschossen, ich nicht, aber ich hatte den Mut nicht gehabt. Ich redete nicht gern darüber, dass ich im Gefängnis gesessen hatte, und über meine kriminelle Laufbahn nach der Entlassung auch nicht. Ich hatte Angst, Julia könnte einfach davonlaufen. Wir waren ja schließlich nicht verheiratet. Nichts band uns aneinander, außer, dass wir uns mochten. Zumindest hätte ich den Professor anrufen sollen. Oder Hans-Dieter. Jetzt war es zu spät.

»Wie unangenehm?«, fragte Julia.

»So unangenehm, dass du am besten gar nicht hier sein solltest. Es ist sicherer, wenn du erst einmal verschwindest.«

»Wo soll ich denn hin?«

»In den Schrank«, sagte ich. Etwas Besseres fiel mir nicht ein, und es blieb nicht viel Zeit. Der Wagen bog auf unseren Hof ein und hielt an; die Lichter verloschten.

Julia stieg in den Schrank; ich drückte die Tür hinter ihr zu.

»Da bist du ja«, sagte ich.

»Ja, da bin ich.« Frank stand vor der Tür. Er hielt eine Pistole in der Hand.

»Die brauchst du nicht«, sagte ich.

Er grinste. »Besser ist besser.«

»Komm doch rein. Magst du einen Kaffee?«

Frank schob mich zur Seite. »Spar dir den Schmus«, sagte er. »Sieben Jahre hab ich im Knast gesessen. Sieben lange Jahre habe ich ausgehalten, denn ich wusste ja, am Ende würde ich das Gold ausgraben, und dann wäre ich ein reicher Mann. Und was war? Pustekuchen! Als ich das Loch gesehen habe, im Wald, da war mir sofort klar, wer hier gegraben hat, das kannst nur du gewesen sein.«

Ich schüttelte den Kopf. »Ich habe dein Gold nicht!«

»Du hast das Gold, aber jetzt ist Zahltag.«

»Klar«, sagte ich. »Du kriegst, was du verdient hast.«

»Mein Gold!« Er fuchtelte mit der Pistole. »Ich hab die Faxen dicke, das kannst du mir glauben! Wenn du sieben Jahre lang tagein tagaus nichts weiter siehst als diese verfluchten vier Wände deiner Zelle und wenn du nichts weiter zu fressen kriegst als den elenden Gefängnisfraß und du dann hinterher obendrein noch feststellen musst, dass jemand dein Versteck ausgeräumt hat …«

»So ist das nicht«, sagte ich.

»Doch, doch, genau so ist das! Du hast gedacht, Jürgen, du kannst mich aufs Kreuz legen. Hast einfach deine Zelte abgebrochen in Hamburg und bist hierhergezogen, in die Provinz, und dann …«

»Frank«, sagte ich, »ich bin nicht abgehauen!«

»Natürlich bist du abgehauen! Hast dich von deiner Liebsten getrennt und lebst hier draußen unter fremdem Namen. Du hast deine Spuren ganz gut verwischt, kein Eintrag im Telefonbuch, keine Spuren im Internet.

Aber in Facebook habe ich dich dann gefunden, über deinen Kontakt mit Susanne ...«

Ich fuhr hoch.

»Reg dich ab! Deiner Susanne habe ich kein Haar gekrümmt. Ich habe sie nicht einmal aufgesucht. Das brauchte ich gar nicht. In euren Facebook-Nachrichten kam das Wort Hamminkeln vor; der Rest war einfach. – Aber genug geredet. Nun will ich endlich das Gold haben. Mein Gold. Jetzt sofort!« Wieder fuchtelte er mit der Pistole.

Es war sinnlos, dass ich beteuerte, das Gold nicht zu haben. Er glaubte mir sowieso nicht. Also musste ich meine Taktik ändern. »Du glaubst doch nicht, dass ich das Gold hier habe! Das liegt gut und sicher bei der Bank im Safe!«

»Das tut es nicht, mein Lieber! Dafür weißt du viel zu gut, was in so einer Bank alles passieren kann. Nein, das Gold ist hier bei dir im Haus. Und du wirst mir jetzt sofort zeigen, wo es ist ...«

»Komm mit«, sagte ich. Wir gingen in die Küche. Ich öffnete die Hoftür und pfiff.

Nichts rührte sich.

Ich pfiff noch einmal.

Frank lachte.

Ich starrte ihn an.

Er hörte nicht auf zu lachen. »Ein hübsches Tier, dein Rottweiler«, sagte er. »Wirklich schade um ihn. Du wirst verstehen, dass ich diesen großen Hund nicht gut tolerieren konnte. Er hätte uns – stören können.«

»Was hast du mit dem Hund gemacht?«, schrie ich.

»Reg dich ab. Dasselbe, was du mit deinen Schafen machst, vermutlich. Hm, vielleicht nicht ganz dasselbe.

Oder vergiftest du die Viecher auch? – Jedenfalls bin ich mir jetzt sicher, dass wir ungestört miteinander reden können.« Zum ersten Mal senkte er die Pistole. Er setzte sich.

»Ich habe hier etwas für dich«, sagte ich. Ich zog die Küchenschrankschublade auf.

»Was ist es?«, fragte er. Er sah nicht einmal auf.

Ich starrte in die leere Schublade. Meine Pistole war weg. »Oh – nichts.«

»Nichts.« Frank schüttelte den Kopf. »Jürgen, wer mich aufs Kreuz legen will, der muss früher aufstehen. Viel, viel früher!«

»Niemand will dich aufs Kreuz legen«, sagte ich matt. »Vielleicht wäre es am besten, wenn du jetzt einfach verschwindest.«

»Ja, ja«, sagte Frank. »Vielleicht wäre das am besten. Wahrscheinlich aber nicht.« Er stand auf, ging zum Kühlschrank. »Ich darf doch?« Er nahm sich eine Flasche Bier.

»Sei mein Gast«, sagte ich.

»Gern. Hast du vielleicht auch ein Glas für deinen Gast?«

Ich ging zum Küchenschrank, reichte ihm ein Glas. Er nahm das Glas in die Hand, hielt es gegen das Licht, drehte es, betrachtete es kritisch. »Keine Schlieren«, sagte er.

»Na und?«

»Nichts ›na und‹. Das ist beachtlich, mein Lieber, wirklich beachtlich. Für dich als Mann.«

»Wenn du das sagst. Okay, dann bin ich eben sehr reinlich.«

»Sehr reinlich. Ja, vielleicht. Wahrscheinlich hast du einen Kursus mitgemacht. Gläserspülen für Landwirte, gibt es so was? In der Volkshochschule Hamminkeln vielleicht? Oder an der Ruhr-Universität? Mit Bachelor-Abschluss? – Vielleicht ist es aber auch ganz anders. Vielleicht ist des Rätsels Lösung viel naheliegender. Vielleicht hast du einfach eine Frau im Haus …«

»Du kannst gerne rumgehen und nachgucken«, sagte ich.

»Ja, vielleicht sollte ich das tun. Vielleicht sollte ich das wirklich tun.« Er nahm einen Schluck von seinem Bier; dann erhob er sich. »Hättest du wohl die Güte, mich zu begleiten?«

Eine Rundtour durch unser Haus ist eine kurze Angelegenheit. Das Schlafzimmer …

»Du schläfst in einem Doppelbett?«, fragte Frank lauernd.

»Die Möbel waren im Haus«, sagte ich. »Alles inklusive.«

»Soso.«

Das Wohnzimmer bot auch keine Überraschungen.

»Einen Keller hast du wahrscheinlich nicht, oder?«

»Nein.«

»Dachboden? – Ach, was, viel einfacher. Nehmen wir uns zunächst einmal den Hausherren vor. Was hältst du davon, wenn ich dir jetzt mal eine Kugel ins Bein jage? Wirst du mir dann vielleicht sagen, wo du die Frau versteckt hast?«

»Frank, das ist absurd, du kannst doch nicht …«

»Schluss jetzt«, sagte Julia. Sie trat aus dem Schrank. Sie hielt meine Pistole in der Hand.

Frank lachte. »Was haben wir denn da für ein Lämmchen?«

»Schieß!«, rief ich.

Frank schüttelte den Kopf. »Das tust du nicht. Leg das Schießeisen hier auf den Tisch«, sagte er. »Das brauchen wir jetzt nicht mehr.«

Julia sah mich nicht an. Sie ging an mir vorbei, trat langsam an den Tisch und legte die Pistole dort ab, wie Frank es verlangt hatte.

»Schafe schießen nicht«, sagte Frank. »Das solltest du doch wissen. Sie sind harmlos. Vollkommen harmlos. Und dies – falls du das noch nicht wissen solltest – dies ist mein Schaf. Ich habe Julia per Brieffreundschaft kennengelernt. Ich habe Julia auf dich angesetzt, mein Lieber. Mit Erfolg, würde ich sagen. Mit vollem Erfolg!« Er wies auf die Waffe.

Julia hatte die Augen gesenkt. »Das mit dem Hund – das war nicht abgesprochen«, sagte sie. »Ich hätte ihn doch anbinden können.«

Ich starrte sie an. Ich sagte nichts.

»Sicher ist sicher«, sagte Frank. »Du weißt, ich war schon immer ein großer Freund der Sicherheit. Und jetzt will ich das Gold.«

»Ich kann dir frühestens …«, setzte ich an.

»Sofort. Und zwar alles. Ohne Wenn und Aber.«

»Das wirst du nie finden«, sagte ich.

»Jürgen, red keinen Unsinn. Ich werde aus dir herauspressen, wo du den Kram versteckt hast. Und du kannst dir aussuchen, ob ich dich hinterher mit einem sauberen Schuss ins Jenseits schicke oder ob du vorher schon ein bisschen – lädiert bist.«

»Das war nicht abgesprochen«, sagte Julia.

»Die Sicherheit geht vor«, sagte Frank. Und deshalb werde ich jetzt unserem Freund hier eine kleine Kugel ins Bein …«

»Die Kassette ist im Schafstall«, sagte Julia. »Ich weiß, wo sie liegt.«

Sie hatte mich ausspioniert. Aber das spielte jetzt keine Rolle mehr. Einen Moment lang hatte ich den Eindruck, Frank würde kurzen Prozess machen. Erst mich erschießen, dann den Schafbock und dann schließlich mit Julia abhauen. Oder Julia auch erschießen. Jetzt wusste er ja, wo die Kassette lag. Dass sie leer war bis auf ein paar Hunderter, wusste er nicht. Aber er erschoss niemanden. Er stand wortlos auf und ging mit uns in den Stall.

»Da drin bei dem Schaf?«, fragte er.

Das Schaf war Hektor. Ich hatte ihn eingesperrt, nachdem er draußen auf der Weide diesen Pilzsammler attackiert hatte. Champignons von einer Wiese, auf der ein einsamer Widder steht. Manche Leute wissen nicht, was sie tun.

»Unter dem Stroh«, sagte Julia.

»Wirklich?« Frank öffnete die Tür. Da stand Hektor, ganz in der hinteren Ecke seines Gemaches und starrte den Eindringling wütend an. Es war klar, was geschehen würde. Sie kennen das natürlich. Bullerbü. Oder vielleicht haben Sie auch Ambrose Bierce gelesen; die Geschichte heißt *Mein Lieblingsmord*.

Jetzt, dachte ich, jetzt muss es geschehen. Aber nichts geschah. Frank wandte dem Schaf den Rücken zu. Er bückte sich und grub mit den Fingern im Stroh, bis er die Kassette gefunden hatte. Der Schafbock starrte ihn aus großen Augen an. Er rührte sich nicht vom Fleck. Frank versuchte, die Kassette aufzuheben, ohne dabei die Pistole aus der Hand zu legen. Es ging nicht. Sie war zu schwer. Sie war immerhin aus Stahl. In dem Augenblick schoss Julia.

Ich hatte nicht gemerkt, dass sie die Pistole aus der Küche mitgebracht hatte. Jetzt ging alles rasend schnell. Frank fiel auf die Knie; im selben Moment war der Schafbock über ihm. Die Kassette und Franks Pistole fielen zu Boden. Ich griff nach der Pistole, bekam sie aber nicht zu fassen. Frank hob den Kopf. Er geriet direkt in den nächsten Angriff des Schafbocks. Die Schädel krachten aufeinander. Ich wusste, dass der Schafsschädel härter war. Frank rührte sich nicht mehr. Ich schloss die Tür. Wir hörten das Toben des Schafes.

»Danke«, sagte ich.

Julia zitterte.

»Soll ich – soll ich ihn da rausholen?«, fragte ich. Das wäre nur möglich gewesen, wenn ich das Schaf vorher erschossen hätte.

Julia schüttelte den Kopf.

»Jürgen, es tut mir so leid. Ich hab dich belogen und getäuscht, die ganze Zeit …«

»Die ganze Zeit?«, fragte ich.

»Nein, das stimmt nicht. Nicht die ganze Zeit. Irgendwann habe ich gemerkt, dass ich dich wirklich mag, und dann …«

Ich nickte. Sie gewöhnen sich aneinander, dachte ich. Das ist bei den Menschen nicht viel anders als bei den Schafen. Und manchmal bleiben sie dann auf Dauer zusammen. Aber manchmal auch nicht. Julia war jedenfalls am nächsten Morgen verschwunden. Ich musste Frank allein eingraben.

Der Platz, den ich mir dafür ausgesucht hatte, der war jedenfalls in Ordnung. Falls Sie mal in die Verlegenheit kommen sollten: Nehmen Sie am besten solche Stellen, wo K. D. auf der Landkarte steht. Kulturdenkmal heißt das. Da können Sie sicher sein, da darf keiner graben.

Ach ja, und noch was: Schließen Sie das Auto gut zu, auch wenn es Nacht ist und Sie irgendwo in einer einsamen Gegend sind. Es gibt so viele unehrliche Menschen heutzutage. Jedenfalls – als ich fertig war mit dem Graben und die Leiche holen wollte, da war das Auto weg. Einfach weg.

Scheiße, dachte ich.

Ich hatte ja auf der Straße parken müssen, und von der Stelle, wo ich gegraben hatte, konnte man nicht viel sehen von der Straße, wegen der Büsche.

Erst hab ich mich natürlich gewaltig geärgert, aber im nächsten Moment habe ich dann gedacht: Wer weiß, wozu das gut ist. Das Auto konnte ich verschmerzen. War ja sowieso nur geklaut. Musste ich mir halt ein neues holen. Ich habe schnell alles zugeschaufelt, meinen Spaten geschnappt und bin abgehauen. Bis zum Bahnhof waren es nur knappe zwei Kilometer.

Das Märchen von den explodierenden Kröten

Wir waren jetzt lange genug untergetaucht, fand der Professor, und nun konnten wir uns wieder ernsthaft an die Arbeit machen. Doch bevor es dazu kam, trafen wir uns erst einmal in dem Haus, das der Professor gemietet hatte. Es war aufgrund seiner Größe und seiner zentralen Lage in Hamminkeln als Hauptquartier hervorragend geeignet. Und es hatte einen Kamin.

Das Feuer brannte, obwohl es jetzt im Juli, streng genommen, nicht wirklich nötig gewesen wäre. Die Holzschneite knackten, Funken stoben durch die Luft und brannten kleine, schwarze Löcher in den Teppich. Ich wischte mir den Schweiß von der Stirn und schenkte mir noch einen weiteren Gin Tonic ein.

»Was macht die Suche nach dem *King of Crime*?«, fragte ich.

Der Professor zuckte mit den Schultern. »Bisher kein Erfolg«, sagte er. »Es ist mir unter Einsatz einiger Geldmittel gelungen, eine vollständige Fassung des *Bundeskriminalblatts* zu erwerben – über meine amerikanischen Freunde bei der NSA übrigens.«

»Ist das nicht nur für den Dienstgebrauch?«, fragte Otto.

»Ja, natürlich. Es erscheint täglich und enthält jede Menge unwichtigen Behördenquatsch. Aber es enthält auch die Fahndungsmeldungen. Auf diese Weise hatte ich ja vor längerer Zeit das Foto unseres *King of Crime* in die Hände bekommen. Aber das ist natürlich eine sehr alte Aufnahme. Und in neueren Ausgaben kommt der Mann nicht mehr vor.«

»Vielleicht ist er inzwischen gestorben«, mutmaßte Hans-Dieter.

Der Professor schüttelte den Kopf. »Ich bin mir ziemlich sicher, dass er nicht gestorben ist. Und in Juristenkreisen ist nach wie vor von dem großen Ding die Rede, das der *King* irgendwann steigen lassen will.«

»Kann es sein«, fragte Susanne, »dass er inzwischen sein Tätigkeitsfeld gewechselt hat, sodass er nicht mehr in den Fahndungsaufrufen der Polizei erscheint? So etwas wie *white collar crime*?«

»Daran habe ich auch schon gedacht. Mein nächster Schritt wird jetzt sein, die Zeitschriften des Unternehmerverbandes durchzuforsten.«

»Was soll das bringen?«, fragte Hans-Dieter.

»In diesen Fachzeitschriften werden immer wieder ausführliche Beschreibungen erfolgreicher Manager und Unternehmen veröffentlicht. Mit Fotos natürlich. Darin können wir zwar nicht nach dem Stichwort *King of Crime* suchen, das würde zu nichts führen. Aber mit Hilfe der Bildsuche können wir unseren Mann finden.«

»Ich glaube, du überschätzt die Möglichkeiten der Bilderkennung«, sagte ich. »Diese Manager, die sehen doch alle gleich aus. Man kann sie höchstens an der Musterung der Krawatte unterscheiden.«

Susanne widersprach. »Du hast doch ein iPad, Jürgen. Hast du einmal versucht, die Fotos, die du damit gemacht hast, nach bestimmten Personen zu durchsuchen? Nach Bildern von dir zum Beispiel? Du wirst erstaunt sein, was das Programm alles findet, und es arbeitet nahezu fehlerfrei.«

»Aber das funktioniert im Internet nicht so glatt«, sagte ich.

»Doch, es funktioniert.«

»Viel Glück dabei«, sagte ich.

»Im Internet findest du nähere Informationen«, sagte Susanne.

»Man liest im Internet immer wieder erstaunliche Dinge, die man normalerweise nicht für möglich halten würde«, meldete sich Otto zu Wort.

»An was denkst du?«

»Frösche sollen explodieren, wenn man ihnen eine Zigarette gibt«, sagte er.

»Das hat jetzt aber nichts mit der Bildersuche zu tun«, sagte Hasso. »Und ich glaube nicht, dass es uns bei der Suche nach dem *King of Crime* wesentlich weiterhelfen wird.«

»Und? Hast du es ausprobiert?«, fragte Hans-Dieter. Er fand die Frösche interessanter als den *King of Crime.*

Otto schüttelte den Kopf. »Ich habe keine Frösche. Und ich bin Nichtraucher. Aber in Hamburg, da sollen vor einigen Jahren Tausende von Fröschen explodiert sein.«

»Rauchende Frösche?«, fragte Hans-Dieter.

»Nein, wohl nicht.«

»Ich erinnere mich noch an den Fall«, sagte ich. »Wartet mal, das steht bestimmt im Internet.« Während der Professor seinen Laptop holte, hatte ich die Nachricht mit meinem iPad schon gefunden. »Das stand damals in der *Morgenpost*«, sagte ich. »Überschrift: *Krötensterben am Gift-Tümpel*. Die Zeitung schrieb: *Langsam schleppen sich die Erdkröten an Land. Sie quaken jämmerlich. Innerhalb von Minuten blähen sich die Tiere bis auf die dreieinhalbfache Größe ihres normalen Körperumfangs auf – bis sie regelrecht explodieren. Die Erdkröten platzen auf, die Eingeweide quellen heraus. Doch die Tiere sind nicht sofort tot. Sie kämpfen noch minutenlang. Die zuständige Behörde warnt: Gehen Sie nicht in die Nähe des Rückhaltebeckens! Lassen Sie Ihre Hunde nicht frei herumlaufen! Es besteht Seuchengefahr! Die Experten rechnen damit, dass sich die Krankheit schnell ausbreitet. Sogar eine Gefahr für den Menschen kann nicht ausgeschlossen werden*. Auch das *Abendblatt*, NDR und *Radio Bremen* haben darüber berichtet.«

»Aber es war nichts dran?«, fragte Otto.

Ich schüttelte den Kopf. »Die Kröten waren eine Ente. Aufgrund der Schreckensmeldungen hat das Institut für Hygiene tote Erdkröten untersucht. Es gab keine Hinweise auf eine bakterielle Erkrankung oder auf Umweltgifte. Das Wasser aus dem Teich wurde ebenfalls analysiert. Es zeigten sich keinerlei Auffälligkeiten.«

»Aber all die Zeugen …«

»Welche Zeugen? Im Gegensatz zur Darstellung in der Presse hatte in Wirklichkeit niemand gesehen, wie eine Kröte explodiert war. Aber die untersuchten Kröten wiesen eine Besonderheit auf, die in der Presse nicht genannt worden war: Ihnen fehlte jeweils die Leber. Ganz offensichtlich hatten irgendwelche Vögel, Krähen vielleicht, die Kröten aufgepickt, um die Leber zu verzehren ...«

»Ein wunderschönes Märchen.« Susanne lachte.

Der Abend endete mit sehr viel Gin, und am nächsten Morgen erinnerte ich mich kaum noch daran, dass ich gesagt hatte, ich wolle die Schafzucht aufgeben. Aber das hatte ich tatsächlich gesagt. Verbrechen lohnte sich mehr als die Schafzucht. Ich verkaufte meinen Hof, und Hans-Dieter, Otto und ich mieteten ein kleines Häuschen mitten in Hamminkeln. Der Professor blieb, wo er war. Er sagte, er müsse sich ganz auf die Suche nach dem *King of Crime* konzentrieren. Und Susanne würde ihm dabei helfen. Susanne würde nach Hamminkeln kommen!

Der Schokoladenhase

Wir wurden wieder kriminell aktiv. Natürlich zunächst einmal auf einem sehr niedrigen Niveau. Fast ein Jahr lang ging alles gut. Aber als wir schon dachten, wir hätten endgültig den Durchbruch hier am Niederrhein geschafft, da stand plötzlich die Polizei vor der Tür.

»Haben Sie einen Durchsuchungsbefehl?«, fragte Hans-Dieter. Das brauchte er nun wirklich nicht zu fragen. Der Beamte zeigte ihm das entsprechende Papier. Selbstverständlich hatten die Polizisten einen Durchsuchungsbefehl. Bürgerorientiert – rechtsstaatlich – professionell, so arbeiteten die Bullen am Niederrhein. Der Einbruch im Ellenweg in der Nacht zuvor – die Polizei glaubte, dass wir das wieder gewesen waren. Die Polizei hatte recht.

»Kommen Sie rein«, sagte ich. »Darf ich Ihnen einen Kaffee anbieten?«

»Nein, danke.«

Dann eben nicht. Machte ich also nur für uns Kaffee. Zu dritt guckten wir jetzt zu, wie die Polizisten arbeiteten.

»Wieso arbeiten Sie eigentlich gar nicht?«, fragte mich der eine.

»Ich mache Urlaub«, behauptete ich.

»Monatelang? – Das könnte ich mir nicht leisten.«

»Ja, wir Freiberufler sind da etwas freier …«

»Wenn Sie gerade mal frei sind!«

»Ja.« Seit ich die Schafzucht aufgegeben hatte, hatte ich keinen Tag mehr gearbeitet. Ich musste ja schließlich all den Urlaub nachholen, der mir als Bauer entgangen war.

»Und Sie?«, fragte er den Otto.

»Babyjahr.«

»Blödsinn!«

»Kein Blödsinn.«

Der Polizist schüttelte den Kopf, aber ich wusste, dass Otto tatsächlich im Herbst zweifacher Vater geworden war. Allerdings wussten die beiden Mütter nicht, wo er jetzt steckte. Und wie er wirklich hieß, das wussten sie auch nicht.

»Und Sie?«

»Ich suche gerade Arbeit«, behauptete Hans-Dieter.

»Hier?«, fragte der Polizist.

»Nee, hier nicht. Hier wohne ich doch …«

»Soso …«

Ich wusste, dass die Polizei unsere kleine Wohngemeinschaft mit Argwohn betrachtete. Aber sie konnte nichts machen. Auch die Durchsuchung brachte nichts. Ich sah, wie der eine der Beamten lustlos in Hans-Dieters pornografischen Zeitschriften blätterte.

»Soll ich sie Ihnen ausleihen?«, fragte Hans-Dieter.

Er antwortete nicht.

»Herr Wachtmeister«, sagte Otto, »wir haben schlechte Zeiten hinter uns, das können Sie mir glauben. Aber jetzt, jetzt sehen wir doch allmählich Licht am Ende des Tunnels.« Er liebte es, sich blumig auszudrücken.

»Soso«, knurrte der Polizist. Er schien nicht beeindruckt.

Der andere nahm inzwischen den Schokoladen-Osterhasen vom Fernseher. »Ostern ist aber schon vorbei!«

»Hinterher sind sie immer billiger«, sagte ich. »Schweizer Schokolade. Wissen Sie, was die kostet? Die können wir uns gewöhnlich nicht leisten.«

Er stellte den Hasen zurück.

»Wissen Sie wenigstens, wie Schalke gespielt hat?«, fragte Hans-Dieter.

»Schalke?«

»Die spielen doch erst heute«, behauptete der zweite Polizist.

»Herr Wachtmeister, wo Sie gerade hier sind«, sagte Otto, »gestern habe ich schon wieder Kinder dabei erwischt, wie sie bei uns über den Zaun gestiegen sind …«

»Sie können ja Anzeige erstatten«, brummte der Polizist. Ottos Sorgen interessierten ihn nicht. Er war ärgerlich, weil er wieder kein Diebesgut gefunden hatte. Das Geld und der Schmuck steckten im Osterhasen. Der war wirklich riesengroß. Und hohl natürlich, wie alle Schoko-Osterhasen. Wir hatten die Unterseite vorsichtig ausgewickelt und dann mit einem heißen Messer ein Loch in den Boden geschnitzt. Ging ganz einfach. Hinterher haben wir ihn dann wieder mit geschmolzener Schokolade verschlossen. Über zehntausend Euro hatte er inzwischen im Bauch, unser Hase. Eine Nachfüllung noch, dann würden wir ihn in die Schweiz zurückbringen.

Kurz nach Mitternacht machten wir uns auf den Weg. In Hamminkeln waren die Straßen nachts vollkommen sicher. Das war wichtig für uns als Einbrecher. In Hamburg konnte man sich nie sicher sein, dass einem nicht irgendwelche anderen Ganoven in die Quere kamen. Mit zunehmendem Alter scheut man den Stress.

Hans-Dieter hatte ja am Anfang geglaubt, die Sicherheit in Hamminkeln hätten wir uns zu teuer erkauft. Inzwischen war er nicht mehr der Meinung. Dank meiner Idee mit den Computerspielen. Wir hatten ein schönes Paket gepackt und nachts unter einer Laterne deponiert. Dann ein anonymer Anruf bei der Polizei.

»In der Diersforder Straße liegt ein verdächtiges Paket. Wahrscheinlich Diebesgut!«

Wir hatten dann beobachtet, wie die Polizei angerauscht kam, gleich mit zwei Streifenwagen, und das Objekt in Augenschein nahm. Zehn Minuten lang haben sie überlegt, ob das vielleicht eine Bombe sein könnte, aber dann haben sie sich doch schließlich entschlossen, das Paket mitzunehmen. Und in der Wache müssen sie es dann wohl ausgepackt haben. Zwanzig Packungen *Counterstrike*. Seitdem trifft man in Hamminkeln und Umgebung nachts keine Polizisten mehr auf der Straße an. Computerspiele machen süchtig, heißt es. Und außerdem ist es auch so eine Art Fortbildung für die Beamten.

Wir mussten natürlich aufpassen, uns hatten sie auf dem Kieker. Dieser Bahnraub – sie glaubten, dass wir das gewesen waren. Da hatten unbekannte Täter den

Regionalexpress nach Emmerich zwischen Wesel-Feldmark und Mehrhoog auf freier Strecke zum Halten gezwungen und die Fahrgäste ausgeraubt. Finanziell kein großer Erfolg, aber dadurch waren wir jetzt berühmt. Die Presse liebt Eisenbahnräuber.

Aber natürlich wusste sie nicht, dass wir das waren.

»Weißt du, wie Schalke gespielt hat?«, fragte Hans-Dieter.

»Nein. – Wie weit bist du eigentlich mit deinen Tieren, Otto?«

»Sie sind sehr gelehrig«, antwortete der ausweichend.

Also funktionierte es noch nicht. Otto war dabei, junge Elstern zu dressieren. Das sollte unsere Altersvorsorge werden. So ein Vogel konnte selbst durch kleinste Fensteröffnungen in ein Haus eindringen, und dann musste man hinterher nur noch das Gold einsammeln und verkaufen.

Otto blieb plötzlich stehen. »Da geht jemand«, sagte er. »Hinter uns.«

Ich drehte mich um. »Wo?« Weit und breit war niemand zu sehen.

Auch Otto sah niemanden. Wir gingen weiter.

Welches Haus sollten wir nehmen? Tags zuvor die Villa am Ellenweg – vielleicht sollten wir heute etwas weiter östlich arbeiten. Rosenstraße, das müsste gehen. Das Haus da drüben zum Beispiel. Die Jalousien waren heruntergelassen, die Leute bestimmt im Urlaub.

»Weitergehen!«, sagte Hans-Dieter. »Da ist jemand hinter uns!«

Wir gingen weiter. Hinter der Kurve hockten wir uns hinter eine Hecke. Nichts geschah. Ich wollte gerade sagen, da sei nichts, da hörte ich leise Schritte. Eine ganze Gruppe von Leuten schlich die Rosenstraße entlang. Seltsam.

»Da sind sie!«, schrie jemand. Wir duckten uns tiefer hinter die Büsche, und da wurde auch schon geschossen.

»Das hast du nun von deiner *Counterstrike*-Aktion!«, schimpfte Otto. »Statt vor dem Bildschirm zu sitzen, schleichen sie jetzt nachts durch die Straßen und ballern überall rum!«

»Bürgerorientiert – rechtsstaatlich – professionell«, fluchte Hans-Dieter.

Aber sie schossen gar nicht auf uns; sie lieferten sich ein Gefecht mit einer anderen Gruppe, die von der Gegenseite gekommen war. Und das waren auch keine Handfeuerwaffen, die da zum Einsatz kamen.

»Kein Grund zur Panik«, sagte ich. »Das sind gar nicht die Bullen, das sind irgendwelche Kinder, die Paintball spielen.«

»Das gehört verboten!«, schimpfte Otto. »Jemand sollte die Polizei anrufen!«

Es dauerte fast eine Stunde, bis wir unser Versteck verlassen konnten.

Nach getaner Arbeit gönnten wir uns ein Frühstück im *Winkelmann*.

»Na, wieder Nachtschicht gehabt?«, fragte Gesa mitleidig.

Wir nickten.

»Ihr solltet mal ein bisschen langsamer treten. In eurem Alter! Ihr seht ja völlig geschafft aus!«

»Tja, Gesa, irgendeiner muss die Arbeit ja machen.«

»Auch wieder wahr.«

Gesa war wirklich nett. Wo sie wohl wohnte? Hoffentlich hatten wir nicht bei ihr eingebrochen heute Nacht.

Hans-Dieter starrte ihr auf den Busen, wie immer. Er fragte: »Gesa, Sie wissen nicht zufällig, wie Schalke gespielt hat?«

»Schalke? 1:0 oder 0:1, glaub ich.«

Sie interessierte sich nicht für Fußball.

Endlich zu Hause. Trotz des Kaffees bei Gesa war ich hundemüde. Ich fasste an die Türklinke. »Nicht abgeschlossen!«, sagte ich.

Hans-Dieter zuckte mit den Schultern »Wozu auch?«, fragte er. »*Wir* sind doch schließlich die Einbrecher, uns kann doch nichts passieren!«

»Aber wenn nun die Polizei kommt?«

»Ach, die! So früh am Morgen doch nicht!«

»Oder Kinder?«, sagte Otto. Er mag keine Kinder

Hans-Dieter schüttelte den Kopf. »Die sind jetzt in der Schule. – Verdammt!«

Auch ich hatte es sofort gesehen. Die Schokolade war weg.

»Der Hase!«, rief Hans-Dieter.

Otto war leichenblass geworden. »Dass uns das passieren muss! Dass ausgerechnet uns das passieren muss!«, murmelte er.

Wahrscheinlich wirklich Kinder. Unsere CDs lagen am Boden verstreut, alle noch da. Offenbar nichts dabei, was die Kids gern hören würden. Ich ging in die Küche. Da lag das Sparschwein, zertrümmert. Das Geld war natürlich weg. Schätzungsweise zehn Euro in kleinen Münzen. Aber darüber würden wir hinwegkommen.

»Da ist er ja!«, rief Hans-Dieter erleichtert.

Auch mir fiel ein Stein vom Herzen. Tatsächlich, da lag der Schokoladenhase am Boden. Sie hatten ihn nicht einmal vollständig ausgewickelt.

»War doch gut, bittere Schokolade zu nehmen«, sagte ich. »Die perfekte Kindersicherung. Aber nun wird es wirklich Zeit, dass wir das Geld woanders unterbringen.«

Otto räusperte sich. »Sind wir eigentlich nur zusammengekommen, um über die guten, alten Zeiten zu reden und uns lustige Geschichten zu erzählen, oder gibt es einen besonderen Anlass für dieses Treffen?«

Der Professor lächelte. »Es gibt einen besonderen Anlass«, sagte er.

»Hast du den *King of Crime* gefunden?«, fragte Hans-Dieter. Es war eigentlich als Scherz gemeint, niemand von uns glaubte mehr, dass wir ihn jemals irgendwo finden würden, aber der Professor nickte. »Ja, ich habe ihn tatsächlich gefunden.«

»Über den Unternehmerverband?«, fragte ich.

»Nein, nicht über den Unternehmerverband. Es war viel einfacher. Wie alle Leute, die sich für wichtig halten, war er natürlich bei LinkedIn registriert.«

»Ist das nicht ein ziemlich dubioses Netzwerk?«, wollte Susanne wissen.

»Alles, was es darüber zu wissen gibt, steht bei Wikipedia«, bestätigte ich.

Der Professor rief mich zur Ordnung. »Ich denke, es ist ziemlich kurios, wenn wir als Bankräuber und Killer uns darüber unterhalten, ob irgendein anderes Unternehmen möglicherweise gegen irgendwelche Regeln des Anstands verstößt oder nicht. Es ist ein legales Unternehmen, ein soziales Netzwerk mit über vierhundert Millionen registrierten Nutzern, deren Daten zufällig nicht besonders gut gesichert sind. Letztes Jahr konnte man, wenn man das wollte, die gehackten Passwörter von einhundertsiebzehn Millionen Mitgliedern über das Internet kaufen.«

»Und die hast du gekauft«, mutmaßte Hans-Dieter.

Hasso von Lohbergen schüttelte den Kopf. »Was soll ich mit einhundertsiebzehn Millionen Passwörtern? Ich habe mich an diesen Hacker gewandt und ihn darum gebeten, für mich eine kleine Recherche bei LinkedIn durchzuführen, und auf diese Weise habe ich den *King of Crime* gefunden.«

»Das kann ich nicht glauben«, sagte ich. »Der Mann wird sich doch nicht als *King of Crime* bei LinkedIn eingetragen haben!«

Hasso lächelte überlegen. »Natürlich nicht. Aber bei LinkedIn gibt es ja nicht nur trockene Lebensläufe und Unternehmensprofile, sondern auch weiterführende Daten wie zum Beispiel Interviews. Und in einem dieser Interviews, von dem ich nicht einmal weiß, ob es wirklich stattgefunden hat oder ob der *King of Crime* es einfach erfunden hat, steht jedenfalls der schöne Satz: *Einige meiner Konkurrenten haben mir meinen geschäftlichen Erfolg verübelt. Angeblich werde ich von diesen Leuten hinter vorgehaltener Hand als* King of Crime *bezeichnet. Das ist natürlich eine Verleumdung, und ich könnte gerichtlich dagegen vorgehen. Aber das tue ich nicht. Ich betrachte diese Lüge meiner Neider als ein ausgesprochenes Kompli-*

ment. Diese Leute, die selbst im Leben nicht viel zuwege gebracht haben, die glauben tatsächlich, dass man nur als Verbrecher derartig erfolgreich sein kann wie ich. Diese Leute irren sich. Und dass ich in meinem ganzen Leben niemals vor Gericht gestanden habe und selbstverständlich auch niemals wegen irgendetwas verurteilt worden bin, ist eigentlich Beweis genug, dass ich ein ganz normaler Unternehmer bin …«

»Und wie heißt er nun wirklich?«, wollte Otto wissen.

»Torsten Feldbauer.«

»Und seine Adresse? – Mensch, Hasso, lass dir doch nicht alles aus der Nase ziehen!«

»Torsten Feldbauer wohnt am Stadtrand von Hamburg in einer wunderschönen Villa in einem der sogenannten Walddörfer. Das ist ein umgebautes Gut, eine Art Schloss könnte man sagen.«

»Bist du mit ihm in Kontakt getreten?«

Der Professor schüttelte den Kopf. »Da gibt es gewisse Schwierigkeiten. Torsten Feldbauer ist achtundachtzig Jahre alt, und es heißt, dass er sich aus dem aktiven Berufsleben zurückgezogen habe …«

»Aber?«, fragte ich. Ich kannte unseren Professor inzwischen gut genug. Ich war mir sicher, dass es irgendein Aber gab.

»Aber ich glaube nicht, dass das stimmt.« Hasso lächelte. »Die Villa, in der Torsten Feldbauer heute wohnt, ist ein Altersheim. Ich bin mir sehr sicher, dass der *King of Crime* trotz seines fortgeschrittenen Alters dort nicht aus freien Stücken wohnt, sondern dass irgendwelche geldgierigen Verwandten ihn dort eingesperrt haben, damit er auf seine alten Tage nicht noch bei irgendeiner kriminellen Großtat erwischt wird und sie möglicherweise das Erbe, das sie wahrscheinlich schon ganz fest eingeplant haben, herausrücken müssen.«

»Glaubst du das, oder weißt du das?«, wollte Susanne wissen.

»Ich weiß es nicht mit hundertprozentiger Sicherheit, aber ich bin davon überzeugt, dass es so ist. Ich bin überzeugt, dass der *King of Crime* seinen letzten, größten Plan bisher noch nicht durchgeführt hat, und deswegen müssen wir ihn aus diesem Heim herausholen. Gemeinsam sind wir in der Lage, jedes beliebige Verbrechen durchzuführen – das haben wir mehr als einmal unter Beweis gestellt.«

»Leider stand die Höhe der Beute nicht immer im richtigen Verhältnis zum Einsatz«, warf ich ein.

»Halt den Mund, Jürgen!« Der Professor warf mir einen ärgerlichen Blick zu. »Ich denke, wir haben in den letzten Jahren ziemlich gut verdient, auch wenn ich zugeben muss, dass das Geschäft in der unmittelbaren Vergangenheit nicht ganz so erfolgreich gelaufen ist, wie sich das vielleicht der eine oder andere von uns vorgestellt hat. Das wird sich demnächst ändern.«

»Dann lass uns doch einfach diesen Mann aus dem Altersheim herausholen«, schlug Hans-Dieter vor. »Notfalls mit Gewalt. Dazu haben wir doch schließlich alle unsere schönen Waffen!« Er klopfte auf seine Kalaschnikow, die er auch bei unseren Runden am Kamin stets neben seinem Sessel stehen hatte.

»Dieses Unternehmen muss sorgfältig geplant werden«, bremste ihn der Professor. »Das ist kein gewöhnliches Altersheim, in dem Torsten Feldbauer sich aufhält, sondern eine sehr noble Einrichtung – nur für Superreiche. Und entsprechend gut ist die Anlage gesichert. Es gibt reichlich Angestellte. Aber nicht all die Leute, die in weißen Kittel herumlaufen, sind Ärzte oder Krankenpfleger. Ein erheblicher Anteil ist vermutlich Sicherheitspersonal, das dafür sorgt, dass niemand in das Heim hinein- oder herauskommt, der keine entsprechende Genehmigung hat.«

»Aber du hast einen Plan?«, forschte Susanne nach.

Der Professor nickte. »Ich habe das Gelände eine ganze Weile beobachtet, und ich habe schließlich Kontakt zu einem der Pfleger aufgenommen – zu einem richtigen Pfleger, nicht zu einem ihrer Gorillas – und ihn ein bisschen ausgehorcht. Dabei hat sich herausgestellt, dass selbst in dieser noblen Einrichtung die Pfleger zu schlecht bezahlt werden. Ich habe ihm gegenüber angedeutet, dass wir es uns etwas kosten lassen würden, eine bestimmte Person aus dem Heim herauszuschmuggeln. Er wird weitere Erkundigungen vornehmen, und ich habe mit ihm verabredet, dass wir uns Weihnachten wieder treffen und dass er mir dann berichtet.«

»Weihnachten? – Das dauert ja noch ewig!« Hans-Dieter war ungeduldig. »Jetzt haben wir Juni!«

»Wir dürfen nichts überstürzen«, sagte der Professor. »Wenn der Mann unseres Vertrauens auffliegt, dann ist alles verloren. Er muss genügend Zeit haben, alle Aspekte unseres Vorhabens zu klären. Er darf nicht mit uns telefonieren, er darf uns keine E-Mail schicken, und wir dürfen uns kein zweites Mal in demselben Lokal treffen. Ein Treffen zu Weihnachten ist dagegen völlig ungefährlich. Wir werden es so einrichten, dass einer von uns beim Weihnachtsgottesdienst am 24. Dezember direkt neben ihm sitzt und von ihm alle benötigten Informationen erhält.«

»Das heißt also, dass wir bis dahin weiter kleine Brötchen backen müssen«, stellte Otto fest.

»Ja, Otto, so ist es«, bestätigte der Professor.

Aushilfszahnarzt

Otto und ich saßen beim Frühstück im *Winkelmann* und berieten die Lage. Ich hatte noch meinen weißen Kittel an. Ich machte die Urlaubsvertretung für unseren Zahnarzt. Er wusste nichts davon. Er war gerade auf den Seychellen. Und wo ich doch zwei Semester Zahnmedizin studiert hatte, da habe ich die Gelegenheit genutzt, unser Einkommen etwas aufzubessern. Susanne fungierte als Sprechstundenhilfe. Nicht nur den Zahnärzten ging es schlecht in Deutschland. Auch in unserem Bekanntenkreis machte man sich Sorgen.

»Es ist genau, wie die Zeitungen schreiben«, sagte Otto. »Der gesamte Mittelstand bricht weg. Was übrig bleibt, sind nur noch die ganz großen, die Mafia und die Großbanken, und am anderen Ende der Skala die kleinen Trickbetrüger und Taschendiebe, alle am Rande des Existenzminimums.«

»Das ist eine ganz ungesunde Entwicklung«, pflichtete ich ihm bei.

Er nickte. »Was hatten wir früher für ein breites Spektrum an Spezialisten: Bankräuber, Tresorknacker und unabhängige Auftragskiller – das ist alles den Bach runtergegangen. Ich hab gestern in Krefeld den Erwin getroffen. Einer der begnadetsten Schränker Deutschlands. Und was macht er jetzt? Muss sich bei Aldi 'ne Dose Suppe klauen. Und Hubatsch, dem sie drei Jahre gegeben haben, weil er nicht gesungen hat, der sitzt heute mit dem Hut in der Hand in Duisburg vor dem Hauptbahnhof und singt.«

»Wem sagst du das. Als Zahnarzt kommt man heute auch kaum noch über die Runden.« Die Gebührenordnung für Zahnärzte war 1988 zuletzt angepasst worden. Seitdem waren die Preise in Deutschland um dreiundfünfzig Prozent gestiegen. Entsprechend war das Einkommen der Zahnärzte gesunken. Wir nahmen zwar immer noch den Regelhöchstsatz, aber das half auch nichts mehr. Jetzt musste Otto helfen. Wir waren ein gut eingespieltes Team.

»Olthoff«, sagte ich.

»Olthoff, der Autohändler? Das ist gut, der hat einen Tresor.«

»Einen Tresor? Woher weißt du das?«

»Ich habe ihn doch selbst eingebaut! – Guck nicht so, auch ich habe einen normalen Beruf nebenher; vom Tresorknacken allein kann doch heute keiner mehr leben!«

»Und wieso hast du diesen Tresor nicht längst geknackt?«

»Das geht doch nicht. Wegen dem Hund.«

»Wegen des Hundes.«

»Sag ich doch!«

Nun, in dieser Beziehung konnte ich Otto beruhigen. Susanne hatte sich umgehört. Sie wusste, dass der Hund tot war.

»Aber der Olthoff, wenn der zu Hause ist, das ist ein Bulle von einem Kerl ...«

»Keine Sorge«, sagte ich. »Es ist ganz einfach. Olthoff ist nachher bei mir. Ich habe ihn auf zehn Uhr bestellt. Dann muss er erst einmal eine halbe Stunde warten …«

»Und wenn dein Wartezimmer nun leer ist?«

Ich schüttelte den Kopf. »Mein Lieber, erstens ist mein Wartezimmer nicht leer, niemals, und zweitens wartet bei mir jeder so lange, wie ich will. Notfalls zwei Stunden.« Das hatte ich allerdings erst einmal gemacht, bei dem Kerl vom Finanzamt.

»Und da ist wirklich niemand zu Hause?«

»Hundertprozentig. Er hat mit Susanne geplaudert. Seine Frau ist auf den Malediven, aber er kann ja leider nicht weg, sagt er.«

Wir setzten uns vor den Computer. Ich hatte *Google Earth* gestartet.

»Das ist das Grundstück«, sagte ich. »Vorne alles offen, damit auch jeder sieht, was für ein tolles Haus er hat. Aber auf der Rückseite lauter Hecken. Da haben sie ja auch den Pool; da will er wohl nicht, dass die Nachbarn zugucken, was er da treibt.«

»Und was treibt er da?«

Ich deutete auf den Bildschirm: »Siehst du das Wesen, das da nackt auf dem Rasen liegt? Mit den vier Armen und vier Beinen? – Die Hälfte davon ist er!«

»Ich seh nichts«, sagte Otto.

»Du brauchst eine Brille!«

Nein, in Wirklichkeit sah ich es auch nicht. Die Auflösung der Luftaufnahme war zu schlecht. Ich stellte es mir nur so vor.

Ich hatte es schon geahnt: Olthoff war ein schwieriger Kunde. Gold wollte er nicht, dazu war er zu geizig. Ich erklärte ihm die Sache mit den Kunststofffüllungen. »Wir verwenden heute Kompositkunststoffe. Die sind aus einer organischen Matrix auf Methacrylatbasis und silanisierten, anorganischen Füllstoffen zusammengesetzt.«

Davon verstand er nichts. »Hält Silber nicht besser?«

»Amalgam meinen Sie? – Nicht unbedingt. Die Eigenschaften der Kunststoffe bezüglich ihrer Abrasionsbeständigkeit, Frakturfestigkeit und Polymerisationsschrumpfung sind in den letzten Jahren entscheidend verbessert worden.«

»Aber Silber hält länger?« Er ließ nicht locker.

»Das will ich nicht ausschließen. Aber dafür wird bei den Amalgamfüllungen immer eine gewisse Menge Quecksilber freigesetzt. Die liegt zwar unterhalb der festgelegten Grenzwerte, aber Quecksilber ist und bleibt nun einmal ein Gift.«

»Hm.«

Gift wollte er nicht im Mund haben, also nahm er am Ende doch den Kunststoff. Ich schlug ihm vor, die Füllungen der Nachbarzähne gleich mit zu erneuern. Das sah besser aus, und außerdem dauerte es länger, sodass Otto genügend Zeit hatte, sich um den Tresor zu kümmern.

Am frühen Nachmittag trafen wir uns wieder.

»Wie ist es gelaufen?«

»Gar nicht«, sagte Otto.

»Gar nicht?« Für solch einen Fehlschlag hatte er ungewöhnlich gute Laune. »Erzähl!«

»Ich habe ganz normal die Terrassentür ausgehebelt. Der Tresor war noch genau da, wo ich ihn eingebaut hatte ...«

»Aber?«

»Ich hatte die Kiste schon so gut wie auf. Plötzlich klingelte es an der Tür. Das war ärgerlich. Ich hatte gedacht: Bestimmt ist da jetzt irgendeine Nachbarin, die sich ein Paket Butter ausleihen will. Oder gar die Polizei. Aber in diesem Fall war es nicht die Polizei. Ich sah durch den Spion, dass draußen ein junges Mädchen stand. Ich machte die Tür auf; sie fiel mir um den Hals: ›Hallo, Schatz!‹«

»Hallo«, sagte ich.

»Ja, das habe ich auch gesagt. Daraufhin sie: ›Du wirkst so überrascht. Halb elf – das war doch so abgemacht, oder?‹ – ›Ja, klar‹, habe ich gesagt. Und dann fing sie an, sich auszuziehen.«

»Ach was!«

»Ja, das habe ich auch gedacht. Irgendein Mädchen aus Duisburg oder so. Telefonisch herbestellt. Sie kennt ihn nicht, er kennt sie nicht. Sie glaubte natürlich, dass ich der Olthoff bin.«

»Ach du Schreck.«

»Ja, da musste ich dann natürlich in den sauren Apfel beißen.«

»Ärgerlich.«

»Na ja, wie man's nimmt. Aber jedenfalls wollte sie am Ende dreihundert Euro von mir haben. Die hatte ich gerade nicht bei mir. Und der Tresor war ja noch nicht offen. Musste ich also erst noch mit ihr zum Geldautomaten, die Scheine ziehen und dann zurück in die

Wohnung. Aber da war es schon zu spät. Ich konnte nur noch schnell meine Sachen einpacken, das Bild wieder über den Safe hängen, und dann nichts wie weg!«

»Und die Frau hat nichts gemerkt?«

»Nein, hat sie nicht.«

»Und das mit der Terrassentür?«

»Das sieht man auch nicht gleich, wenn man nicht danach sucht. Ich bin ja schließlich Profi. Und Olthoff wird ja wohl jetzt nicht auf die Terrasse gehen wollen, mitten im November.«

»Nein, wahrscheinlich nicht. – Glaubst du, dass du nachher noch einmal hingehen könntest?«

»Ja, schon, aber was machen wir mit dem Olthoff? Wie willst du denn den Autohändler noch einmal hier in die Praxis locken?«

»Ach«, sagte ich, »das ist kein Problem! Susanne macht das.«

Susanne rief den Olthoff an und erzählte ihm die Kunststoffstory. »... war in der letzten Lieferung leider zu viel Kadmium enthalten. Deswegen wurde bundesweit eine Rückrufaktion eingeleitet.«

Das kannte er ja. Er war ja schließlich Autohändler.

»Selbstverständlich werden die schon ausgeführten Arbeiten auf Kosten der Herstellerfirma ersetzt.«

Er fiel darauf herein.

»Sie werden gar nichts spüren«, sagte ich. »Wir machen wie üblich eine Leitungsanästhesie des *Nervus mandibularis* zur Behandlung des Unterkiefers.«

Er wollte wissen, warum ich eigentlich kein Lachgas nahm.

Lachgas wäre natürlich viel praktischer, da würde er ja voll ausgeschaltet, und man könnte ihm auch gleich noch die Kreditkarte aus der Brieftasche ziehen. Leider wurde das Verfahren von uns Zahnärzten heute nicht mehr angewendet. Die Risiken einer Vollnarkose waren einfach zu hoch.

»Es ist eine Kleinigkeit«, sagte ich. »Zum Bohren nehme ich den 1SX, den merken Sie gar nicht, gucken Sie mal hier, der hat eine besonders schneidfreudige Verzahnung für die Kavitätenpräparation.« Es beruhigte die Patienten immer ungemein, wenn man ihnen vorher genau sagte, was sie zu erwarten hatten.

Draußen auf der Straße fuhr ein Streifenwagen mit Blaulicht vorbei. Ich bekam einen Schreck.

»Moment mal bitte«, sagte ich. Ich dachte: Da muss irgendetwas schiefgegangen sein. Aber ich brauchte nicht einzugreifen. Susanne war schon aufgesprungen. Rasch tippte sie Ottos Nummer in ihr Handy. »Der Termin ist abgesagt«, rief sie. »Nein, beim besten Willen nicht. Tut mir leid, Herr Professor.«

Draußen fuhr inzwischen der zweite Streifenwagen vorbei. Das wird ernst, dachte ich. »Susanne, die Spritze!«

Susanne kam. »So, Herr Olthoff, wenn Sie nun bitte mal den Mund ganz weit aufmachen würden!«

Er tat, was von ihm verlangt wurde.

»Und jetzt ganz locker, entspannt bleiben. Das tut vielleicht ein kleines bisschen weh, aber denken Sie einfach an etwas Schönes …«

»Urrgh!«, sagte Olthoff.

»So, da wär's dann auch schon überstanden! Das war doch nicht schlimm, oder?« Susanne saugte ihm den Speichel ab.

»Das dauert jetzt einen kleinen Augenblick«, sagte ich, »bis die Spritze richtig wirkt. Bitte bleiben Sie hier so lange liegen; dann werden wir uns gleich um Ihren Zahn kümmern.«

»Ja, aber …«

»Und den Mund schön auflassen!« Das wäre zwar eigentlich nicht nötig, aber das sagen Zahnärzte immer, wenn sie keine dämlichen Fragen beantworten wollen.

Die Handgranaten lagen in der zweiten Schublade, unter den Bohrspitzen. Sie stammten noch aus Hans-Dieters Bundeswehrzeit, aus dem Munitionsdepot. Da konnte man leicht rankommen, besonders als Wachhabender. Er hatte eine ganze Kiste Eierhandgranaten mitgenommen, damit das nicht so auffiel. Ich hatte sie in die Praxis mitgebracht, damit ich sie jederzeit zur Hand hatte. Sie waren jetzt in lila Schokoladenpapier eingewickelt, sahen aus wie Ostereier. Es musste ja nicht jeder gleich sehen, was da in der Schublade lag.

»Nimm die Pistole mit!«, sagte Susanne.

Im Notfall Flucht in Richtung Friedhof, so war es abgemacht. So ein Friedhof war immer gut, wenn man verfolgt wurde. Da gab es haufenweise Verstecke, jeder Grabstein war geeignet, und außerdem bot er hervorragenden Schutz bei einer Schießerei. Holzkreuze hingegen galt es zu meiden. Die waren einfach zu schmal und hielten nicht viel aus.

Als ich auf dem Friedhof eintraf, fand schon eine wüste Schießerei statt. Vor dem Eingang standen die beiden Streifenwagen. Die Polizisten waren irgendwo in dem weitläufigen Gelände verschwunden. Jemand rief: »Kommen Sie raus, werfen Sie die Waffe weg!« Aber es kam keiner raus, und die Waffe warf auch keiner weg. Stattdessen wurde weiter geschossen.

Ich wickelte in aller Ruhe die Ostereier aus dem Schokoladenpapier. Anschließend rollte ich je ein Ei unter die beiden Streifenwagen. Dann machte ich, dass ich wegkam. Ein Doppelknall, ein zweifacher, greller Explosionsblitz – dann herrschte Stille. Die Schießerei hatte aufgehört. Einer der Streifenwagen fing an zu kokeln. Es roch nach verbranntem Plastik.

Ja, zugegeben, in gewisser Weise war es vielleicht Sachbeschädigung, aber ehe am Ende noch Menschen zu Schaden kamen, machte ich es lieber so. Menschenleben sind das höchste Gut, das hat man uns im Zahnmedizinstudium immer wieder eingetrichtert. Hippokratischer Eid und dieses ganze Zeug. Und um dieses hohe Gut zu schützen, musste man notfalls auch zu ungewöhnlichen Mitteln greifen.

»Das war knapp«, sagte Otto. Er war durch das Loch im Zaun in unseren Garten geschlüpft. »Konnte ich ahnen, dass die dumme Tussi noch mal zurückkommen würde? Sie hatte ihren BH vergessen. Und die Terrassentür war ja offen; da habe ich sie erst bemerkt, als sie direkt hinter mir stand. ›Nimm den BH und verzieh dich!‹, hab ich gesagt. Das hat sie auch gemacht, aber dann hat sie wohl doch noch die Polizei alarmiert.«

»Du hättest sofort losrennen sollen, als Susanne angerufen hat«, sagte ich.

»Aber der Tresor! Er war doch schon fast auf! Noch ein einziger Schlag mit dem Hammer – zong! – Und da standen auch schon die Bullen vor der Tür. Ich hab mir eine Handvoll Scheine gegriffen, und dann bin ich gerannt. Zum Glück kenne ich mich hier besser aus als diese Polizisten. So habe ich sie erst einmal abhängen können, bis dann der zweite Streifenwagen da war. Da blieb mir nur noch der Friedhof.«

Achthundert Euro – mehr hatte Otto auf die Schnelle nicht greifen können. Das war natürlich nicht viel, aber für seine Auslagen reichte es gerade.

»Kleine Fische!«, schalt uns Hasso, als wir davon berichteten. »Und dafür riskiert ihr nun Kopf und Kragen? Wenn nun einer von euch verhaftet worden wäre? Wir werden alle Kräfte brauchen, wenn wir mit dem *King of Crime* zusammen das große Ding drehen! Es wird Zeit, dass wir wieder nach Hamburg umziehen.«

Das Ende der Zarengeschichte

»Wir haben schlechte Nachrichten«, sagte ich.

Wir hatten uns zu dritt im Kaminzimmer getroffen, Susanne, Otto und ich.

»Kein russischer Prinz«, sagte Otto traurig.

»Kein russischer Prinz«, bestätigte Susanne. »Wir wollten es dir lieber sagen, wenn der Professor nicht dabei ist. Er ist manchmal so – so arrogant.«

Ich sah Susanne überrascht an. Es war das erste Mal, dass sie ganz offen aussprach, was uns allen im Laufe der Jahre immer deutlicher geworden war.

Otto sagte: »Das ist nett von euch. Eigentlich habe ich es natürlich die ganze Zeit gewusst. Eigentlich habe ich es schon immer gewusst, dass ich nicht der Urenkel des Zaren bin. Aber man hört nicht immer auf das, was einem der Verstand sagt. Und irgendein winziges Teilchen in meinem Gehirn, das hat mir eingeflüstert: Wenn nun doch? – Dabei weiß ich natürlich, dass es nichts wert gewesen wäre zu wissen, dass ich der Urenkel des Zaren bin. Ich hätte es vor Gericht durchfechten müssen, und dazu bin ich der falsche Mann. Ich hasse all die Winkelzüge und Spitzfindigkeiten, die man dafür braucht. Ein Tresor ist ein Tresor, und entweder ich kriege ihn auf oder nicht. Aber ein Prozess, das ist eine ganz andere Sache. Er dauert ewig, und man weiß nie, was dabei herauskommt. Der Prozess, den Anastasia geführt hat, hat zweiunddreißig Jahre gedauert, und am Ende ist für sie nichts dabei herausgekommen. Die Energie habe ich nicht.«

»Möchtest du einen Gin?«, fragte Susanne.

Otto schüttelte den Kopf. »Ich brauche keinen Gin«, sagte er.

Susanne schwieg einen Moment lang. Dann sagte sie: »Du brauchst keinen Prozess mehr zu führen. Es ist alles entschieden. Was wir neulich bei der Besprechung noch nicht gewusst haben: Die fehlenden Leichen sind entdeckt worden, schon vor zehn Jahren. Man hat einen Gentest durchgeführt, und der hat zweifelsfrei ergeben, dass es sich bei den Toten um die Zarenfamilie handelt. Man hat ebenfalls einen Gentest mit einer Gewebeprobe der angeblichen Anastasia durchgeführt, und dabei hat sich erwiesen, dass sie mit absoluter Sicherheit nicht mit der Zarenfamilie verwandt ist. Im Gegenteil: Es ist herausgekommen, dass sie mit Sicherheit eine Schanzkowska ist, aller Wahrscheinlichkeit nach die Franziska Schanzkowska, von der seit 1920 nie wieder jemand irgendetwas gehört hat.«

»Und der Rubin?«, fragte Otto zaghaft.

»Der Rubin ist echt«, sagte ich. Jetzt kam der unangenehmste Teil dessen, was wir Otto zu sagen hatten.

Susanne ergänzte: »Natürlich ist es ein echter Rubin, aber was Jürgen sagen will, das ist, dass dieser Rubin tatsächlich aus dem Besitz der Zarenfamilie stammt.

Und dieser Zettel, den du uns gegeben hast, diese Notiz, das ist in Wirklichkeit ein Brief, den die Prinzessin Anastasia geschrieben hat. Wir haben die Handschrift verglichen. Es besteht kein Zweifel.«

»Aber das gibt doch keinen Sinn«, brummte Otto. »Wenn ich nicht der Urenkel des Zaren bin, woher kommen dann diese Sachen?«

»Sag du es ihm«, sagte sie.

Ich seufzte. »Susanne hat es herausgefunden«, sagte ich. »Und es ist eine traurige Geschichte. Dieser Brief, den Anastasia geschrieben hat, der ist wenige Tage vor ihrem Tod entstanden. Wir haben ihn übersetzen lassen. Anastasia hat bemerkt, dass einer der Wachtposten vor dem Haus, in dem sie und ihre Familie gefangen gehalten wurden, ihr schöne Augen gemacht hat. Das war natürlich völlig absurd. Er, dieser zerlumpte Soldat, ein Niemand, war in sie, die Großfürstin, verliebt. Sie hat ihm daraufhin einen ›Liebesbrief‹ geschrieben, aber keinen richtigen Liebesbrief, sondern einen Spottbrief. Du siehst diese Zeichnung, mit der sie ihn illustriert hat. Ein Schwein in Uniform. Damit hat sie den Wachtposten gemeint. Den Empfänger dieses Briefes. Deinen Großvater.«

Otto starrte sie an. »Verstehe ich das richtig …«

Susanne nickte. »Den Brief hat dein Großvater vor der Erschießung bekommen, den Stein hat er sich nach der Erschießung angeeignet.«

»Das heißt also – das heißt also, mein Großvater hat die Prinzessin nicht gerettet, sondern er hat sie erschossen.«

»Zumindest ist er mit dabei gewesen«, sagte ich.

»Jetzt brauche ich doch einen Gin«, murmelte Otto.

Weihnachten

Weihnachten kam. Ich hatte gedacht, dass Hasso es sich nicht nehmen lassen würde, selbst mit dem Mann aus dem Altersheim zu verhandeln. Aber das hielt der Professor für zu riskant. »Ich bin schon einmal mit ihm zusammen gesehen worden«, sagte er. »Wenn wir ein zweites Mal zusammen auftreten, dann ist die Gegenseite möglicherweise gewarnt.«

Ich gestattete mir, darauf hinzuweisen, dass unser Gegner in diesem Fall die Belegschaft eines Altersheims war und nicht die Wachmannschaft der Landeszentralbank.

Hasso von Lohbergen warf mir einen ernsten Blick zu. »Wozu die Landeszentralbank in der Lage ist, das können wir einigermaßen abschätzen. Aber mit welchen Abwehrmaßnahmen wir bei einer Befreiung aus dem Altersheim rechnen müssen, das ist völlig ungewiss. Ich habe mich in unserem Bekanntenkreis umgehört. Gefängnisausbrüche, die hat schon der eine oder andere organisiert, aber niemand hat bisher jemanden aus dem Altersheim befreit. Wir betreten völliges Neuland.«

Schon war Heiligabend. Ich zog meinen besten Anzug an und machte mich auf den Weg nach Großhansdorf zur Kirche. Der Professor hatte mir eingeschärft, ich müsse auf jeden Fall rechtzeitig da sein, um einen Platz neben unserem Kontaktmann zu bekommen. Ich war eine Dreiviertelstunde vor Beginn des Weihnachtsgottesdienstes in der Kirche. Außer mir saß da bisher nur ein junger Mann. Er trug einen weißen Kittel. Kein Zweifel, das war der Pfleger. Er blickte auf, als ich mich neben ihn setzte.

»Sie sind zu früh«, sagte er.

»Sie auch«, erwiderte ich. Und, als er nichts weiter sagte: »Sie wissen also, wie wir den Herrn Feldbauer ...«

Der Pfleger legte erschrocken den Finger auf die Lippen. »Nicht so laut«, flüsterte er. »Die Wände haben Ohren!«

Ich sah mich unauffällig um. Ich hatte nicht den Eindruck, dass sich irgendjemand für uns interessierte. »Der Herr Feldbauer ...«, flüsterte ich.

Mein Nebenmann schüttelte den Kopf. »Jetzt nicht«, sagte er. »Wir müssen warten, bis der Gottesdienst begonnen hat. Dann können wir uns völlig ungestört unterhalten.«

Ich nickte. Was blieb mir anderes übrig? Ich markierte die Lieder, die gesungen werden sollten, mit farbigen Bändchen im Gesangbuch. Es waren die üblichen Weihnachtslieder, und ich war mir sicher, dass alle die Texte auswendig kannten. Alle außer mir.

Langsam füllte sich die Kirche. Ganze Familien waren gekommen, um sich den Weihnachtsgottesdienst anzuhören. Die meisten waren in dicke Wintermäntel eingemummelt. Es war empfindlich kühl in der Kirche, und die elektrischen Kerzen am Tannenbaum spendeten auch keine Wärme. Einige der Neuankömmlinge beteten, bevor sie sich hinsetzten. Wahrscheinlich hätte ich das auch tun sollen, um nicht aufzufallen. Aber ich wäre sowieso aufgefallen. Ich war der einzige der Anwesenden, der im Anzug gekommen war, und selbstverständlich war der Pfleger der Einzige, der einen weißen Kittel trug.

Die Glocken läuteten, und jetzt kam jemand herein, der trug einen schwarzen Kittel. Das war der Pastor. Er ging nach vorn und sagte ein paar Worte, die ich nicht verstand, weil die Kinder in der Bank vor uns zu unruhig waren. Wir sangen ein gemeinsames Lied, wobei sich herausstellte, dass die Gemeinde und die Organistin sehr unterschiedliche Vorstellungen davon hatten, in welchem Tempo dieses Lied gesungen werden sollte. Ich sang nach Kräften mit und unterstützte dadurch die Gemeinde. Wir waren zuerst fertig.

Jetzt begann das Krippenspiel. Der Pfleger und ich saßen relativ weit hinten, sodass wir keinen vollständigen Überblick darüber hatten, was vor dem Altar gezeigt wurde. Aber eine Krippe war jedenfalls nicht zu sehen und auch nicht das Jesuskind. Auch nicht Maria und Josef oder gar die Heiligen Drei Könige standen da, sondern eine Gruppe von Kindern, die sich als Landstreicher verkleidet hatten. Das waren offenbar die Hirten. Sie redeten davon, dass in Bethlehem irgendein Kind geboren worden sei, und sie diskutierten darüber, ob sie sich das ansehen sollten oder nicht. Was genau gesagt wurde, konnte ich nicht verstehen, da das Mikrofon, das von Hand zu Hand weitergereicht wurde, nur einzelne Wortfetzen übertrug oder manchmal auch ein grauenvolles Piepen.

Ich stieß meinen Nebenmann an. »Der Herr Feldbauer«, sagte ich.

Er flüsterte mir ins Ohr: »Er liegt in Zimmer 106. Das ist im ersten Stock, wenn man die Treppe hochkommt, auf der linken Seite.«

Wir wurden unterbrochen, weil jetzt ein Engel mit einem funktionierenden Mikrofon die Kanzel erklommen hatte und lauthals verkündete, dass es in Bethlehem etwas Wunderbares zu sehen gebe und dass die Hirten sich auf den Weg machen sollten. Die Hirten murrten leise. Offenbar waren sie keine besonders guten Hirten, denn sie hatten gerade in irgendeiner Schlucht ein Schaf verloren, und sie hatten den ganzen Tag danach gesucht. Jetzt waren sie müde. Aber es half alles nichts; sie mussten nach Bethlehem.

Die Gemeinde sang wieder ein Lied, und während die meisten Anwesenden sangen:

»Christus der Herr ist
heute geboren!«,

sang ich meinem Nebenmann ins Ohr:

»Wie kommen wir denn
in das Gebäude?«

»Durch die Tür!«, brummte der Pfleger. »Ganz einfach durch die Tür!«

»Und was ist mit dem Wachpersonal?«, erwiderte ich.

Der Pfleger sang gemeinsam mit der Gemeinde:

»Fürchtet euch nicht!«

Das Lied war zu Ende. Mein Nebenmann erklärte mir, dass der beste Tag für eine Entführung aus dem

Altersheim der Silvesterabend sei. Da werde schon am Nachmittag Alkohol ausgeschenkt, und bei Einbruch der Dunkelheit seien alle Anwesenden so betrunken, dass sie nicht bemerkten, ob jemand in das Haus hinein- oder aus dem Haus herausgehe. Die Hirten auf der Bühne waren wahrscheinlich auch betrunken, denn sie hatten nicht bemerkt, dass sie ihren Jüngsten in der Eile des Aufbruchs allein zurückgelassen hatten. Zum Glück waren aber einige Engel unterwegs. Die leuchteten mit ihrem Heiligenschein, fanden den kleinen Hirten, nahmen ihn bei der Hand und führten ihn nach Bethlehem.

Ob die anderen Hirten das nun gut oder schlecht fanden, ließ sich nicht beurteilen. Der größte Hirte, der einzige, den ich von meinem Platz aus sehen konnte, machte jedenfalls ein ziemlich mauliges Gesicht. Was er sagte, wurde vom Mikrofon zu einem unverständlichen, aber jedenfalls sehr lauten Krächzen umgewandelt. Dies gab uns die Gelegenheit, unbemerkt ein paar weitere Details zu besprechen.

Der Pfleger, dessen Namen ich nicht wusste, versicherte mir, es sei völlig unmöglich, von der Vorderseite her unbemerkt in das Gelände des Altersheims einzudringen. Der einzig gangbare Weg sei es, sich von der Rückseite, vom Park her, anzunähern. Wie wir dann allerdings mit unserem befreiten Opa die hohe Mauer überwinden wollten, das könne er beim besten Willen nicht sagen.

Der Oberengel auf der Kanzel sagte noch ein paar freundliche Worte, und dann kam der Pastor. Er erzählte uns, dass die Heiligen Drei Könige in Wirklichkeit gar keine Könige gewesen seien, sondern einfach nur

Sterndeuter. Die hätten gesehen, wie ein großer Stern über Bethlehem zerplatzt sei, sodass ein ganzer Regen von funkelnden Sternschnuppen auf die Erde heruntergeregnet sei. Und wenn jemand eine gute Tat vollbringe, dann könne man sehen, dass über seinem Kopf ein kleines Bruchstück dieses Sterns vorhanden sei und leuchte. Ich habe so etwas noch nie gesehen. Natürlich ist es nicht allzu häufig, dass irgendjemand eine gute Tat vollbringt, aber gelegentlich kommt es ja doch vor. Ein leuchtendes Bruchstück einer Sternschnuppe habe ich dabei aber noch nie gesehen.

Ich war mir sicher, dass an dieser Stelle Susanne aufgesprungen wäre und eine Reihe von Fragen gestellt hätte, aber Susanne war nicht da, und niemand der anwesenden Gläubigen traute sich offenbar, irgendetwas zu fragen. Oder vielleicht war für sie auch alles klar. Gläubige glauben eben alles, was der Pastor sagt. Ich nicht. Als wir nach der obligatorischen Spende für *Brot für die Welt* die Kirche verließen, raunte ich dem Mann im weißen Kittel zu: »Noch nie war mir die frohe Botschaft so rätselhaft wie heute!«

Und er sagte: »Hier, nehmen Sie diesen Zettel! Ich habe Ihnen meine Kontonummer aufgeschrieben. Dahin soll der Professor das versprochene Geld überweisen.«

Der Kredithai

Bis Silvester war es noch eine Woche hin. Wir hatten vor, die Zeit zwischen den Jahren zur Aufbesserung unserer Einkünfte zu nutzen.

»Das wird aber auch Zeit«, sagte Hans-Dieter.

Ja, unsere Kasse war leer. Es half alles nichts; wir mussten wieder einmal in Aktion treten. Schade eigentlich. Der letzte Auftrag hatte sich gelohnt. Der Bankdirektor hatte es sich eine Menge kosten lassen, den Konkurrenten aus dem Weg zu räumen. Aber irgendwann war das Geld doch alle. Und für das Haus in Hamminkeln mit dem schönen, großen Garten hatten wir noch keinen Käufer gefunden.

Der Professor aktivierte jetzt die Webseite, die mit den Grabsteinen und mit unserem Slogan: *Wir lösen Ihre Probleme – diskret und zuverlässig.* Die Fotos hatte er aus dem Internet zusammengesucht. Lauter Gräber von Mafia-Bossen. Natürlich hatten wir keinen davon selbst umgelegt, aber unsere Kunden konnten das ja nicht wissen.

Mir war immer ein bisschen unwohl bei dieser Art von Reklame. Wenn nun die Mafia unsere Webseite las und alles für bare Münze nahm? Aber bis jetzt war alles gut gegangen. Zum Glück brauchten wir die Fotos ja meist nicht lange zu zeigen. Auch diesmal ging alles sehr rasch.

Unsere Nachbarin kam zu uns. Sie brauche Hilfe, sagte sie. Unsere Nachbarin hieß Monika Blanck. Sie arbeitete in diesem Vier-Sterne-Hotel nicht weit von unserem Haus. Sie war sehr nett und ziemlich jung, wahrscheinlich nur etwa halb so alt wie wir. Und ledig. Hans-Dieter himmelte sie genauso an wie unser Otto. Aber er glaubte, dass sie ihn lieber möge. Jetzt war sie jedenfalls in Schwierigkeiten. Sie hatte sich Geld geliehen. Nein, nicht bei der Bank, sondern bei einem Privatmann.

»Bei einem Kredithai!«, sagte ich.

»Ja, so muss man es wohl nennen. Er wirkte eigentlich ganz seriös, dieser Herr Metzler. Und in seiner Anzeige hieß es, dass in Zeiten schlechter Wirtschaftslage, wo die Banken sich weigern, den Menschen Geld zu leihen, die Privatleute sich gegenseitig mit Krediten aushelfen müssen, und es klang geradezu nach einer mildtätigen Einrichtung …«

»Haben Sie sich beraten lassen?«, fragte ich.

»Nein. Ich hab jetzt im Internet nachgesehen. – Das hätte ich natürlich vorher tun sollen.«

»Wucherähnliche Kreditgeschäfte sind verboten«, sagte ich.

»Ja, das steht auch im Internet. Aber wenn man das nachweisen soll, dann gibt es Schwierigkeiten über Schwierigkeiten. Eine Reihe von objektiven und subjektiven Kriterien muss erfüllt sein, heißt es, und letzten Endes ist es dann doch eine Ermessenssache. Und wenn es vor Gericht geht, dann ist es natürlich so, dass der bessere Anwalt gewinnt. Und den kann ich mir nicht leisten. – Ich kann mir überhaupt keinen Anwalt leisten.« Sie weinte.

»Machen Sie sich keine Sorgen«, sagte Hans-Dieter.

»Doch, ich mache mir große Sorgen. Der Kerl hat mir gedroht. Wenn ich nicht innerhalb der nächsten Woche zahle, dann geht es mir schlecht …«

»Hat er schriftlich gedroht?«, fragte Hans-Dieter.

Nein, natürlich nicht. Und nun fragte sie uns, ob wir ihr vielleicht mit ein paar Tausend Euros aushelfen könnten.

Hans-Dieter zückte schon seine Brieftasche. Er war einfach eine gute Seele. Aber ich hielt ihn zurück. Ich sagte: »Machen Sie sich keine Sorgen. Sie brauchen das Geld nicht zurückzuzahlen. Wir werden uns mit dem Mann in Verbindung setzen und dafür sorgen, dass diese Belästigungen aufhören.«

Als Monika bei der Arbeit war, riefen wir den Metzler an. Er solle sofort kommen, wir hätten eine für alle Seiten befriedigende Lösung aller Probleme erarbeitet.

»Ich interessiere mich nur für das Geld«, sagte er. Er hatte eine unsympathische Stimme.

»Wir auch«, sagte ich. »Es liegt alles bereit.«

»Wir machen es kurz und schmerzlos«, hatte Hans-Dieter vorgeschlagen. Und kaum war der Kerl bei Monika durch die Gartenpforte, da haute er ihm auch schon einen Knüppel über den Schädel.

»Oh!«, sagte Metzler. Dann ging er zu Boden.

»Der ist hin«, sagte ich.

»Und jetzt?«, fragte Hans-Dieter. »Wohin mit der Leiche?«

»Das Übliche«, schlug ich vor. Wir haben einen kleinen Teich im Garten, da kann man schon mal jemand zwischenlagern. Gut, dass wir im letzten Jahr schon den Zaun zwischen unseren Grundstücken herausgerissen hatten. So bereitete der Transport des Kredithais keine Schwierigkeiten. Wir packten ihn an den Beinen und zogen ihn quer über Rasen und Blumenbeete. Aber während ich dann den Sack holte und Hans-Dieter die passenden Steine aus dem Steingarten klaubte, kam der Kerl wieder zu sich.

»Oh Mann!«, sagte er. »Was ist passiert?« Er rieb sich den Schädel.

»Sie sind auf die Harke getreten«, sagte ich. »Tut mir leid. Die hat der Hans-Dieter hier vorhin liegen lassen. Eigentlich sollte er ja das Laub harken, aber als dann das Telefon klingelte ...« Wir boten dem Kredithai an, sich bei uns im Haus etwas frisch zu machen.

»Ja, das wäre nicht schlecht«, murmelte er. Er war noch gar nicht ganz bei sich.

Ich sagte: »Sie sind wirklich sehr unglücklich gefallen. So wie Sie aussehen, wäre wahrscheinlich ein Bad angebracht. So ein richtig schönes Schaumbad.«

»Ja, ja. – Was wollte ich denn eigentlich? Ich bin doch hierhergekommen, um irgendetwas ...«

»Da machen Sie sich mal keine Gedanken«, sagte ich. »Das kommt alles auf die Reihe. Sie nehmen Ihr Bad, und dann fühlen Sie sich gleich viel besser.«

Wir führten ihn in das Gästebad im ersten Stock. Hans-Dieter ließ schon mal das Badewasser ein. Gut, dass der Kerl vergessen hatte, was er eigentlich wollte, aber natürlich würde es ihm früher oder später wieder einfallen. Wir mussten eine dauerhafte Lösung finden. Ich legte für alle Fälle die Drahtschlinge bereit. Ich stellte mir vor, wenn der Kerl aus dem Weg war, würden wir seine Konten leerräumen. Und hinterher fuhren wir dann mit Monika in den Urlaub. Irgendeine Kreuzfahrt vielleicht. Als ich gerade im Internet nachsehen wollte, wohin unsere Traumreise gehen sollte, ging im Haus das Licht aus.

»Das Licht geht nicht!«, rief der Kredithai aus dem Badezimmer.

Hans-Dieter fluchte. »Diese Sicherungen sind einfach zu empfindlich!«

Während er im Dunkeln den Föhn wieder aus der Badewanne fischte, suchte ich eine Kerze. Im flackernden Kerzenschein tappte ich zur Hausbar. Da stand die blaue Flasche mit dem Gin. Ich schenkte ein Glas ein, lief damit zum Badezimmer. Inzwischen war der Strom wieder da.

»Hier, trinken Sie das auf den Schreck!« Ich hielt dem Mann das Glas hin.

»Oh Mann, das tut gut!«, sagte er.

»Ja, der wirkt immer!«, behauptete ich.

Der Kredithai fragte, ob er noch ein zweites Glas haben könne. Ich gab es ihm. Er trank es aus und verlangte noch ein Glas. Es waren große Wassergläser, die wir verwendeten. Nach dem dritten Glas war der Mann ziemlich betrunken. Er hatte Mühe, sich wieder anzuziehen. Am Ende stand er schwankend im Treppenhaus und lallte: »Jetzt weiß ich es wieder! Ich bin hier, um den Kredit – ich meine, die Zinsen – jedenfalls das Geld – um das alles abzuholen.«

»Ja, natürlich«, sagte ich. Und: »Vorsicht, die Treppe ist etwas steil!« Aber als ich das sagte, war er schon hinuntergestürzt. Und ob Hans-Dieter ihn dabei vielleicht ein kleines bisschen geschubst hat, das habe ich nicht gesehen. Jedenfalls war der Kerl jetzt wirklich tot.

»Oh Mann«, sagte Hans-Dieter. »Das war ja Schwerstarbeit!« Er wischte sich den Schweiß von der Stirn.

Wir schafften den Kerl nach draußen. Dann aßen wir erst einmal in Ruhe Abendbrot. Wir aßen abends immer warm; es dauerte natürlich eine ganze Weile, bis das vorbereitet war, und es sollte schließlich mit Genuss gegessen werden. Mit Rotwein und bei Kerzenschein, so wie man sich ein Dinner nach einem erfolgreichen Arbeitstag vorstellt. Anschließend nahmen wir den Spaten und gingen nach draußen. Es schneite ein bisschen. Hans-Dieter sang laut und falsch: »Leise rieselt der Schnee …«

Still und starr lag nicht nur unser Gartenteich, sondern auch der Kredithai. Ich merkte gleich: Das war nicht nur die Leichenstarre; der Kerl war inzwischen am Boden festgefroren.

»Aber du musstest ja unbedingt erst noch das Geschirr abwaschen«, sagte ich. »Jetzt haben wir den Salat. Wie bringen wir den Kerl nun unter die Erde?«

Hans-Dieter kam mit der Kabeltrommel und der Heizdecke.

»Wärme steigt nach oben!«, sagte ich.

Hans-Dieter drehte die Decke anders herum. Aber wie sehr er sich auch mühte, den Boden kriegte er damit nicht aufgetaut.

»Wir müssen ein Zwischenlager einrichten«, sagte ich. Mit dem Laubpuster versuchten wir, genügend Blätter zusammenzubekommen, um die Leiche zu verstecken. Im Dunkeln war das ziemlich mühsam. Es dauerte über eine Stunde, bis wir mit dem Ergebnis zufrieden waren.

Am nächsten Tag kam Monika zu uns. Noch vor der Arbeit; wir hatten noch gar nicht ausgeschlafen.

»Und?«, fragte ich. »Hat sich der Kerl noch einmal gemeldet?«

Nein, hatte er nicht. Monika war sehr zufrieden. »Mit der Bezahlung …«, sagte sie.

»Ach, das hat keine Eile!« Wir mussten heute erst einmal gucken, was in der Wohnung von dem Kredithai zu holen war. Wenn wir Glück hatten, hatte er das Geld nicht auf die Bank gebracht, sondern bewahrte es im Strumpf auf, um keine Spuren zu hinterlassen. Wegen der Steuer. Das mache ich ja auch so.

Ich sah aus dem Fenster. »Haben Sie die Enten rausgelassen?«, fragte ich.

Unsere Nachbarin hatte Laufenten. Sie sagte: »Es stört Sie doch hoffentlich nicht, oder?«

Ich schüttelte den Kopf. Monika war eine ganz reizende Person, und eigentlich hatten wir gar nichts dagegen, dass ihre Enten ab und zu bei uns im Garten herumstocherten. Nur gerade jetzt kam es etwas ungelegen, denn die Tiere interessierten sich besonders für den großen Laubhaufen.

Ich sagte: »Vielleicht wäre es besser, wenn Sie die Enten heute nicht draußen herumlaufen lassen. Hans-Dieter hat gestern einen Fuchs gesehen.«

»Einen Fuchs hier?«

»Ja. Am helllichten Tag. – Die kommen alle vom Ohlsdorfer Friedhof rüber, über den Alster-Wanderweg«, sagte ich. »Genau wie die Rehe. Wenn sie mit den Kränzen durch sind, kommen sie zu uns und fressen die Rosen.«

»Hm. – Vielleicht sollten wir doch einmal einen Zaun ziehen?«

»Ja, vielleicht.« Das kam natürlich nicht infrage. Der Fluchtweg musste offen bleiben.

Wir waren gerade von dem Besuch in Metzlers Wohnung zurück. Zwei Socken hatten wir gefunden, gefüllt mit sechsundfünfzigtausend Euro. Geld stinkt nicht, heißt es, aber Metzlers Socken stanken. Wenn er schon keine Geldwäsche gemacht hatte, dann hätte er wenigstens eine Sockenwäsche vornehmen können. Wir waren gerade mit dem Zählen fertig, als vor unserem Haus ein Wagen hielt. »Wer ist das denn?«, fragte ich. »Erwartest du Besuch?«

Nein, Hans-Dieter erwartete keinen Besuch. »Vielleicht will er zu Monika?«

Er wollte nicht zu Monika. Der Mann, der aus dem Auto stieg, war ein Polizist. Er trug zwar Zivil, aber einen Bullen erkannte ich immer sofort. Es war einer, mit dem wir noch nichts zu tun gehabt hatten. Und – was viel wichtiger war – einer, der uns noch nicht kannte.

»Entschuldigen Sie, dass ich Sie störe«, sagte er. »Ich habe Ihre Anzeige im Internet gelesen. *Wir lösen Ihre Probleme* und so weiter. Sie sind doch ein Detektivbüro, oder?«

»Was?«, sagte Hans-Dieter.

Ich trat ihm auf den Fuß. »Ja, natürlich«, sagte ich. »Kommen Sie doch rein.«

»Gern. – Es ist ja doch ziemlich kalt hier draußen.«

Wir gingen nach drinnen.

»Was will der Kerl?«, raunte Hans-Dieter.

Ich zuckte nur mit den Achseln. »Womit können wir Ihnen dienen?«, fragte ich.

Ein paar Minuten später waren wir schlauer. Der Kredithai wurde vermisst. Ich war überrascht. Ich hätte nie geglaubt, dass irgendjemand diesen Kerl vermissen könnte. Aber offenbar gab es da ein altes Mütterchen, das für ihn gekocht hatte, und diese Frau hatte nun festgestellt, dass er am Vorabend nicht nach Hause gekommen war. Und als sie heute früh in seiner Wohnung nachgesehen hatte, da war er noch immer nicht dagewesen.

»Er wird bei irgendeiner Freundin sein«, schlug ich vor.

»Oder im Puff«, meinte Hans-Dieter.

Nein, das glaubte der Herr Kommissar nicht. »Ich habe den Eindruck«, sagte er, »dass der Mann in Schwierigkeiten war. Die alte Dame behauptet, dass er verschiedenen Leuten Geld geliehen hat. Größere Summen offenbar. Und dabei hat es möglicherweise Probleme mit der Rückzahlung gegeben. Die Frau meint, er hat sich bedroht gefühlt.«

»Und – was haben wir damit zu tun?«

»Nun, Ihre Adresse ist der letzte Eintrag in seinem Terminkalender. Hier, sehen Sie selbst.«

Er gab mir das in Leder gebundene Büchlein. Ich schlug es auf. Ja, da stand es: *Meyer & Meier, Problem-*

lösung, Dienstag, 27. Dezember, 15 Uhr. Ich konnte Leute nicht leiden, die penibel alles aufschrieben.

»Schade, dass er nicht gekommen ist«, sagte ich. »Wir sind ja schließlich Detektive. Wir kennen uns aus mit Bedrohung. Wir hätten da bestimmt was machen können.«

»Ja, wirklich schade. Und das Dumme ist: Mir sind die Hände gebunden. Ich kann nur die Vermisstenmeldung entgegennehmen. Wenn ein Erwachsener verschwindet, dann muss ich das einfach nur zur Kenntnis nehmen, solange es keine konkreten Hinweise auf irgendein Verbrechen gibt.«

»Und die gibt es nicht?«, fragte ich hoffnungsvoll.

»Nicht konkret genug jedenfalls. Es heißt, dass der Mann sein Geld an Leute mit schlechter Bonität und zu relativ hohen Zinsen verliehen hat.«

Während ich darüber nachsann, ob ich ihn darüber aufklären sollte, dass ›schlechte Bonität‹ so etwas wie ein schwarzer Schimmel sei, sagte Hans-Dieter: »Wir sind da natürlich freier in unseren Entscheidungen als die Polizei. Wenn wir etwas Zeit über haben, werden wir uns um den Fall kümmern.«

»Das wäre riesig nett«, sagte der Kommissar.

Hans-Dieter zuckte mit den Achseln. »Man hilft, wo man kann.«

»Ja, genau«, sagte ich. Hans-Dieter musste wahnsinnig geworden sein.

»Natürlich kann niemand bei einer Vermisstensache für den Erfolg garantieren«, sagte er. »Aber in diesem Falle sehe ich den Mann geradezu bildlich vor mir.« Vom Sofa aus hatte er einen freien Blick auf den großen

Laubhaufen hinter dem Ilex. Ich dachte, jetzt sind wir wirklich in Schwierigkeiten. Aber alles ging gut.

Eine Stunde später kam Monika ganz aufgeregt zu uns gelaufen. »Bei mir im Hotel sind zwei Herren abgestiegen, ganz finstere Gestalten. Der eine heißt Ministrone oder so ähnlich. Italiener, glaube ich. Und die haben sich nach Ihnen erkundigt.«

»Nach uns?«, fragte Hans-Dieter.

Es war also doch keine so gute Idee, mit der Beseitigung eines Mafia-Bosses im Internet zu werben. Während wir noch überlegten, was jetzt zu tun sei, hielt draußen auf der Straße ein dunkler Wagen.

»Das sind sie!«, hauchte Monika.

»Kommt!«, rief ich. Wir nahmen Monika bei der Hand und verschwanden durch den Hintereingang. Gut, dass wir den Zaun unten zur Alster hin weggenommen hatten. Im Schatten der großen Bäume beobachteten wir, wie die beiden Männer um unser Haus herumschlichen und schließlich auf der Rückseite eine Scheibe einschlugen. Als sie das Fenster öffneten und in die Küche eindrangen, rief ich unseren Kommissar im Präsidium an.

»Die Mafia«, sagte ich. »Es ist die Mafia. Die haben den Kredithai Metzler umgelegt, und jetzt wollen sie uns an den Kragen!«

Ein paar Stunden später saßen wir alle bei Kaffee, Kuchen und Gin zusammen im Café *Pause* im Sasel-Haus und feierten unseren gemeinsamen Erfolg. In unser eigenes Haus konnten wir noch nicht zurück; da werkelte noch die Spurensicherung.

»Es ist unfassbar«, sagte der Kommissar, »zu was für Perversionen so ein krankes Verbrecherhirn imstande ist. Da wird nicht nur ein unbescholtener Bürger brutal erschlagen, sondern obendrein wird noch seine Leiche im Garten eines renommierten Detektivbüros abgelegt. Wenn Sie nicht so wachsam gewesen wären, hätten Sie leicht in Schwierigkeiten kommen können.«

»Wir sind Ihnen zu großem Dank verpflichtet«, bestätigte ich. »Schnelle und wirkungsvolle Hilfe. – Das ist genau das, was man sich von der Polizei wünscht.«

Der Kommissar fühlte sich geschmeichelt. »Diese beiden werden Ihnen keinen Ärger mehr bereiten. Wir haben natürlich auf die Beine gezielt, aber – nun ja – im Eifer des Gefechts kommt es schon mal vor, dass man stattdessen den Kopf trifft.«

»Waren die beiden überhaupt bewaffnet?«, fragte Monika.

»Oh ja. Messer, Schlagringe. Der eine hatte sogar eine Drahtschlinge bereitgelegt.«

»Wir sollten in Zukunft öfter zusammenarbeiten«, schlug Hans-Dieter vor. Er war ziemlich betrunken.

Der Kommissar nickte. »Ja, das finde ich auch. – Wie heißt es so schön in diesem berühmten Film? Dies ist der Beginn einer wunderbaren Freundschaft!«

Das Märchen von der Solidarität

Jetzt hatten wir zwar einen Freund bei der Polizei gewonnen, aber inzwischen kriselte es innerhalb unserer Gruppe. Kurz zuvor hätte ich unsere kleine Truppe noch als ein Team von Freunden bezeichnet. Doch allmählich wurde immer deutlicher, dass unsere Interessen verschieden waren und dass selbst die Einigkeit zwischen Susanne und Professor von Lohbergen ziemlich brüchig war. Am deutlichsten wurde dies immer, wenn es bei unseren Diskussionen um politische Themen ging.

Wieder einmal saßen wir in unserer abendlichen Runde zusammen. »Erinnert ihr euch an den Anschlag auf das französische Satiremagazin *Charlie Hebdo*?«, fragte Susanne.

Der Professor nickte.

»Nie gehört«, brummte hingegen Hans-Dieter.

Otto hob die Augenbrauen. Er spürte offenbar genau wie ich, dass Susanne die Absicht hatte, einen Streit vom Zaun zu brechen. Aus derartigen Konflikten hielt er sich möglichst heraus. Er hatte in einem Buch gelesen, welches er jetzt zuschlug. Ich sah, dass es eine Biografie des russischen Komponisten Tschaikowski war. Womöglich hoffte Otto jetzt, von ihm abzustammen. Offenbar wusste er noch nicht, dass Tschaikowski keine Kinder gehabt hatte. Er war schwul gewesen.

»Am 7. Januar 2015 ist das gewesen«, fuhr Susanne fort. »Islamistische Terroristen haben bei dem Anschlag elf Personen erschossen.«

»Es ging ein Aufschrei auch durch Deutschland«, bestätigte Hasso.

»Am Sonntag danach fand in der französischen Hauptstadt eine machtvolle Demonstration für die Pressefreiheit statt. Deutsche Zeitungen schrieben: *Paris hat am Sonntag eine beispiellose Demonstration der Solidarität mit den Opfern des Terrors erlebt. Schätzungen zufolge waren bis zu 1,5 Millionen Menschen auf der Straße, deutlich mehr als erwartet. Kanzlerin Merkel und Präsident Hollande liefen im Trauermarsch mit anderen hochrangigen Politikern vorneweg.*«

»Ein schönes Beispiel der Solidarität.«

»Jedenfalls wurde das behauptet. In Wahrheit hat sich allerdings nur eine kleine Gruppe von Politikern und Bodyguards in einer abgesperrten Straße weitab von der tatsächlichen Demonstration zu einem Fototermin getroffen.«

»Das war natürlich aus Gründen der Sicherheit«, erläuterte der Professor

»Ich nenne das Pseudo-Solidarität. Für die Politiker war diese Demonstration kein Zeichen der Solidarität, sondern nur ein normales Media-Event, wie die Eröffnung einer neuen Autobahn.«

»Das tut aber der Ernsthaftigkeit der anderen Demonstranten, die für die Pressefreiheit demonstriert haben, keinen Abbruch.«

»Leider haben die anderen Demonstranten nicht dasselbe politische Gewicht wie die Feiglinge, die unsere Völker und unsere Regierungen vertreten sollten.«

Der Professor schüttelte den Kopf. »Als feige würde ich das Verhalten nicht bezeichnen. Die Sorge um die Sicherheit war schon berechtigt. Barack Obama, der amerikanische Präsident, ist daher ja gar nicht erst gekommen.«

»Du verstehst mich nicht, Hasso. Die Feigheit besteht nicht darin, dass sie an einem anderen Ort als die Massen und nur für die Kameras ›demonstriert‹ haben. Die Feigheit besteht darin, dass sie es nicht zugegeben haben – jedenfalls nicht, bevor im Internet Bilder aufgetaucht sind, die den wahren Sachverhalt gezeigt haben. Und auch hinterher nicht. Einen erklärenden Satz von Frau Merkel habe ich nirgendwo gefunden.«

»Die Presse hat den Schwindel enthüllt.«

»Nein, das stimmt so nicht! Die Presse hat die Lüge verbreitet. Jeder der Reporter, der vor Ort gewesen ist, hat genau gewusst, dass das, was er berichtet, nicht wahr ist. Und sie haben es trotzdem getan.«

Der Professor sagte: »Ich habe mir damals die Reaktionen auf diese ›Lüge‹, wie du es bezeichnest, im Internet angesehen. Es gab wenig Kritik und viel Verständnis für deine ›Lügner‹.«

»Das ist ja das Problem, Hasso. Wenn die Politiker wegen so einer Bagatelle eine aufwendige Lüge inszenieren – was glaubst du dann, was sie alles anstellen, um uns in wirklich wichtigen Fragen zu belügen? Ich habe den Eindruck gewonnen, Journalisten und Politiker sind notorische Lügner. Sie werden rot, wenn man sie dabei ertappt, dass sie einmal die Wahrheit sagen.«

»Das ist übertrieben«, seufzte der Professor.

»Mir scheint, dir reicht es aus, wenn jedenfalls die Ergebnisse der Fußball-Bundesliga korrekt berichtet werden, und alles andere ist dir egal!«

Hasso zuckte mit den Achseln. Es war offensichtlich, dass er sich auf keine längeren politischen Grundsatzdiskussionen einlassen wollte.

Auch Susanne schwieg. Aber ich sah, dass sie innerlich kochte. Und zum ersten Mal wurde mir bewusst, wie tief die Kluft zwischen unserem Chef und »seinem Mädchen« war.

Silvester

Es war immer dasselbe bei uns in Hamburg: Silvester regnete es. Das konnte uns nicht von unserem Vorhaben abhalten. Sobald es dunkel wurde, machten wir uns klar zum Aufbruch.

»Uhrenvergleich!«, verlangte der Professor.

»16:37 Uhr«, sagte ich.

»16:38 Uhr«, brummte Otto.

»17:37 Uhr«, behauptete Hans-Dieter. Auf seiner Uhr war noch immer Sommerzeit.

Wir stellten alle Uhren auf 16:37 Uhr. Der Professor wiederholte noch einmal unseren Einsatzplan: »Um genau 17:15 Uhr beginnen wir vor dem Eingang zum Altersheim mit unserem großen Silvesterfeuerwerk. Fünf Minuten vorher hat Hans-Dieter auf der Zufahrtsstraße die Absperrung mit dem Schild *Umleitung* aufgebaut, damit wir nicht etwa von der Polizei gestört werden.«

»Weil wir unser Feuerwerk zu früh abbrennen?«, fragte Otto.

»Nein, weil wir es überhaupt abbrennen. In der Nähe von Altersheimen ist die Verwendung von Feuerwerkskörpern grundsätzlich verboten.«

»Und wenn die Polizei kommt? Trotz unserer Absperrung?«, wollte Susanne wissen.

»Dann bremse ich sie mit der Kalaschnikow«, behauptete Hans-Dieter.

Der Professor widersprach entschieden: »Keine Gewalt!«

Unsere gewaltlose Entführung aus dem Altersheim begann damit, dass ich mir mit der Axt einen Weg bahnen musste. Auf der Rückseite des Geländes gab es keine Straße, nur einen schmalen Fußweg. Der hätte wahrscheinlich für ein normales Motorrad ausgereicht, aber da wir nicht wussten, wie gut Torsten Feldbauer zu Fuß war, hatten wir uns für eine Maschine mit Seitenwagen entschieden, und die brauchte etwas mehr Platz. Unsere ersten Silvesterraketen stiegen bereits in den Himmel, bevor ich die Umgrenzungsmauer erreicht hatte. Ich konnte nur hoffen, dass die anderen genügend Feuerwerkskörper mitgebracht hatten, um die Belegschaft des Altersheims eine Weile zu unterhalten. Ich legte die vorbereitete Sprengladung an den Fuß der Begrenzungsmauer, zündete die Zündschnur an und brachte mich in Sicherheit.

Die Sprengladung krachte genau in dem Augenblick, als sich auf der anderen Seite des Altersheims gerade nichts tat, aber ich nahm an, dass das niemandem sonderlich auffiel. Im Licht der Taschenlampe inspizierte ich den Schaden. Ich hatte gedacht, dass durch die Explosion die ganze Mauer einstürzen würde, aber unsere Sprengladung hatte nur ein relativ kleines Loch in den unteren Teil der Mauer gesprengt, sodass ich auf allen vieren in den Garten eindringen musste.

Eine Rakete nach der anderen zischte laut heulend in die Luft, aber das Feuerwerk reichte nicht aus, um den Weg durch den Garten hinreichend zu erhellen, sodass ich auch hier die Taschenlampe einsetzen musste. Der Garten war größer, als ich gedacht hatte. Ein richtiger Park, zum Teil bewaldet. Um mich herum knackte und knisterte es im Unterholz, und ich hatte das Gefühl, dass hier im Dunkeln sämtliche Pfleger des Heims auf mich lauerten. Aber nichts geschah. Wahrscheinlich war es doch nur irgendwelches Wild, das wir mit unserem Feuerzauber aufgeschreckt hatten. Nach kurzer Zeit gelangte ich auf einen mit Kies bestreuten Weg, der mich in einem großen Bogen zum rückseitigen Eingang des Altersheims führte. Drinnen war alles hell erleuchtet. Ich schaltete die Taschenlampe aus.

Der Eingang war nicht verschlossen. Ich trat ein. Ich sah, dass auf der anderen Seite der Eingangshalle sämtliche Türen offen standen. Zumindest ein Teil der Belegschaft hatte sich nach draußen begeben, um von dort aus das Spektakel zu genießen. Ich sah auch einige ältere Herrschaften, die bei den Pflegern standen. Ich konnte nur hoffen, dass der *King of Crime* sich ihnen nicht angeschlossen hatte.

Ich eilte die Treppe hinauf. Niemand kümmerte sich um mich. Das Zimmer 106 ging nach vorne hinaus. Ich klopfte an, aber niemand antwortete. Ich öffnete die Tür.

Am Fenster stand ein älterer Herr, der sich umdrehte, als ich hereinkam. »Feuerwerk«, sagte er. »Draußen ist Feuerwerk.«

»Ja«, sagte ich, »ich weiß. – Sind Sie der Herr Feldbauer?«

Der Alte nickte.

»Kommen Sie mit«, sagte ich. »Ich bin gekommen, um Sie aus dem Altersheim zu befreien.«

»Endlich!«, erwiderte er.

Dieser Teil unserer Befreiungsaktion war also glatt abgelaufen. Wir hatten nicht gewusst, ob der *King of Crime* freiwillig mitkommen würde. Für alle Fälle hatte ich ein Fläschchen Chloroform mitgebracht. Das brauchte ich nicht.

»Kommen Sie schnell!«, drängte ich.

Aber Torsten Feldbauer ließ sich Zeit. Natürlich wollte er nicht im Schlafanzug aus dem Altersheim flüchten. Bis er sich angezogen hatte und all die Dinge, die er unbedingt mitnehmen wollte, in seinem Koffer verstaut hatte, war mindestens eine Viertelstunde vergangen. Jetzt wurde es wirklich Zeit, dass wir von hier wegkamen. Jeden Moment konnte das Feuerwerk vorbei sein.

Wir schlichen aus dem Zimmer. Auf der Treppe kam uns ein anderer Alter entgegen. »Wo willst du denn hin, Torsten?«, wollte er wissen.

»Nach draußen«, murmelte Feldbauer, und ich ergänzte: »Das Feuerwerk angucken!«

Der Alte schüttelte den Kopf. »Da ist es viel zu kalt«, sagte er. »Alles viel zu kalt draußen. Und zu nass. Man holt sich den Tod, wenn man länger draußen herumsteht!«

»Ja, ja«, murmelte Feldbauer. Aber ansonsten reagierte er nicht auf die Einwände, sondern stieg gemeinsam mit mir Schritt für Schritt die Treppe hinunter.

»Oooh!«, rief draußen jemand, und im nächsten Moment war die ganze Halle in ein rosarotes Licht gehüllt.

Hans-Dieter hatte sich natürlich die eindrucksvollsten Raketen bis zum Schluss aufbewahrt. Ich nahm den *King of Crime* bei der Hand und zerrte ihn zum Hinterausgang.

»Ich will das Feuerwerk sehen!«, protestierte er.

Ich ging nicht darauf ein. Kaum hatten wir die Terrassentür hinter uns geschlossen, als auch schon auf der anderen Seite des Hauses der gewaltige Schlussknall ertönte, und nun war die Vorstellung zu Ende. Schritt für Schritt überquerten wir die große Rasenfläche, und niemand nahm von uns Notiz. Endlich erreichten wir den Waldrand. In dem Augenblick stürmte ein Rudel Rehe oder Hirsche in Panik auf uns zu. Ich zerrte den *King of Crime* zur Seite, damit er nicht umgerannt wurde.

Ich hielt einen Moment inne und sah mich um. Niemand folgte uns. Also weiter! In dem Augenblick schallte eine sehr laute Stimme vom Heim herüber: »Herr Feldbauer, sind Sie hier draußen?«

»Nicht antworten!«, zischte ich.

»Warum nicht?«, wollte der *King of Crime* wissen.

»Weil niemand wissen soll, dass wir gerade aus dem Altersheim flüchten«, sagte ich. Ich hatte allmählich den Eindruck, dass Torsten Feldbauer nicht nur wegen der Missgunst seiner Angehörigen hier im Altersheim saß, sondern dass er wahrscheinlich auch ein kleines bisschen dement war. Ich konnte nur hoffen, dass er sich noch an den großen Plan erinnerte, den er angeblich ausgeheckt hatte.

Der Weg durch den Wald erschien mir endlos, aber wir hatten Glück. Wahrscheinlich waren die Pfleger sich noch nicht sicher, ob Feldbauer wirklich abgehauen war. Mit großer Mühe konnte ich ihn dazu überreden, auf die Knie zu gehen und mit mir gemeinsam durch das Loch in der Mauer zu kriechen. Er beschwerte sich darüber, dass das wehtue.

»Mein Knie!«, rief er. »Au, au, mein Knie!«

Aber schließlich kroch er doch durch unseren Mauerdurchbruch ins Freie.

Ich hatte gedacht, dass wir jetzt alles geschafft hätten. Aber als Torsten Feldbauer das Motorrad sah, rief er: »Da steige ich nicht ein!«

»Anders kommen wir hier nicht weg!«, beschwor ich ihn.

Alles vergeblich. »Nein, da steige ich nicht ein!«

So blieb mir nichts anderes übrig, als das Chloroform doch noch zum Einsatz zu bringen. Ich hatte noch nie mit Chloroform gearbeitet, aber alles ging glatt. Der *King of Crime* stürzte sofort ohnmächtig zu Boden, als ich ihm den Lappen mit dem Betäubungsmittel vor Mund und Nase hielt. Aber dann erwies es sich als äußerst schwierig, den leblosen Alten in den Seitenwagen zu verfrachten. Ich scheiterte bei dem Versuch, zunächst einmal seine Füße einzufädeln. Schließlich stopfte ich ihn kopfüber in den Seitenwagen, ganz vorsichtig natürlich. Da es keinen Sicherheitsgurt gab, konnte ich den *King of Crime* nur notdürftig mit dem Abschleppseil festbinden.

Endlich konnten wir losfahren. Meine größte Sorge war, dass Torsten Feldbauer auf dem holprigen Weg trotz des Abschleppseils aus dem Seitenwagen fallen könnte, aber alles ging gut, und wir erreichten die Straße. Im nächsten Moment kam uns ein Streifenwagen entgegen. Ich bereitete mich schon geistig darauf vor, mit unserem Gefährt quer über die Wiesen und Felder zu flüchten, aber das war nicht nötig. Die Polizisten hupten und winkten uns fröhlich zu. Ganz offensichtlich gingen sie davon aus, dass mein stiller Begleiter am Silvestertag zu dieser frühen Stunde schon sturzbetrunken war.

Während draußen allmählich die Silvesterfeiern ihrem Höhepunkt zustrebten und fröhliche Menschen sich gegenseitig »Prost Neujahr!« zuriefen, saßen wir im Kaminzimmer zusammen und berieten die Lage. Die Stimmung war gedrückt. Der *King of Crime* war zwar inzwischen aus der Narkose aufgewacht, und nach dem ersten Gin fand er es durchaus eine gute Idee, dass wir ihn aus dem Altersheim befreit hatten, aber warum wir das getan hatten, konnte er sich beim besten Willen nicht erklären. Professor Hasso von Lohbergen berichtete ihm in ungewöhnlicher Ausführlichkeit von all unseren erfolgreichen Unternehmungen. Torsten Feldbauer nickte zu allem freundlich, aber ich hatte die ganze Zeit den Eindruck, dass ihn das alles nicht interessiere.

Hasso kam zum Schluss seiner Rede: »… und Sie sind der *King of Crime*, der absolute Experte auf dem Gebiet des Verbrechens. Wir wissen, dass Sie einen genialen Plan haben, den Sie bisher noch nicht in die Tat haben umsetzen können. Gemeinsam können wir das Projekt in Angriff nehmen. Gemeinsam sind wir unschlagbar.«

»Ja, ja«, sagte Torsten Feldbauer. Ich hatte das Gefühl, dass er genauso gut hätte »Nein, nein« sagen können. Das Ganze ging an seinem Verstand vorbei.

Der Professor seufzte.

»Vielleicht sollten wir ihm ein paar Stichworte geben«, schlug Susanne vor. »Begriffe, an die er sich erinnert.«

»Geldinstitut«, sagte ich.

Er reagierte nicht.

»Bank.«

Keine Reaktion.

»Sparkasse.«

Nichts.

»Das ist alles zu theoretisch«, sagte Hans-Dieter. Er nahm die Kalaschnikow und feuerte ein paar Dutzend Schüsse gegen die Decke, dass die Querschläger nur so durch den Raum schwirrten. Ich lag sofort flach auf dem Boden, die anderen stürzten aus dem Zimmer. Der *King of Crime* blieb stur in seinem Sessel sitzen. Völlig unbeeindruckt, wie es schien.

Nein, doch nicht. »Keine Gewalt«, sagte er.

»Schreib das auf!«, sagte Hans-Dieter.

»Schreib das doch selber auf!«, lallte Otto. Er hatte längst begriffen, dass dieser Alte keinen genialen Plan für uns hatte und sich stattdessen auf den Gin konzentrierte. »Das ist – hicks! – der falsche Mann. Ihr habt den – also, ich würde sagen, ihr habt den Falschen aus dem Altersheim geholt!«

Der Professor schüttelte den Kopf. Er nahm noch einmal unsere einzige Aufnahme des *King of Crime* zur Hand. Ich sah ihm über die Schulter und verglich den Alten mit dem Foto. Auch wenn die Aufnahme ein paar Jahre alt war, bestand für mich kein Zweifel: Sie zeigte genau den Mann, der jetzt vor uns saß.

»Das Bild«, sagte der Alte. »Was ist das für ein Bild?« Er streckte seine Hand aus.

»Das sind Sie, sagte Hasso. »Der *King of Crime*.« Er gab ihm das Bild.

Der Alte schüttelte den Kopf. »Das ist mein Bruder«, sagte er. »Das ist Maxim, mein Zwillingsbruder. Ihm gehört der Laden.«

»Welcher Laden? Die Residenz?«

»Ja.«

Einen Augenblick herrschte absolute Stille. Alle starrten den Alten an.

»Ich bin krank«, sagte Torsten Feldbauer plötzlich. »Ich möchte sterben.«

»Das lässt sich alles einrichten!«, lallte Otto.

»Das war nicht richtig«, sagte Susanne.

»Dass wir den Alten aus dem Heim befreit haben?«, fragte ich.

Susanne schüttelte den Kopf. »Das mit dem Feuerwerk. Wir haben die Tiere erschreckt. Das war nicht schön. Feuerwerk sollte verboten werden.«

Ich sagte: »Und was ist mit den Jägern? Die erschrecken die Tiere noch viel mehr. Im Gegensatz zu uns knallen sie meist nicht innerhalb geschlossener Ortschaften, sondern da, wo die Tiere ihr Zuhause haben. Sie sollten wenigstens Schalldämpfer verwenden.«

»Sie sollten überhaupt nicht auf Tiere schießen«, erwiderte Susanne. »Die Jagd sollte verboten werden.«

»Es gibt aber gute Gründe, warum Rehe und Wildschweine geschossen werden«, gab ich zu bedenken. »Es gibt zu viele davon. Es ist einfach eine Frage der Vernunft …«

»Es gibt auch zu viele Menschen«, fiel mir Susanne ins Wort. »Sollen die auch abgeschossen werden?«

Ich schüttelte den Kopf.

»Man kann für alles gute Gründe finden«, sagte Susanne. »Der Professor ist ein Meister im Erfinden guter Gründe. Er sagt, es gibt gute Gründe dafür, dass wir bestimmte Menschen umbringen. Wir töten ja schließlich nicht irgendwen; wir töten nur schlechte Menschen. Es gibt auch gute Gründe dafür, warum wir andere Menschen bestehlen. Wir haben zu wenig Geld, und andere haben viel zu viel. Da ist es nur vernünftig, wenn wir ihnen etwas wegnehmen. So argumentiert jedenfalls der Professor. Er sagt, es ist alles eine Frage der Vernunft. Warum wir Kriege führen, warum wir keine Flüchtlinge mehr aufnehmen, das lässt sich alles mit Vernunft begründen. – Aber weißt du was, Jürgen? Ich hasse die Vernunft. Sie ist kalt, sie ist seelenlos. Ich entscheide nach dem Gefühl. Ich würde alle Flüchtlinge aufnehmen. Ich würde keine Kriege führen, niemals, unter welchem Vorwand auch immer. Und ich würde auch niemanden töten …«

»Auch keine Tiere?«, fragte ich.

Susanne schwieg einen Moment. Dann sagte sie: »Da hast du mich erwischt, Jürgen. Ich würde keine Tiere töten, aber ich esse ihr Fleisch. Ich bin nicht konsequent, weißt du? Ich rede darüber, wie ich gern sein würde, aber ich bin nicht so. Ich halte mich nicht an meine Gebote. Ich bin noch immer mit dem Professor zusammen, obwohl er das genaue Gegenteil von dem vertritt, was ich für richtig halte.«

»Ich bin auch nicht konsequent«, gab ich zu. »Und ein Feigling noch dazu. Ich gehe Schwierigkeiten lieber aus dem Wege, als dass ich mich auf einen Kampf einlasse.«

»Du bist menschlich, Jürgen!«

»Danke«, sagte ich. Aber ich war mir nicht sicher, ob das nun ein Kompliment war oder nicht.

Kamelhaare

Wir hatten gehofft, dass Torsten Feldbauer all unsere Probleme lösen würde, aber das war nicht der Fall. Im Gegenteil: Jetzt mussten wir uns auch noch um ihn kümmern. Die meiste Zeit war er sehr umgänglich, aber die meiste Zeit war er auch ziemlich dement, und man konnte kein vernünftiges Wort mit ihm wechseln. Manchmal allerdings schien er völlig klar, und was er sagte, hatte Hand und Fuß.

Der *King of Crime* – bei unserer Suche nach ihm hatten wir ja nicht viel mehr gehabt als sein Foto. Immer, wenn wir ihn irgendwo ausfindig gemacht hatten, hieß es, er sei gerade an einem ganz anderen Ort. Das konnte kein Zufall sein. Wir hätten selbst darauf kommen müssen, dass es zwei identische Personen gab. Zwillinge. Aber die Gleichheit beschränkte sich auf das Aussehen. In einem seiner klaren Momente fragte ich Torsten Feldbauer nach seinem Bruder.

Er lachte. »Der *King of Crime*! So nennt ihn doch euer Professor, oder? So nennen ihn diejenigen, die keine Ahnung haben. Mein Zwillingsbruder ist kein Verbrecher im eigentlichen Sinne. Genauso wenig wie Professor Moriarty, der große Gegenspieler von Sherlock Holmes. Holmes war sich sehr wohl der Tatsache bewusst, dass der Gegenspieler des Guten nicht das Böse ist, sondern das Clevere! Er selbst hat gesagt, Moriarty als Verbrecher zu bezeichnen, das wäre eine Verleumdung! Dasselbe gilt auch für meinen Zwillingsbruder. Dabei will ich gar nicht bestreiten, dass mein Bruder mitunter Dinge getan hat, die in einem anderen Zusammenhang als Straftaten angesehen werden könnten. Aber bei ihm nicht. Er hat dabei immer das Wohl des Ganzen im Auge gehabt.«

»Oder zumindest sein eigenes Wohl?«, warf ich ein.

»Tun wir das nicht alle? Der Zweck heiligt die Mittel.«

»Es heißt, er habe einen großen Plan, mit dem sich ungeheuer viel Geld verdienen lässt ...«

Torsten Feldbauer schüttelte den Kopf. »Sie kommen zu spät. Viel zu spät. Er hat ihn längst umgesetzt. «

»Und man könnte nicht nachträglich noch irgendwie einsteigen?«

»Das weiß ich nicht. Fragen Sie ihn. Wenn Sie Geld haben, wird er sich dafür interessieren. Wenn Sie aber versuchen sollten, ihn aufs Kreuz zu legen, wird er Sie vernichten.«

»Aber Sie sind nicht bei ihm eingestiegen, obwohl er so erfolgreich ist? Dabei sind Sie doch ebenfalls reich ...«

»Ach, die lächerliche eine Million!«

»Wäre das zu wenig gewesen?«

Torsten Feldbauer schüttelte den Kopf. »Wir haben verschiedene Interessen. Er ist jemand, der alles organisieren und kontrollieren will. Ich bin dagegen ein großer Freund der Freiheit. Ich habe mein Leben selbst gestaltet, und ich will auch meinen Tod selbst gestalten.«

»Warum wollen Sie überhaupt sterben?«, fragte ich.

Torsten Feldbauer lächelte. »Weil es an der Zeit ist«, sagte er. »Kennen Sie das Märchen von den Bremer Stadtmusikanten?«

»Komm mit, sagte der Hahn«, zitierte ich, »etwas Besseres als den Tod werden wir überall finden.«

»Falsch!«, sagte Feldbauer. »Das haben Sie aus dem *Hauptmann von Köpenick*. Aber Zuckmayer hat das Märchen falsch zitiert. In seinem Theaterstück und im Film. Er hat die Sache so gedreht, als wäre das Leben das Wertvollste, was der Mensch hat. Die Brüder Grimm waren vielleicht anderer Ansicht. In ihrem Märchen ist es nämlich der Esel, der diesen Satz sagt. Und der Esel gilt bekanntlich als ein besonders dummes Tier. Er kann nicht begreifen, dass der Tod genauso zum Leben gehört wie die Geburt. Es ist sinnlos, vor dem Tod davonzulaufen. Es ist töricht, wenn man versucht, sein Leben immer weiter und weiter zu verlängern, auch wenn man es längst nicht mehr genießen kann, sondern nur noch an irgendwelchen Krankheiten leidet und an irgendwelchen Maschinen hängt, und die Ärzte verdienen daran. Ich habe mein Leben selbst gestaltet, und ich werde auch meinen Tod selbst gestalten. Jeder hat ein Recht auf sein eigenes Leben. Jeder hat ein Recht auf seinen eigenen Tod. Ich will meinen Tod nach meinen Vorstellungen gestalten. Und ihr, meine Neffen, ihr werdet mir dabei helfen.«

Ich nickte. »Klar.« Feldbauer bezeichnete uns als seine Neffen. Ich wusste nicht, ob er Hans-Dieter, Otto und mich wirklich für seine Neffen hielt oder nicht. Manchmal war er völlig klar im Kopf, manchmal wusste er nicht mehr, was er eben noch gesagt hatte. Und da er versprochen hatte, uns zu seinen Erben zu machen, würden wir ihm auf jeden Fall bei seinem Vorhaben helfen.

»Warum wir drei? Warum nicht Hasso von Lohbergen?«, hatte ich ihn gefragt.

»Der Professor ist mir zu arrogant.«

»Und warum nicht Susanne?« Ich wusste keinen Menschen, der so wenig arrogant war wie Susanne.

»Sie hat zu viel Mitleid«, sagte Torsten Feldbauer. »Ich will keine Arroganz, und ich will kein Mitleid. Ich will einfach nur, dass mir jemand beim Sterben hilft.«

Bevor es dazu kommen konnte, hatten wir uns allerdings noch um einen ganz anderen Todesfall zu kümmern.

Hasso hatte gerade mit der Versicherung telefoniert. Er legte den Hörer auf. Er sagte: »Ja, natürlich ist es richtig, dass die Versicherung zahlt, wenn der Schaden am Auto durch Haarwild verursacht wird.«

»Na also«, sagte ich. Ich hatte nie daran gezweifelt.

Hans-Dieter legte die Gabel zur Seite, sagte irgendetwas.

»Bitte?«, fragte Hasso.

Ich sagte: »Man spricht nicht mit vollem Mund, Hans-Dieter!«

Er warf mit einem Knochen nach mir. »Bei Hühnern zahlen sie nicht, habe ich gesagt.«

Schade eigentlich. Aber das Huhn, das Hans-Dieter auf dem Teller hatte, das konnten wir ohnehin nicht mehr vorzeigen.

»Was ist mit Elefanten?«, wollte Otto wissen. Während alle anderen Biergläser vor sich stehen hatten, hatte er sich vor dem Essen ein großes Glas Gin eingeschenkt. Jetzt war es leer.

»Auch nicht. Elefanten sind kein Haarwild. – Außerdem ist es ziemlich schwierig, hier irgendwo in Norddeutschland einen Autounfall mit einem Elefanten zu arrangieren.«

»Schluss jetzt!«, entschied der Chef. »Jürgen und Hans-Dieter, ihr habt uns den Schlamassel eingebrockt; nun seht zu, wie ihr da wieder herauskommt.«

Hans-Dieter wollte protestieren, aber Susanne legte ihm die Hand auf die Schulter. »Streitet euch nicht, Kinder!« Da wurde er sofort ganz ruhig. Ohne Susanne wären wir alle längst auseinandergelaufen.

Hans-Dieter und ich, wir hätten diesen Immobilienmakler ganz normal umlegen sollen, aber irgendwie musste er wohl Wind von der Geschichte bekommen haben, und als dann mein Partner mit der Pistole auf ihn losging, da war er einfach weggerannt – und mir genau vors Auto. Und nun hatte unser schöner, neuer BMW eine schöne, neue Beule, die wir der Versicherung irgendwie erklären mussten.

Wir brauchten das Geld. Es war für uns als Bankräuber und Auftragskiller ganz schön mühsam, die Kohle zusammenzukriegen, die wir brauchten, um über die Runden zu kommen. Bei großen Schweinen wurde natürlich viel gezahlt, wenn man die umlegen sollte. Aber dieser Makler, der war nur ein ganz normales, kleines Schwein, hatte sich darauf spezialisiert, Rentner um ihr Geld zu bringen. Na ja, einer hatte sich das dann nicht gefallen lassen. Und als er gesehen hat, dass sein Geld futsch war und dass das Haus in Spanien, das er gekauft hatte, gar nicht existierte, da hat er einen Kredit aufgenommen und uns beauftragt. – Wir haben es für einen Freundschaftspreis gemacht. Tausend Euro. Plus Mehrwertsteuer.

Davon konnte man natürlich nicht leben. Und wie man das immer wieder im Fernsehen sah, dass dann das Unfallauto einfach in die Schrottpresse gebracht wurde, das kam für uns auch nicht infrage. Der Wagen musste repariert werden, und zwar auf Kosten der Versicherung. Vollkasko – da waren weglaufende Makler, die sich verkehrswidrig verhielten, eingeschlossen. Fanden wir jedenfalls.

»Ratzeburg«, sagte Hasso. »Die Straße zwischen Mölln und Ratzeburg. Da hört man doch immer wieder, dass es Unglücksfälle mit Wild gibt. Wenn ihr da ein paarmal auf und ab fahrt, dann erwischt ihr bestimmt etwas Nettes. Und denkt dran: Mitbringen das Viech, damit wir es auch bei der Versicherung vorzeigen können!«

Also machten wir uns auf den Weg. Es war eine wunderbar finstere Nacht. Die Autoscheinwerfer leuchteten, und die Reflektoren an den Begrenzungspfählen funkelten wie die Sterne. Wir fuhren dreimal auf der L 199 zwischen Ratzeburg und Mölln hin und her. Links und rechts nichts als Wald. Ich sagte: »Weißt du eigentlich, dass es allein in Schleswig-Holstein vierzehntausend Wildunfälle pro Jahr gibt?«

»Und wo ist das Wild jetzt?«, fragte Hans-Dieter. »Wenn man es braucht, ist es nie da.«

»Wahrscheinlich ist es noch zu früh« sagte ich. »Oder inzwischen sind alle Rehe tot.«

Hans-Dieter fluchte.

Wir fuhren nach Ratzeburg rein, Hans-Dieter kannte da irgendeine Kneipe, wir wärmten uns auf bei ein paar Bier, stritten uns mit der Bedienung, und dann machten wir uns wieder an die Arbeit. Und gleich beim nächsten Durchgang hastete eine Rotte Wildschweine über die Straße.

»Vollgas!«, schrie ich, aber Hans-Dieter hatte vor Schreck schon gebremst, und die Viecher waren weg, ehe er seinen Fehler korrigieren konnte.

»Lass mich mal ans Steuer«, verlangte ich.

Hans-Dieter schüttelte den Kopf. »Du bist betrunken«, sagte er.

»Ich habe nicht mehr Bier getrunken als du!«

»Aber du kannst weniger ab!«, behauptete er.

»Stimmt ja gar nicht!«

Hans-Dieter ließ sich nicht überzeugen, und wir fuhren weiter zwischen Mölln und Ratzeburg hin und her. Es war inzwischen weit nach Mitternacht. Hans-Dieter schwieg. Das war auch gut so, denn sonst hätten wir uns sowieso nur gestritten. Ich schwieg auch und dachte an Susanne. Hassos Susanne. Hans-Dieter glaubte, dass sie in ihn verknallt sei, aber in Wirklichkeit war ich derjenige, den sie am häufigsten anlächelte.

Der Verkehr wurde langsam schwächer; bei der letzten Runde hatten wir nur ein einziges Auto gesehen. Einen Streifenwagen. Aber die Bullen hatten sich nicht für uns interessiert.

»Hast du das gesehen?«, sagte ich. »Die haben auch 'ne Beule an ihrem Auto. Vorne rechts.«

Aber das interessierte Hans-Dieter nicht. Er gähnte.

Ich hatte auch keine Lust mehr, stundenlang sinnlos durch die Nacht zu fahren. Ich fragte mich, ob man die Angelegenheit nicht beschleunigen könnte. »So wie wir das machen, das kann ja gar nichts werden«, sagte ich. »Guck doch mal, all diese Reflektoren links und rechts der Straße, die jedes Mal aufblitzen, wenn wir herankommen! Wir verscheuchen ja das Wild!«

»Deshalb sind die Dinger ja da!«, brummte Hans-Dieter.

»Mach die Scheinwerfer aus, dann sehen sie uns nicht kommen, die Rehe, und dieser Wagen, der ist so leise, den hören sie auch erst, wenn es zu spät ist, und dann – zack!«

Hans-Dieter schaltete das Licht aus. »Zack ist gut«, sagte er. Er erzählte, dass er mal ein Foto gesehen hatte, da war ein Autofahrer mit einem Hirsch zusammengestoßen. Auf dem Foto saß der Hirsch auf dem Fahrersitz, tot natürlich, aber von dem Autofahrer war auch nicht mehr viel übrig.

»Hirsche gibt es hier nicht«, behauptete ich. Aber das stimmte nicht wirklich. Die Damhirsche aus dem Tierpark in Mölln fielen mir ein. Gab es die hier nicht auch in freier Wildbahn? Die waren ziemlich groß, und wenn die mit dem Geweih voran durch die Windschutzscheibe donnerten …

»Halt mal an«, sagte ich.

Hans-Dieter bremste. »Was ist denn?«

»Irgendwo hier hinten muss doch der Fahrradhelm von diesem Makler … – Ah, da ist er ja!« Ich setzte mir den Helm auf.

Hans-Dieter tippte sich an die Stirn. Draußen quietschten Bremsen, grelles Scheinwerferlicht strahlte einen

Moment lang in unsere Kabine, dann schoss irgendein Wagen laut hupend an uns vorbei.

»So ein Idiot«, sagte Hans-Dieter. Er hupte auch. »Muss der Kerl uns einen solchen Schreck einjagen?«

»Wenn wir das nächste Mal anhalten, solltest du doch vielleicht lieber das Standlicht einschalten«, schlug ich vor. »Wir stehen ja schließlich mitten auf der Straße!«

»Ja, was denn nun? Mit Licht oder ohne?« Hans-Dieter schaltete das Standlicht ein und fuhr los.

»Licht aus!«, verlangte ich.

Hans-Dieter reagierte nicht. »Da liegt was«, sagte er.

»Was, wo?«

»Hast du das nicht gesehen?«

Nein, hatte ich nicht. Ich bin nachtblind.

»Da rechts, ganz dicht an der Fahrbahn. Das könnte irgend so ein Reh gewesen sein.« Hans-Dieter hielt an. Ich nahm die Taschenlampe aus dem Handschuhfach und tappte nach draußen. Hans-Dieter stieg auch aus. Wir liefen die paar Schritte zurück. Hans-Dieter hatte richtig gesehen. Da lag ein Reh.

»Einfach so umgefahren und dann liegen gelassen«, entrüstete sich Hans-Dieter. »Wer tut denn so was? – Noch ganz frisch.«

»Das ist ja noch warm«, bestätigte ich. »Das letzte Auto, das wir gesehen haben …«

Hans-Dieter nickte. »Der Streifenwagen. – Vor diesem Idioten, der uns eben überholt hat, das letzte Auto davor, das war der Streifenwagen.«

»Dann haben die Bullen das Reh übergemangelt. Aber ich verstehe nicht, warum sie das nicht gemeldet haben …«

»Vielleicht waren sie ja betrunken?«, mutmaßte Hans-Dieter. »Komm, red nicht lange, fass mal mit an!«

»Ganz schön schwer, so ein totes Reh!«, stellte ich fest. »Komm, auf den Rücksitz damit!«

Hans-Dieter schüttelte den Kopf. »Das kommt nicht infrage! Mit dem Blut versauen wir uns ja die ganzen Polster!« Hans-Dieter öffnete die Heckklappe. Aber im Kofferraum lag ja noch der tote Makler.

»Das passt nicht rein!«, sagte ich.

»Doch, das passt, das muss passen!« Hans-Dieter ließ das Reh los und versuchte, den Makler weiter nach hinten zu stauchen. Es war aussichtslos wegen der Leichenstarre. Schließlich gab Hans-Dieter auf, wuchtete das Reh auf den Makler und versuchte, den Kofferraum mit Schwung zuzumachen. Es ging nicht. Hans-Dieter zerrte an dem Makler.

»Nun hilf doch mal! Wenn das Reh unten liegt, dann geht es bestimmt!«

Ich packte mit an, und gemeinsam schafften wir es schließlich, den sperrigen Makler aus dem Kofferraum zu heben. Wir schoben das Reh so weit wie möglich nach vorne durch, und tatsächlich gelang es auf diese Weise, Makler und Reh gemeinsam unterzubringen. Aber der Kofferraum schloss trotzdem nicht richtig.

»Wir müssen ihn zubinden«, sagte Hans-Dieter.

»Womit denn?«

In dem Augenblick hielt ein Wagen neben uns. »Die Polizei!«, rief Hans-Dieter erschrocken. Ich griff nach meiner Pistole. Aber es war nur der Förster.

»Hier ist ein Wildunfall gemeldet worden von der Straße zwischen Mölln und Ratzeburg«, sagte er. »Haben Sie etwas damit zu tun?«

Hans-Dieter schüttelte den Kopf.

»Und weshalb halten Sie dann hier?«

»Meinem Beifahrer ist schlecht geworden«, sagte er.

Ich nickte, fasste mir an den Kopf. »Diese Kopfschmerzen! Als ob mir der Schädel zerspringen wollte. Ich hab schon versucht, ihn mit dem Fahrradhelm etwas besser zusammenzuhalten ...«

Der Förster starrte mich an. Irgendwie hatte ich das Gefühl, dass er uns diese Geschichte nicht glaubte. Er sagte: »Könnten Sie mal bitte Ihren Kofferraum öffnen?«

»Bitte!« Die Klappe war ja sowieso schon halb offen.

Der Förster starrte auf den Makler. Zum Glück lag er so, dass man den Kopf nicht sehen konnte.

Hans-Dieter sagte: »Lumpen tun wir immer in den Kofferraum.«

»Bis der voll ist«, ergänzte ich. »Wir wollen damit zum Altkleidercontainer.«

»Mitten in der Nacht?«

»Ja, wir haben gerade etwas Zeit. Und Lumpen klappern ja nicht, wenn man sie einwirft. Das ist ja nicht so wie bei den Flaschen, die würden wir natürlich nicht nachts in irgendeinen Container werfen, das würde ja die Anwohner belästigen ...«

Der Förster ließ sich nicht ablenken. »Lumpen? Das ist ja ein Kamelhaarmantel! Ein teures Stück! Den könnte doch bestimmt noch jemand ...« Der Förster zerrte an dem Mantel, aber der saß fest.

»Da sind die Motten drin«, behauptete ich.

»Motten? Im Kamelhaar?«

»Im Futter.«

Allmählich machte ich mir Sorgen. Wenn wir den Förster erschießen müssten, würde es ziemlich voll im Auto. Und wenn wir dann in eine Polizeikontrolle gerieten …

Der Förster ließ den Mantel los. Er zog die Nase kraus. »Ihre Lumpen hätten Sie aber vorher mal waschen können«, entrüstete er sich. »Das Zeug stinkt ja eklig.«

»Ist mir vorher gar nicht aufgefallen«, behauptete Hans-Dieter. Es roch nach einer Mischung aus toten Maklern und toten Rehen. »Ja, vielleicht sollten wir den Kram wirklich noch mal in die Waschmaschine stecken, bevor wir ihn in den Container tun.«

Ich nahm den Fahrradhelm ab. »Meine Kopfschmerzen lassen langsam nach«, behauptete ich. »Können wir jetzt weiterfahren?«

»Das war das«, sagte ich, als der Förster endlich abgezogen war.

»Der Makler muss sofort verschwinden«, sagte Hans-Dieter. »Hast du gemerkt, dass dieser Förster unsere Autonummer aufgeschrieben hat?«

Ich zuckte mit den Achseln. Das machte nichts, das Kennzeichen war sowieso falsch. »Wohin mit dem Makler?«

»Rondeshagen«, schlug ich vor. »Sondermülldeponie. Da ist um diese Zeit nicht viel los.«

Aber Hans-Dieter hatte eine bessere Idee.

»Pumpspeicherwerk«, sagte er. »Wozu haben wir dieses Pumpspeicherwerk in Geesthacht? Weißt du, wie so ein Ding funktioniert? Da wird in der Nacht, wenn keiner den Strom braucht, Wasser von der Elbe in ein großes Speicherbecken gepumpt. Und wenn dann am Morgen die Arbeit in den Betrieben wieder anläuft, dann lassen sie das Wasser wieder ablaufen, und das schießt dann auf die Turbinen unten an der Elbe, und – hui! – ist so ein Makler in kleine Stücke zerlegt und verschwindet auf Nimmerwiedersehen!«

»Und das soll funktionieren? Bleibt die Leiche nicht im Rohr stecken?«

Ich hatte meine Zweifel, aber Hans-Dieter sagte: »Na klar funktioniert das! Die Rohre haben einen Durchmesser von 3,80 Meter. Und der Makler ist höchstens 1,70 Meter groß. Ich bin Ingenieur, ich weiß, wie so etwas geht!«

Hans-Dieter war kein Ingenieur. An der Fachhochschule hatten sie ihn nicht haben wollen mit seinen schlechten Noten und ohne Hauptschulabschluss, aber er interessierte sich jedenfalls für Technik. Vielleicht ging es ja tatsächlich so, wie er sich das vorstellte.

Es ging nicht. Beim Abendessen am nächsten Tag legte Hasso die Zeitung auf den Tisch. Und da stand es Schwarz auf Weiß: *Wie soeben gemeldet wird, ist es heute früh im Pumpspeicherwerk Geesthacht zu einer Betriebsstörung gekommen. Als das Kraftwerk beim Anfahren nur mit verminderter Leistung lief, wurde die Anlage überprüft. Vor dem Rechen, der verhindert, dass irgendwelche Gegenstände in die Rohre geraten und womöglich die Turbinen beschädigen, fand sich die Leiche eines Häusermaklers. Die Leiche wies Schussverletzungen am Kopf auf. Man nimmt an, dass der Mann aufgrund persönlicher Schwierigkeiten den Freitod gewählt hat. Taucher suchen zurzeit den Boden des Speichersees nach der Waffe ab …*

An den Rechen hatten wir nicht gedacht. Sehr ärgerlich.

»Das mit dem Selbstmord, das werden die Bullen nicht glauben«, sagte ich.

»Wieso?«, fragte Hans-Dieter. Er begriff nie etwas.

»Weil dies der erste Selbstmörder ist, der sich von hinten in den Kopf geschossen hat«, sagte ich. »Und gleich dreimal. Da wird selbst die Polizei stutzig.«

Und auch die Sache mit dem Kamelhaarmantel hatten wir falsch gemacht. Susanne war außer sich.

»Was habt ihr getan? Den Mantel in den Speichersee geschmissen? Seid ihr denn noch zu retten?«

»Susanne«, sagte ich, »das Ding war doch völlig verdreckt. Der Mann hat auf der Straße gelegen damit. Und all das Blut. Die Einschüsse …«

»Also, Moment mal«, mischte sich Hans-Dieter ein. »Das mit den Einschüssen, das stimmt so nicht. Saubere Kopfschüsse waren das, den Mantel hab ich nicht angerührt.«

»Den hätte man reinigen können. Der hätte mir bestimmt gepasst. Ihr wisst ja gar nicht, was so ein Ding wert ist! Für so einen Kamelhaarmantel verwendet man nur das feinere Unterhaar des zweihöckrigen asiatischen Kamels. Es ist nicht nur seidig weich, sondern obendrein auch äußerst strapazierfähig.«

»Hans-Dieter ist auch ein Kamel«, sagte ich. »Aber er ist weder seidenweich noch strapazierfähig.«

Hans-Dieter schmiss mit dem Aschenbecher nach mir.

Susanne sagte: »Besonders edel und weich ist das Baby-Kamelhaar von jungen Tieren, das beim ersten Haarabwurf anfällt. Es ist allerdings erheblich teurer, da es nur einmal im Leben eines Kamels gewonnen werden kann. – Ich möchte wetten, dass der Mantel aus solchem Baby-Kamelhaar war.«

»Vielleicht.« Ich hatte jetzt genug über Kamelhaare gehört.

»Außerdem kann das Kamelhaar bis zu dreißig Prozent seines Eigengewichtes an Flüssigkeit aufnehmen, ohne sich klamm oder feucht anzufühlen. Das habe ich alles im Internet gelesen.«

»Hans-Dieter kann mindestens vierzig Prozent seines Eigengewichts an Flüssigkeit aufnehmen«, sagte ich. »Aber klamm ist er immer.«

Hans-Dieter warf mit der Bierflasche. Ich fing sie auf, bevor sie mich treffen konnte, aber das Bier spritzte durch das Wohnzimmer.

»Und wer soll das jetzt wieder aufwischen?«, fragte Susanne.

Keiner meldete sich.

Ansonsten war jetzt alles geklärt. Hasso hatte den Wildunfall gemeldet, und er war auch gleich heute früh mit dem Reh bei der Versicherung gewesen. Er hatte behauptet, dass er es danach beim Förster abgeben wollte, aber das hat er natürlich nicht getan, und jetzt zog ein wunderbarer Duft von Rehbraten durch das Haus. – Ach ja, Susanne war ein Schatz. Und eigentlich war Auftragskiller doch ein sehr schöner Beruf.

Aber ob wir den Wildschaden nun ersetzt bekommen würden, das stand noch nicht fest. Irgend so ein Heini von der Versicherung hatte vorhin angerufen und behauptet, es gebe noch Klärungsbedarf. Bei der Probe, die sie vom Kotflügel genommen hatten, hätten sie nämlich außer den Haaren vom Reh, die Hans-Dieter da drapiert hatte, auch mehrere Kamelhaare gefunden.

»Kamele sind auch Haarwild!«, sagte Hasso.

»Wir zahlen nur bei Unfällen mit jagdbarem Haarwild«, konterte der Versicherungsmann. »Und in Deutschland ist die Kameljagd verboten.«

Überhaupt stellte der Kerl lauter unverschämte Fragen. Vielleicht hätten wir ihm sagen sollen, dass wir Killer waren? Vielleicht wäre er dann vernünftig gewesen? Aber Hasso blieb ganz ruhig. Er sagte, warum diese beiden Tiere gleichzeitig von unserem Wagen erfasst wurden, das wisse er auch nicht, aber das sei auch nicht sein Problem. Vollkasko sei doch schließlich Vollkasko – oder etwa nicht?

Vollmond

Ich war es leid, mir diese Diskussion anzuhören. Ich ging vor die Tür. Draußen stand schon Susanne und rauchte. Ich zögerte einen Moment, aber dann stellte ich mich neben sie. »Sieh mal, der Mond«, sagte ich. Es war Vollmond.

Susanne sah mich an. »Das hast du schon einmal gesagt«, sagte sie. »Damals in England. Vor unendlich langer Zeit.«

»Damals war kein Vollmond«, sagte ich.

»Zunehmender Mond«, erwiderte Susanne. »Aber es ging nicht um den Mond. Es war ein Annäherungsversuch.«

»Ja.«

Susanne blies Zigarettenrauch in den kalten Nachthimmel. »Ich kannte dich überhaupt noch nicht«, sagte sie. »Inzwischen kenne ich dich etwas besser.«

»Ich dich auch«, sagte ich.

Susanne schüttelte den Kopf. »Du weißt fast nichts über mich.«

Was sollte ich darauf antworten?

»Willst du mehr wissen?«, fragte sie.

»Ich will alles wissen. Alles, was du mir erzählen magst.«

Susanne sagte: »Ich habe dir meine Geschichte neulich nicht zu Ende erzählt. Die Geschichte meiner Flucht von zu Hause. Du hast gesagt, es war richtig, dass ich zu Hause ausgezogen bin.«

»Ja, natürlich. Das war richtig.«

»Das habe ich auch geglaubt. Aber es war falsch, Jürgen, es war falsch. Ich habe es damals nicht gewusst, aber meine Mama hatte Krebs. Als sie mich wirklich gebraucht hat, da war ich nicht da. Sie hat allein gelitten, und sie ist allein gestorben. Das habe ich erst viel später erfahren.«

»Das tut mir leid«, murmelte ich.

»Das ist lange her«, erwiderte Susanne. »Und es lässt sich nicht ändern. Aber ich wollte, dass du es weißt. Hasso weiß es auch, aber er sieht nur die rationale Entscheidung, von zu Hause abzuhauen. Und er sagt, er versteht diese Entscheidung. Aber er versteht mich nicht. Und du – ich glaube, du verstehst mich.« Sie warf mir einen kurzen, prüfenden Blick zu, aber bevor ich reagieren konnte, hatte sie die Augen wieder gesenkt. Sie lächelte, als ich ganz vorsichtig ihre Hand berührte.

Plötzlich begriff ich. »Deshalb bist du auf das Hochhaus gestiegen.«

»Ja, deshalb bin ich auf das Hochhaus gestiegen. Aber ich bin nicht gesprungen. Und ich wäre auch nicht gesprungen, wenn Hasso mich nicht ›gerettet‹ hätte. Ich war zu feige. Ich bin ein total ängstliches, feiges Mädchen.«

»Du bist nicht feige«, widersprach ich. »Und es ist gut, dass du nicht gesprungen bist.«

Susanne lächelte. »Es ist nett, dass du das sagst.«

Ich nahm all meinen Mut zusammen und sagte: »Ich habe dir damals in England ein Angebot gemacht. Das Angebot gilt noch immer. Wollen wir zusammen abhauen?«

»Meine Antwort gilt auch noch immer«, erwiderte Susanne.

»Du hast nicht geantwortet damals.«

»Das war meine Antwort«, sagte sie.

Die Klippe, schroff und steil

Im Herbst fuhren Otto, Hans-Dieter, Torsten und ich zusammen nach Schottland. Jetzt standen wir neben dem Zelt beim Leuchtturm und sahen hinunter in den Abgrund. So also sieht das Ende eines Lebens aus, dachte ich.

»Ich bin hierhergekommen, um zu sterben«, versicherte Torsten Feldbauer.

»Ja, ja, das sagtest du schon«, brummte Otto. Das Problem war, dass Torsten schon seit Monaten dauernd sterben wollte und sich dafür immer exotischere Plätze aussuchte. Und wir, seine drei angeblichen Neffen, wir mussten natürlich mit.

Torsten Feldbauer, unser Erbonkel, hatte sein Geld durch Devisenspekulationen verdient – so viel wussten wir inzwischen. Angeblich besaß er über eine Million Euro. Das würde bei seinem Ableben für jeden von uns eine hübsche, runde Summe ergeben. Jedenfalls hatten wir uns das so ausgerechnet. Er hatte gar nichts dagegen, dass wir ihn beerben wollten. Was nach seinem Tode geschah, war ihm gleichgültig. Das Problem war nur: Torsten war zwar todkrank, aber er starb einfach nicht.

Dabei machte er sich dauernd über seinen Tod Gedanken. Wenn er schon sterben müsse, so sagte er sich, dann wenigstens mit Stil. So kam er darauf, zum Sterben nach Neapel zu reisen. »Neapel sehen und sterben!« Wer kannte diesen Spruch nicht? Also fuhren wir hin, mitten im Sommer. Wir hatten natürlich gehofft, dass die große Hitze Onkel Torsten erledigen würde, und wenn die sommerlichen Temperaturen nicht ausreichen sollten, dann würde ihm wahrscheinlich die Camorra den Rest geben. – Fehlanzeige! Drei Wochen hatten wir ausgehalten, im besten Hotel der Stadt natürlich, und Torsten war weder an Hitzschlag gestorben noch von der Mafia ermordet worden. So hatten wir gemeinsam die ersten fünftausend Euro verbraucht.

Das nächste Reiseziel hieß Bali. Torsten hatte im Fernsehen diese wunderschönen Bestattungszeremonien auf der Insel gesehen und entschieden: So wollte er auch diese Erde verlassen. Bali war etwas teurer als Neapel. Wir blieben einen Monat. Wir sahen eine Bestattung nach der anderen. Alles vergeblich – Torsten starb nicht. Das einzig Positive war, dass die Hindus auf Bali jede Beerdigung als ein Freudenfest feierten. So gab es immer reichlich zu essen und zu trinken. Hans-Dieter wurde mit einer Alkoholvergiftung ins Krankenhaus eingeliefert. Torsten nicht. Fünfundzwanzigtausend Euro ließen wir auf Bali.

Zum neunundachtzigsten Geburtstag hatte der Professor Onkel Torsten das Buch von diesem Krakauer geschenkt: *In eisige Höhen*. »Das wäre mal ein Tod!«, schwärmte er. »Auf dem Gipfel des Mount Everest von einem Schneesturm überrascht werden und dann miterleben, wie der Körper Stück für Stück zu Eis wird!« Wir versicherten ihm, dass das bestimmt ein einmaliges Erlebnis sei. Wir begleiteten ihn nur bis zum Basislager. Selbst dort war es kalt genug. Ottos Zehen bekamen zu viel Frost ab; einer musste schließlich amputiert werden. Torsten bestieg den Mount Everest; Torsten kam heil zurück. Da Otto per Hubschrauber ausgeflogen werden musste, kostete dieses Abenteuer knappe hunderttausend Euro.

Und schon hatte Torsten eine neue Idee. »Antarktis«, sagte er. »Was haltet ihr davon, wenn wir wie einst Robert Falcon Scott zu Fuß zum Südpol marschieren? Ihr lasst mich schließlich in unserem Zelt allein zurück. Und während ich verhungere und erfriere, schreibe ich rührende Abschiedsbriefe und führe ein Tagebuch, auf das meine Enkel stolz sein werden!«

»Du hast keine Enkel«, erinnerte ich Torsten.

»Wir können uns keine Kinder leisten«, sagte Otto. »Als Handwerker hat man heutzutage ganz schön zu kämpfen.« Der schmale Gewinn, den seine Arbeit als Tresorknacker abwarf, ging für die Beiträge für *Amnesty International* drauf.

»Nicht einmal Frauen können wir uns leisten«, ergänzte Hans-Dieter. Die Elke war ihm davongelaufen. Mit unserem Geld.

»Dein Vorschlag ist im Prinzip gar nicht so schlecht«, sagte ich nach kurzem Überlegen. Und bevor meine angeblichen Brüder ihren Protest äußern konnten, fügte ich hinzu: »Eine Expedition ganz ans Ende der bekannten Welt. Aber dazu brauchen wir nicht bis in die Antarktis zu reisen. Es gibt in Schottland einen Leuchtturm, in dem Unterkünfte vermietet werden. Rua Reidh heißt er. Er steht auf den Felsen am Rande des tosenden Atlantiks …«

»Zu gewöhnlich«, entschied Torsten.

Ich schüttelte den Kopf. »In fünf Kilometern Entfernung liegt eine der berühmtesten Gin-Brennereien überhaupt, die man durch einen schmalen Pfad am Rande der Klippen erreichen kann. Man muss nur dicht genug an der Steilkante bleiben, sonst gerät man in den Sumpf, und das Moor ist bodenlos.«

»Gin!«, sagte Otto, und seine Augen bekamen neuen Glanz.

»Gin ohne Ende«, ergänzte ich.

»Gin mit Ende«, widersprach Torsten. »Ende mit Gin. Doch, du hast recht, Kleiner, das scheint mir ein geeigneter Ort, um zu sterben.«

Ich mochte es nicht, wenn er mich »Kleiner« nannte. Ich war immerhin deutlich größer als er. Aber ich hielt den Mund. Wenn man eine Million erben will, muss man manchmal den Mund halten.

Hans-Dieter schwärmte: »Du hörst das Brausen der Brandung, du trinkst einen Gin nach dem anderen und stürzt dich schließlich genau wie bei Schiller mit dem geleerten Becher in die Tiefe.«

»Wunderbar«, sagte ich. Er meinte den *Taucher.* Ich hielt es für überflüssig, ihn darauf hinzuweisen, dass in dem Gedicht niemand nach dem Verzehr einer Überdosis Gin zu Tode gekommen war.

So machten wir uns auf den Weg. Alle waren zufrieden. Wir Brüder, weil die Kosten dieses Ausfluges deutlich geringer waren als bei einer Expedition zum Südpol, sodass für uns doch noch ein schöner Anteil von Torstens Erbe übrig bleiben würde. Und auch Torsten war zufrieden, weil diese Art des Todes doch immerhin die gewünschte Dramatik bot.

Wir waren zu viert. Susanne und ihr Professor kamen nicht mit. Sie hatten von vornherein bei dem Projekt »Erbonkel« außen vorgestanden. Ich nahm an, dass sie inzwischen Kontakt zu dem geheimnisvollen Zwillingsbruder unseres Selbstmordkandidaten aufnehmen wollten.

Alles wäre perfekt gewesen, wenn ich das Quartier im Leuchtturm im Voraus gebucht hätte. Konnte ich ahnen, dass das nötig war? Wer würde sich denn zu dieser Jahreszeit bei Sturm und Regen in einem Leuchtturm am Ende der Welt einmieten wollen? Aber offenbar gab es genug Verrückte, die genau das vorhatten. Alle Zimmer im Leuchtturm waren belegt.

Zum Glück hatte ich vorgesorgt und für eventuelle Notfälle das Zelt eingepackt. Allerdings war es nur ein Zelt für zwei Personen. Es stammte noch aus der Zeit, als ich mit Sigrid zusammen in Urlaub gefahren war. Damals hatte sie noch nicht solche großen Ansprüche.

»Das ist aber klein«, maulte Hans-Dieter.

Ich versicherte ihm, dass das Zelt auch durch Nörgelei nicht größer würde. Und da wir nicht bei einbrechender Dunkelheit die paar Dutzend Meilen auf der schmalen Straße durch das Moor zurückfahren wollten, mussten wir uns mit dieser behelfsmäßigen Unterkunft begnügen.

Torsten schüttelte den Kopf. »Du mutest mir auf meine letzten Tage einiges zu«, sagte er.

Tage? Es konnte sich nur noch um Stunden handeln. Ich erinnerte ihn an den Gin. Da wurde er still. Das Problem war nur, dass es in der näheren und weiteren Umgebung überhaupt keine Gin-Brennerei gab. Nur das Moor, die steilen Klippen und die tosenden Wellen. Aber ich war mir sicher, es würde auch ohne den Gin alles gut ausgehen.

Ich hatte vier Luftmatratzen mitgebracht. Wir brauchten aber nur zwei, weil mehr in das Zelt nicht hineinpassten.

»Als Nichtraucher«, sagte ich zu Torsten, »hast du bestimmt die beste Puste. Wahrscheinlich ist es am sinnvollsten, wenn du die Luftmatratzen aufbläst.«

»Ich soll mich nicht anstrengen«, sagte Torsten. »Das hat mir mein Arzt verboten.«

Hans-Dieter lachte. »Soll das etwa heißen, dass du das tust, was dein Arzt dir sagt?«

Natürlich nicht. Torsten blies die Luftmatratzen auf, mit großem Eifer, sodass er schließlich krebsrot war und nach Luft japste wie ein Fisch auf dem Trockenen, aber sonst ging es ihm prima. Er erholte sich schnell.

»Seid mal still«, sagte er plötzlich. »Ich höre da was.«

Wir hörten nichts. »Das ist dein Tinnitus«, meinte Otto.

»Unsinn!«

Nein, es war wirklich nicht der Tinnitus, sondern es war ein Streifenwagen der schottischen Polizei.

Hans-Dieter schlenderte unauffällig zum Rand des Parkplatzes, schwang sich über den Zaun und verschwand in der Tiefe. Er hatte ständig ein schlechtes Gewissen. Hoffentlich hatte er vorher nachgesehen, wie tief unter ihm der Strand lag. Torsten sagte: »Ich muss mich hinlegen.« Er verkroch sich im Zelt. Otto murmelte: »Pilze. Wahrscheinlich gibt es hier irgendwo Pilze.« Er machte sich mit der Taschenlampe auf die Suche.

Ich ging hinüber zu den Polizisten. »Ist irgendetwas passiert?«, fragte ich.

Der eine der beiden Polizisten schüttelte den Kopf. »Nein, wir sind nur zu Besuch hier. Zwei unserer Leute haben sich über das Wochenende im Leuchtturm eingemietet. Wir bringen ihnen die Lebensmittel.«

Sein Kollege war schon dabei, zwei Kisten Bier in den Leuchtturm zu schleppen. Er wurde von seinen Freunden mit lautem Jubel begrüßt.

Fest stand, dass die Polizisten sich nicht für uns interessierten. Ich half Hans-Dieter, die steile Kante vom Strand wieder hochzusteigen, holte Torsten zum Kartoffelschälen aus dem Zelt und rief Otto vom Moor zurück – zu spät, er war inzwischen schon bis zu den Knien im Morast eingesunken. Ich zog ihn raus und nahm seine Taschenlampe. Ich hatte bei unserer Ankunft bemerkt, dass es hier Hühner gab. Ich machte mich auf die Suche nach den Eiern.

Es gab Bratkartoffeln mit Rührei. Unsere Stimmung war nicht ganz so gut wie die der Polizisten, die wir im Leuchtturm feiern hörten. Wir hatten nur zwei Dosen Bier, mit denen wir sehr sparsam umgehen mussten. Torsten schlug vor, ich sollte die Polizisten fragen, ob sie uns ein paar Flaschen ausleihen könnten, aber das traute ich mich nicht. Womöglich wurde ich inzwischen wegen der Entführung aus dem Altersheim schon per internationalem Haftbefehl gesucht.

Wir gingen früh schlafen. »Was ist, wenn jemand mal muss?«, fragte Hans-Dieter im Halbschlaf.

»Der Klappspaten liegt direkt am Zelteingang.«

Am nächsten Morgen war die Stimmung auf dem Tiefpunkt. Nachts hatten wir nicht schlafen können, weil Torsten wieder einmal einen seiner Anfälle hatte und laut um Hilfe schrie. Als er endlich eingeschlafen war, weckte uns das Geschrei der Möwen erneut. Torsten wollte endlich den versprochenen Gin zum Frühstück haben, wo er schon am Abend keinen gekriegt hatte. Wir hatten aber keinen Gin. Wir hatten nicht einmal mehr Bier. Der nächste Supermarkt war Dutzende von Meilen entfernt; niemand erwog ernsthaft, dort jetzt hinzufahren. Es gab auch kein Müsli. Die Hühner hatten es im Vorzelt entdeckt und sich darüber hergemacht. So blieb uns nur die Milch. Ich hatte sie vorsichtshalber in Form von Trockenmilch aus Deutschland mitgebracht, da ich nicht geglaubt hatte, dass wir auf der Insel irgendetwas anderes als Alkohol trinken würden.

»Ich mag kein Milchpulver«, maulte Otto.

Ich ging in den Leuchtturm und holte Wasser. »Jetzt sieht es aus wie Milch.«

Nach dem Frühstück stand die angekündigte Expedition zur Gin-Brennerei auf dem Programm. Beim Aufbruch war Torsten in Hochstimmung: »Der letzte Tag meines Lebens ist zugleich der schönste Tag meines Lebens! Gin ohne Ende bis zum Ende und dann der Sturz in den tosenden Atlantik! Wunderbar!«

Was den tosenden Atlantik anging, verlief der Auftakt zu diesem großen Tag jedenfalls verheißungsvoll. Der Wind hatte gewaltig aufgefrischt; das Meer zeigte

Schaumkronen auf den dunkelgrauen Wellen, und ein vorwitziges Huhn wurde von einer Bö erwischt und über die Kliffkante geblasen.

Als wir gerade losgehen wollten, sah Otto mich an. »Du bleibst hier!«

Torsten widersprach: »Ich habe mir meine Trauerfeier so vorgestellt, dass ihr alle mit dabei seid!«

Aber Otto war unerbittlich. »Das haben wir doch jetzt schon dreimal gehabt. Dieses Mal machen wir es anders. Der Kleine ist immer so sentimental. Das versaut einem die ganze Stimmung.«

»Na schön, dann bringt ihm wenigstens auf dem Rückweg ein paar Flaschen Gin mit.«

Ja, das versprachen meine Brüder. Schade nur, dass es weit und breit überhaupt keine Gin-Brennerei gab. Der Plan war, dass Torsten bereits auf dem Weg zu dieser angeblichen Brennerei ums Leben kommen sollte. Wenn sie ein Stück weit gegangen waren, würden sie eine Pause einlegen und ein zweites Frühstück verzehren. Hans-Dieter hatte extra zu diesem Zweck ein Brötchen mit einem vergifteten Fisch präpariert. Wenn dieser Anschlag aus irgendeinem Grunde scheitern sollte, weil Torsten vielleicht keinen Fisch mochte, so würde den beiden nichts anderes übrig bleiben, als unseren lebensmüden Erbonkel eigenhändig in den Abgrund zu stürzen.

Ich sah zu, wie die drei Wanderer sich auf den Weg machten. Torsten winkte mir noch einmal fröhlich zu, dann verschwanden sie auf dem schmalen Pfad, der unmittelbar an der Oberkante des Steilufers entlang in Richtung Norden führte. Ich zog mich in den Windschutz unseres Zeltes zurück.

Die nächsten Stunden geschah wenig. Ich konnte vom Zelt aus beobachten, wie ein weiteres Huhn ins Meer geweht wurde. Wenig später kamen die beiden uniformierten Polizisten aus dem Leuchtturm. Sie schwankten ziemlich, aber möglicherweise lag das am Wind. Die beiden Bierkästen waren jetzt leer – bis auf eine Flasche, die die freundlichen Männer mir schenkten.

Ich saß also im Zelt, trank mein Bier und überlegte, was ich alles mit meinem Erbe anfangen würde. Ich kam nicht weit mit meinen Überlegungen. Wahrscheinlich waren die Aufregungen der letzten Tage zu viel für mich gewesen; jedenfalls schlief ich nach kurzer Zeit ein.

Es war früher Nachmittag, als ich erwachte. Der Wind hatte nachgelassen; die Sonne zeigte sich kurz zwischen den Wolken, und es wurde warm im Zelt. Ich sah auf die Uhr. Jetzt müssten die anderen allmählich zurückkommen, dachte ich. In der Tat sah ich, dass sich eine Gestalt den Pfad entlang in Richtung Leuchtturm bewegte. Ja, es war tatsächlich nur eine Gestalt. War es Otto? Oder doch Hans-Dieter?

Es war weder Otto noch Hans-Dieter, es war Torsten. »Es hat nicht geklappt«, sagte er. »Es hat einfach nicht geklappt. Ich hatte ja schon gleich meine Bedenken. Ich habe den Mund gehalten, aber jetzt, nach dieser Pleite, da bin ich mir sicher, wir sollten doch in die Antarktis fahren.«

»Wo sind die anderen?«, fragte ich.

»Futsch«, sagte Torsten.

»Futsch?«

Torsten nickte. Er berichtete, was geschehen war. Der erste Teil der Expedition war offenbar nach Plan verlaufen. Sie waren fast zwei Stunden lang hintereinander hergetrottet, und dann hatte schließlich Hans-Dieter vorgeschlagen, dass sie eine Pause machen sollten. Er hatte seine Regenjacke ausgebreitet, damit sie sich in das feuchte Gras setzen konnten, und dann hatte er das Brötchen ausgepackt.

»Mann, hatte ich einen Hunger!«, sagte Torsten. »Der Hans-Dieter, der hatte ein so leckeres Fischbrötchen vorbereitet, mit Gurke und Zwiebelringen – einfach perfekt!«

Doch Hans-Dieter hatte nicht auf die Umgebung geachtet. Während er Torsten das Brötchen anbot, hatte sich eine Möwe darauf gestürzt, den Fisch gepackt und war damit davongeflogen. Eine Sekunde lang war Hans-Dieter wie erstarrt; dann reagierte er und rannte schreiend hinter dem Vogel her. Fast hätte er die Möwe noch gegriffen, aber schließlich schwang sie sich in einer eleganten Linkskurve über das Meer hinaus, und Hans-Dieter stürzte in den Abgrund.

»Tot?«, fragte ich.

»Ja, natürlich. Wer da runterfällt, der ist nicht mehr zu retten. Und wenn er wirklich noch leben sollte, wenn er unten ankommt, dann schmettert ihn die Brandung so lange gegen die Felsen, bis kein Leben mehr in ihm ist.«

»Furchtbar«, sagte ich.

»Nein, wunderschön!«, widersprach Torsten. »Aber er wollte ja überhaupt gar nicht auf diese Weise sterben. Dieses Ende war für mich vorgesehen, verstehst du? Er hat es mir einfach weggenommen. Und dann auch noch ohne Gin, ohne alles! Einfach so ist er in die Tiefe gesprungen! Das war nicht richtig.«

»Nein, das war nicht richtig. Das war so nicht vorgesehen – und wo ist der Otto?«

»Ja, der Otto ...« Torsten zuckte mit den Schultern.

»Was ist mit dem Otto passiert?«

»Der Otto – der muss einfach durchgedreht sein. Als er gesehen hat, dass sein Bruder sich einfach so ohne irgendeinen vernünftigen Grund in die Tiefe gestürzt hat, da hat sein Verstand ausgesetzt. Er ist einfach losgerannt. Direkt auf mich zu! ›Nicht!‹, habe ich noch gerufen, aber er war wie von Sinnen. Ich konnte im letzten Moment noch zur Seite springen, sonst hätte er mich glatt umgerannt. Er ist an mir vorbeigeschossen, direkt über die Kante, und dann abwärts.«

»Wie entsetzlich!«

»Ja, furchtbar. Ich komm überhaupt nicht darüber hin. Das hat mir den ganzen Tag versaut. Verstehst du: Ich wollte heute sterben! Ich! Mein großer Tag sollte das sein! Darauf habe ich monatelang hingearbeitet, darauf habe ich mich gefreut wie ein Kind auf Weihnachten, und nun haben mir meine beiden Neffen dieses fantastische Ende einfach weggenommen. – Ich weiß nicht, was in sie gefahren ist. Sie hätten doch Jahre, wenn nicht Jahrzehnte Zeit gehabt, sich einen eigenen wunderschönen Freitod auszudenken, aber das jetzt – das war nicht fair.«

»Nein, das war nicht fair«, sagte ich mechanisch. Sollte ich ihm einen Vorwurf machen? Alte Menschen denken oft nur noch an sich selbst. Das hatten wir schon immer gewusst, wenigstens seit wir uns auf diese großartigen Inszenierungen eingelassen hatten.

»Und weißt du, was das Allergemeinste ist?«

»Nein.«

»Das Allergemeinste ist, dass es diese Gin-Brennerei, von der die beiden erzählt haben, dass es die überhaupt gar nicht gibt! Ich bin noch über eine Stunde weiter nach Norden gelaufen. Ich habe gedacht, irgendwo muss diese *Distillery* doch sein, aber am Ende hatte ich schließlich einen freien Blick über viele Meilen weit nach Norden, und ich kann dir sagen, dort gibt es nirgendwo eine Gin-Brennerei.«

»Wahrscheinlich haben die beiden sich getäuscht«, sagte ich.

»Ja, möglich. Vielleicht haben sie mich aber auch einfach reinlegen wollen. Ich hab das schon länger beobachtet: Die beiden haben es nie gut gefunden, wenn ich mich betrunken habe.«

»Sie haben sich Sorgen gemacht«, versuchte ich zu erklären.

Torsten schüttelte den Kopf. »Nein. Das glaube ich nicht.«

Es gelang mir schließlich, meinen enttäuschten Onkel zu beschwichtigen. »Pack das Zelt ein«, sagte er, »wir fahren in die Antarktis. Auf kürzestem Wege. Du organisierst den Flug. Und wir brauchen Hundeschlitten und Motorschlitten und Ponys und jede Menge Konserven und Schreibmaterial für das Tagebuch und die Abschiedsbriefe.«

»Ich glaube nicht …«, versuchte ich ihn zu bremsen.

»Und Gin natürlich, jede Menge Gin.«

»Scott hatte Tee dabei«, sagte ich.

»Tee? – Das war sein Fehler! Wenn Scott genügend Gin gehabt hätte, dann wären seine Abschiedsbriefe bedeutend fröhlicher ausgefallen!«

»Ich komme nicht mit.«

Torsten hörte nicht zu. »Am besten rufst du gleich in Cambridge beim *Scott Polar Research Institute* an; die wissen genau, was man für so eine Expedition braucht. Eine Flagge natürlich; um das Ganze richtig in Szene zu setzen, brauchen wir eine Flagge. Eine deutsche Flagge, schön groß natürlich. Und ein größeres Zelt brauchen wir auch. In diesem lächerlichen Ding hier ist ja nicht genug Platz zum Tagebuchschreiben.«

»Ich komme nicht mit«, wiederholte ich.

Torsten sah mich überrascht an. »Was hast du gesagt?«

»Das ist ein Wahnsinn. Deine ganzen Todes-Inszenierungen sind vollkommen wahnsinnig. Zwei deiner Neffen sind schon dabei draufgegangen. Ich will nicht der dritte sein; das mache ich nicht mit.«

Ja, Torsten war wahnsinnig. Mit einem Schrei stürzte er sich auf mich. Er schlug mit dem Klappspaten auf mich ein. Schon lag ich am Boden, das Blut lief mir über das Gesicht. Das ist das Ende, dachte ich.

Ich hatte Glück. Die beiden betrunkenen Polizisten im Leuchtturm hatten meine Schreie gehört; sie kamen herausgewankt, packten meinen Nennonkel und legten ihm Handschellen an. Fußschellen wären besser gewesen, aber die hatten sie nicht dabei. Plötzlich rannte Onkel Torsten los.

»Halt, stehen bleiben!«

Er rannte weiter. Die Polizisten waren zu langsam. Torsten erreichte die Kliffkante, und mit einem begeisterten Schrei stürzte er sich in die Tiefe. Ich atmete auf. Und plötzlich wurde mir klar, dass ich jetzt reich war. Das Erbe ging ja nicht mehr durch drei, sondern ich würde alles bekommen – wenn es denn diese Million überhaupt gab. Bei meinem Onkel musste man mit allem rechnen.

Vier Wochen später wusste ich, dass ich nichts bekommen würde. Aber das Schlimmste war, dass der Professor inzwischen mit Maxim Feldbauer in Verbindung getreten war, und sie waren übereingekommen, dass sie gemeinsame Sache machen würden – ohne mich. Susanne war es, die mich schließlich ins Bild setzte.

»Der *King of Crime* erwartet natürlich, dass der Professor viel Geld in das gemeinsame Unternehmen einbringt«, sagte Susanne. »Aber du weißt ja selbst, wie es mit unseren Finanzen aussieht.«

»Der Professor hat doch seinen Anteil in Aktien angelegt«, meinte ich mich zu erinnern.

»Ja, aber er hat auf das falsche Pferd gesetzt«, wusste Susanne. »*Petrobras* hat in den letzten Jahren fast fünfzig Prozent an Wert verloren. Es gab da diesen Korruptionsskandal ...«

Gut, dass ich meinen eigenen bescheidenen Anteil lieber in den Strumpf gesteckt hatte!

»Jedenfalls musste er das Haus verkaufen, um genügend Geld flüssig zu machen.«

»Die Villa in Sasel?«

Susanne nickte.

»Wie furchtbar.« Es würde also keine gemeinsamen Abende am Kamin mehr geben. Unser Kreis war ja sowieso ziemlich klein geworden. Eigentlich nur noch ein Dreieck. »Und was machst du jetzt?«

Susanne seufzte. »Der Professor hat mich gefragt, ob ich mitgehe ...«

»Ins Altersheim?«

»Ja. Nein. Das ist kein Altersheim im üblichen Sinne, Jürgen. Das ist eine Residenz. Für Senioren und andere. Es gibt keine Altersbeschränkung. Wer die neuntausend im Monat bezahlen kann, der kann auch schon mit achtzehn dort einziehen.«

Ich war entsetzt. »Susanne, du machst einen großen Fehler!«

»Ja, vielleicht. Ich weiß es nicht, Jürgen. Ich habe einmal einen Fehler gemacht, als ein Mensch mich gebraucht hat, und ich bin einfach weggegangen. Diesen Fehler will ich jedenfalls nicht wiederholen.«

»Der Fehler wird nicht dadurch korrigiert, dass du jetzt einen anderen Fehler machst!«

»Ja«, sagte Susanne.

Ich seufzte.

Susanne gab mir einen Kuss. »Vielleicht überlege ich es mir ja anders«, sagte sie. »Ich hab ja deine Telefonnummer. Ich rufe dich an. Ich darf dich doch einfach anrufen, oder?«

Susanne

Ich war verzweifelt. Ein paar Tage konnte ich mich dadurch ablenken, dass ich mir eine neue Wohnung suchte und all die Formalitäten erledigte, die damit zusammenhingen. Aber als all das erledigt war, wusste ich nicht, was ich tun sollte. Ich meldete mich arbeitslos.

Der Mann, der meinen Antrag entgegennahm, sah mich bedauernd an. »Grafiker? In Ihrem Alter? Ich fürchte, da habe ich im Augenblick nichts für Sie.« Ich hatte nichts anderes erwartet.

Die letzten Jahre waren hektisch gewesen. Was für ein abenteuerliches Leben hatte ich geführt! Jetzt auf einmal hatte ich sehr viel Zeit. Ich setzte mich in den Stadtpark und las *Die unerträgliche Leichtigkeit des Seins*. Das hatte ich schon immer lesen wollen, aber es half mir nicht weiter. Ich saß da und las und fror und dachte an Susanne, die ich wohl nie wiedersehen würde.

Vier Wochen später rief sie an.

»Könntest du mich bitte besuchen?«, sagte sie.

»Ja, natürlich.«

Zwei Stunden später war ich bei ihr.

»Na, wie geht es dir?«, fragte ich.

Susanne lächelte. »Gut«, sagte sie. Sie lag in einem hellen, freundlichen Zimmer, auf dem Nachttisch stand ein großer Blumenstrauß, und aus dezent versteckten Lautsprechern klang leise Musik. »Es geht mir ganz großartig, die Betreuer sind freundlich, und wenn ich irgendetwas haben möchte, brauche ich nur die Eins zu drücken.« Sie wies auf ihr Handy.

»Und warum liegst du im Bett?«, fragte ich. Immerhin war es heller Vormittag.

»Ich weiß nicht.«

»Du bist aber nicht krank, oder?«

»Nein, Jürgen, ich bin nicht krank. Mir geht es ganz hervorragend. Ich bin so ausgeglichen, so zufrieden wie noch nie in meinem Leben. Vielleicht gehe ich nachher in den Park. Wir haben einen riesigen Park mit schönen alten Bäumen. Sogar Rehe gibt es hier!«

»Damhirsche«, sagte ich.

»Ach, das sind Damhirsche? Sie sind gar nicht scheu. Man darf sie füttern. – Alles ist wunderschön. Weißt du, früher habe ich immer Angst gehabt, dass irgendetwas passieren würde. Irgendetwas Furchtbares. Aber jetzt – jetzt habe ich fast gar keine Angst mehr.«

Ich wusste nicht, was ich davon halten sollte. »Wollen wir nach unten gehen und die Hirsche füttern?«, fragte ich.

»Ja«, sagte Susanne, »lass uns das tun.«

Ich war alarmiert. Das war nicht die Susanne, die ich kannte. Irgendetwas stimmte nicht mit ihr.

Sie zog ihren Bademantel an, und wir gingen nach draußen. Eine Frau im weißen Kittel rief hinter uns her: »Haben Sie Ihre Pille genommen?«

»Ja, natürlich«, antwortete ich. Aber selbstverständlich meinte sie Susanne.

»Du kriegst also Medikamente?«, fragte ich, als wir außer Hörweite waren.

»Ja. – Aber ich habe sie nicht genommen. Schon seit gestern Abend. Ich wollte klar im Kopf sein, wenn du kommst.«

»Und – bist du klar im Kopf?«

»Ja, so ziemlich. – Komm, wir gehen ein Stück weit in den Wald hinein, wo man uns nicht sehen kann. Und wo man uns nicht hören kann.«

»Glaubst du, ihr werdet abgehört?«

»Wahrscheinlich nicht. Aber – um ehrlich zu sein: Ich weiß es nicht. Es ist alles sehr schön hier, aber es ist alles auch sehr seltsam. Wenn ich ernsthaft darüber nachdenke, dann beunruhigt es mich ein bisschen.«

»Und der Professor? Was sagt der dazu?«

»Ich sehe Hasso sehr selten. Und wenn wir uns begegnen, dann ist er meist mit den Gedanken ganz woanders.«

»Das war er doch schon immer.«

»Ja, in gewisser Weise. Aber dies ist neu. Ich würde sagen, er blüht auf. Er sagt, so viele interessante Anregungen habe er noch nie in seinem Leben bekommen. Stell dir vor: Er kommuniziert mit Einstein!«

»Aber der ist doch schon lange tot!«

»Ja, das hatte ich auch gedacht. Aber Hasso hat es mir selbst gezeigt. Ich habe es mit eigenen Augen gesehen, wie er mit Einstein geredet hat, auf dem Bildschirm natürlich, und Hasso hat mich dem Herrn Einstein vorgestellt.«

»Und? Hat er dir die Zunge herausgesteckt?«

»Nein, er war sehr nett und höflich zu mir.«

»Das ist alles nicht echt«, sagte ich. »Das ist irgendeine Computersimulation. Sie machen es hier möglich, dass du den Mount Everest besteigst. Das heißt, du glaubst, dass du den Mount Everest besteigst, aber in Wirklichkeit ist das alles nur eine Simulation. Und wenn du einen Fehler machst und normalerweise abstürzen würdest, dann läuft das Programm langsamer, damit du wieder festen Halt finden kannst. Torsten hat davon erzählt ...«

»Der Zwillingsbruder, ja, ich weiß. – Wahrscheinlich hast du recht, und dies ist alles nur ein geschickter Computertrick, aber ich verstehe nicht, wie das gemacht wird. Ich habe mit meiner Mutter gesprochen, Jürgen ...«

»Aber deine Mutter ist doch seit mehr als zehn Jahren tot!«

Susanne nickte. »Sie ist tot, und dennoch spricht sie mit mir. Sie sieht nicht genauso aus wie damals, als ich sie zuletzt lebend gesehen habe, aber das kann ich natürlich auch nicht erwarten. Sie ist älter geworden, genau wie ich.«

»Wie ein Mensch altert, das kann man im Computer simulieren. Aber dazu muss man natürlich erst einmal wissen, wie er früher ausgesehen hat. Hast du Fotos von deiner Mutter? Oder möglicherweise sogar Filme? Hast du sie der Heimleitung gegeben?«

Susanne überlegte. »Es fällt mir schwer, mich auf diese Dinge zu konzentrieren«, sagte sie. »Ich weiß nicht genau, was ich gemacht habe. Mir ist so, als hätte ich irgendetwas unterschrieben, dass sie all meine Sachen haben dürfen. Ich glaube, sie haben gesagt, dass das nötig ist, um die Behandlung vollkommen auf mich abzustimmen. Jeder Mensch ist doch unterschiedlich, und darauf wollen sie eingehen.«

»Aber du brauchst doch gar keine Behandlung.«

»Das habe ich auch gedacht, Jürgen, aber sie haben gesagt: Jeder Mensch braucht eine Behandlung.«

Wir waren inzwischen ein ganzes Stück weit in den Wald hineingegangen. Wir folgten einem mit gelbem Kies bestreuten Weg, von dem ich annahm, dass er ein Rundweg sei, der uns am Ende wieder zum Heim zurückbringen würde. Über uns zwitscherten Vögel im Laub. Ich blickte nach oben, konnte aber keines der Tiere entdecken. Ich fragte mich, ob das Gezwitscher womöglich auch nur vom Band kam.

»Der Professor bedeutet mir nichts mehr«, sagte Susanne unvermittelt. »Er ist für mich erledigt.«

Ich sah sie überrascht an.

»Er hat mich angelogen. Er hat uns alle angelogen. Ich habe im Internet alle Vorlesungsverzeichnisse der Universität Hamburg seit dem Ende des Zweiten Weltkriegs nachgeschlagen. Einen Professor Hasso von Lohbergen hat es niemals gegeben. Und seine guten Beziehungen zur Justiz stammen nicht aus der Universität, sondern aus seiner Mitgliedschaft im *Golfclub Sasel*.«

»Hast du ihn darauf angesprochen? Was hat er gesagt?«

Susanne lächelte. »Er hat alles zugegeben«, sagte sie. »Er hat gesagt, er sei zwar Professor, aber nicht in Deutschland. Der Titel ist echt, aber er hat ihn sich gekauft. Es gibt im Internet eine ganze Reihe von Anbietern. Du kannst alles kaufen. Diplome, Doktortitel, Adelstitel, alles. Sein Professorentitel kommt aus Moskau. Natürlich nicht von der Lomonossow-Universität, sondern von irgendeiner pseudowissenschaftlichen Vereinigung.«

»Wer hätte das gedacht«, sagte ich. Ich jedenfalls nicht. Ich war zu gutgläubig.

»Er hat keine Universitätskarriere aufgegeben, wie er uns weisgemacht hat. Er war in seinem ganzen Leben immer ein Hochstapler. Als ihm das nicht mehr ausgereicht hat, hat er seinen Geschäftsbereich erweitert. Otto war sein erster Mitarbeiter. Du weißt ja, wie sehr sich Otto von Titeln beeindrucken ließ.«

»Und das hat Hasso alles zugegeben? Warum?«

Susanne zuckte mit den Achseln. »Er braucht das nicht mehr«, sagte sie. »Er braucht auch mich nicht mehr. Hier in der Residenz sind wir in einer völlig neuen Welt …«

Auf der linken Seite sah ich jetzt in einiger Entfernung die Mauer, die den Park und das Heim umgab. Es war eine glatte Klinkermauer, schätzungsweise drei Meter hoch. Bei der Befreiung des Zwillingsbruders hatten wir ein Loch hineingesprengt, aber das Loch war nicht mehr da. Es war unmöglich, die Mauer ohne Zuhilfenahme einer Leiter zu überqueren.

Die Überwachungskameras bemerkte ich erst, als ich den Weg verließ und zwischen den Bäumen hindurch auf die Mauer zuging. Die Kameras waren nahe der Mauerkrone angebracht, und es schien so, dass sie zur Überwachung eines vegetationsfreien Streifens am Fuße der Mauer dienten. Dieser Streifen war völlig frei von Laub und Unkraut, und ganz offensichtlich hatte ihn jemand erst kurz zuvor geharkt.

»Ihr werdet überwacht«, sagte ich. Ich wies auf die Kameras.

Susanne sah mich zweifelnd an. »Die Kameras bedeuten gar nichts«, entschied sie. »Solche Überwachungskameras gibt es in jedem Einkaufszentrum, auf jedem Bahnhof, auf allen Straßen und Plätzen. Sie dienen der Sicherheit. Wahrscheinlich sind diese Kameras nur dazu da, dass man sofort feststellen kann, wenn jemand von außen in dieses Gelände eindringen will.«

Ich sagte: »Susanne, die Kameras sind auf der Innenseite. Es geht nicht darum, dass niemand in diesen Park eindringen soll. Es geht darum, dass niemand aus diesem Park herausgehen soll.«

Susanne fasste sich an die Stirn. »So, wie du das sagst, klingt es überzeugend. Aber ich weiß nicht, ob ich das wirklich wissen will. – Doch, vielleicht sollte ich das wissen. Aber es ist ein bisschen so, als ob man einen wunderschönen Traum hat und versucht, mit aller Gewalt daran herumzukratzen und den Traum zu zerstören.«

»Es ist ein Albtraum, Susanne!«

Sie schüttelte den Kopf. »Ich glaube nicht. Ich weiß nicht. – Ich habe Kopfschmerzen, Jürgen. Vielleicht kommt das von dem Medikament, das ich nicht genommen habe.«

Ich sah sie besorgt an.

Susanne lachte. »Du guckst so, als ob ich gerade irgendetwas entsetzlich Gefährliches tun wollte, dabei bin ich doch einfach nur hier in dieser wunderbaren Welt …«

»Es ist nur eine Computersimulation, Susanne! Es ist nicht die richtige Welt. Alles, was du hier zu sehen und zu erleben glaubst, das ist künstlich gemacht, das ist gelogen.«

Sie rieb sich über die Stirn. »Gelogen?«

»Ja, gelogen! Und dieses wunderbare Heim mit seinen freundlichen Menschen und den großartigen Computerprogrammen, das ist eine einzige Lüge. Du glaubst, du hast hier unendliche Freiheit, aber in Wirklichkeit ist das nur ein Märchen, und du steckst in einem Gefängnis!«

»Glaubst du?«

Ich nickte.

»Mag sein, dass du recht hast. Aber will ich das wirklich wissen? Wer will die Wahrheit wissen, wenn doch die Lüge so perfekt ist? Du verstehst das nicht, aber wenn du auch hierherkommen würdest …«

»Ich werde nicht hierherkommen, Susanne. Im Gegenteil: Ich werde dich hier rausholen!«

Susanne lachte. »Das klingt wie ein weiteres Märchen. Du bist der edle Königssohn, der das arme Dornröschen aus seinem Gefängnis befreit. Ich werde davon träumen. Ich werde …« Sie unterbrach sich und rieb mit beiden Händen ihre Stirn. »Entschuldige«, sagte sie, »aber es tut ziemlich weh. Ich glaube, es ist besser, wenn wir in das Haus zurückgehen. Ich glaube, es ist besser, wenn ich meine Pille jetzt nehme.«

»Nein, Susanne! Du musst hier raus! – Komm, wir gehen jetzt zurück, aber wir gehen nicht in dein Zimmer.

Wir gehen geradewegs zum Ausgang. Draußen auf dem Parkplatz steht mein Wagen. Da steigen wir ein und fahren davon.«

Susanne sah mich zweifelnd an. Ich selbst hatte auch meine Zweifel, aber es musste versucht werden. Wir gingen zurück durch den Park in Richtung der schlossartigen Residenz. Es passierte nichts. Aber während wir auf das Heim zugingen, wurde mir zum ersten Mal bewusst, dass außer uns beiden niemand in dem Park spazieren ging. Alle Patienten schienen vollauf damit zufrieden zu sein, sich in ihren Zimmern oder in den Gemeinschaftsräumen innerhalb der Residenz aufzuhalten.

Wir überquerten die Rasenfläche hinter dem Heim. Die Damhirsche waren echt, daran bestand kein Zweifel. Ich nahm Susanne bei der Hand, und wir gingen die Freitreppe hinauf. Wir durchquerten die Halle. Niemand hielt uns auf. Lediglich die Frau in der Pförtnerloge blickte kurz auf, als wir vorbeigingen, und griff zum Telefon. Wir gingen ohne Hast zum Ausgang, die gläserne Ausgangstür öffnete sich von selbst vor uns, und wir schritten nach draußen.

»Schnell«, sagte ich.

Susanne lachte, aber sie ging nicht schneller.

Ich drehte mich um und sah, dass zwei weiß gekleidete Pfleger hinter uns herkamen. Auch sie schienen keine besondere Eile zu haben. Wir erreichten den Parkplatz, stiegen in mein Auto und fuhren gerade in dem Augenblick los, als auch die Pfleger den Parkplatz erreichten. Einen Moment lang befürchtete ich, dass sie uns den Weg versperren würden, aber sie traten zur Seite und ließen uns passieren.

Aber noch hatten wir das Gelände der Residenz nicht verlassen. Hier draußen gab es einen hohen Zaun. Als ich gekommen war, war er mir gar nicht aufgefallen. Ich hatte nur das Heim gesehen, so etwa wie man bei einem Besuch in Schloss Schönbrunn nur das Schloss sieht und nicht den Zaun, der es umgibt. Das schmiedeeiserne Tor war jetzt geschlossen. Vor dem Tor warteten zwei weitere Pfleger. Ich hielt an, öffnete das Seitenfenster und sagte: »Lassen Sie uns durch!« Erst jetzt fiel mir auf, dass die beiden weiß gekleideten Männer, die ich für Pfleger gehalten hatte, Pistolen in den Händen hielten.

»Einen Moment bitte!« Ein weißhaariger Herr im Nadelstreifenanzug, den ich vorher nicht bemerkt hatte, war jetzt hinzugetreten. Er wirkte jünger als auf der Fotografie, aber es konnte kein Zweifel daran bestehen, dass er der Bruder des Mannes war, der in Schottland von den Klippen gesprungen war. Kein Zweifel, dies war Maxim Feldbauer, der *King of Crime*.

»Lassen Sie uns durch!«, wiederholte ich.

Er lächelte. »Selbstverständlich können Sie jederzeit das Heim verlassen, Herr Ehlers, aber vorher hätte ich gern noch ein paar Worte mit Ihnen gesprochen. Mit Ihnen allein. Steigen Sie bitte aus.«

Ich stieg aus. Einer der weiß gekleideten Männer brachte Susanne zurück ins Heim. Ich folgte Maxim Feldbauer in dessen Büro.

»Ich habe über die Missstände in deutschen Altersheimen einiges gehört und gelesen«, sagte ich, »aber dass man mit vorgehaltener Waffe daran gehindert wird, das Heim zu verlassen, das ist mir neu.«

»Ungewöhnliche Menschen erfordern ungewöhnliche Maßnahmen!« Der *King of Crime* lehnte sich in seinem Ledersessel zurück und sah mich lächelnd an. »Wenn ich mit Leuten zusammentreffe, die Löcher in meine Gartenmauer sprengen, dann muss ich vorsichtig sein. – Aber nichts für ungut! Dieser kleine Scherz ist vergessen und vergeben.«

»Keine Anzeige?«, fragte ich.

»Natürlich nicht. Das wäre Negativreklame für die Residenz. Und das Problem mit meinem Bruder hat sich, wie ich inzwischen erfahren habe, ja von selbst erledigt. Tut mir leid, dass er Sie angeschwindelt hat. Es war seit Langem festgelegt, dass das Geld nach seinem Tode an mich geht. – Aber ich will nicht über Torsten sprechen, sondern über das, was ich hier aufgebaut habe und für das mich Herr von Lohbergen scherzhaft als *King of Crime* bezeichnet hat!«

»Die Bezeichnung war ernst gemeint!«, sagte ich.

Feldbauer ignorierte meinen Einwurf. »Lassen Sie mich vorwegschicken, dass mir das Wohl alter und pflegebedürftiger Menschen sehr am Herzen liegt. Ich habe deshalb mein Geld in entsprechende Projekte investiert. Meine Firma *Capital Exploits* ist natürlich, wie alle Wirtschaftsunternehmen, darauf ausgerichtet, Profite zu machen. Unser Firmensitz ist zwar auf den Cayman Islands, aber wir sind ganz bestimmt keine menschenfressenden Krokodile. Wir sind Geschäftsleute, mehr nicht. Aber man darf nicht vergessen, dass die Betreuung alter Menschen eine der größten Wachstumsbranchen ist, die es gibt in unserem Land …«

»Es geht um Menschen«, unterbrach ich ihn. »Nicht um Gewinne!«

»Lassen Sie mich bitte ausreden, Herr Ehlers! Es geht um beides, um Menschen und Gewinne. Das Land, in dem wir beide aufgewachsen sind, verändert sich. Deutschland wird zu einem riesigen Altersheim. Jeder fünfte Deutsche ist schon heute mindestens fünfundsechzig Jahre alt. Tendenz steigend. Die Deutschen heiraten spät oder gar nicht, und sie kriegen kaum noch Kinder. Wir haben viel zu viele Alte und viel zu wenig Altersheime. Unsere Alterspyramide sieht aus wie ein Pilz, während im Vergleich die Alterspyramide von China aussieht wie ein Tannenbaum, dessen Äste bis auf die Erde reichen. Altersheime sind langfristig auf jeden Fall attraktiver als Banküberfälle oder Auftragsmorde. Ich habe Hasso von Lohbergen überzeugen können, dass es sich lohnt, in diesen Markt zu investieren. Und die Altersheime, die wir betreiben, das sind ganz besondere Altersheime.

Angefangen hat es damit, dass wir hier im Keller der heutigen Residenz ein Schießkino eingerichtet haben, wo die aktiveren unserer Rentner ihre Aggressionen loswerden konnten. Dann reichte das irgendwann nicht mehr aus. Wir haben Filme eingespielt, Wochenschau-Aufnahmen aus dem Zweiten Weltkrieg. Und schließlich haben wir das Ganze dann als ein Computerspiel programmieren lassen. Stalingrad. Als auch das als Nervenkitzel nicht mehr ausreichte, haben wir die Kälte ins Spiel gebracht. Und die Lebensmittelversorgung auf das Minimum reduziert. Auch weniger Schlaf. Wenn man die Augen zumacht, kommt der Russe und schneidet einem die Kehle durch. Das ist Hochspannung pur, da kommt keine Fernsehserie mit.«

»Aber nicht jeder will nach Stalingrad«, sagte ich.

»Nein. Ganz gleich, welche Träume Sie haben – wir erfüllen sie!«

»Sie greifen dabei auf Psychopharmaka zurück!«

»Eine medizinische Betreuung dieses Programms ist selbstverständlich erforderlich. Aber der Schwerpunkt liegt auf der Ausnutzung der modernen Technik. Unsere Ausgaben für Computersimulationen und alles, was damit zusammenhängt, sind höher als die Ausgaben für das Pflegepersonal. Das hat seine Vorteile. Für die Patienten liegt der Vorteil darin, dass die virtuelle Realität für vierundzwanzig Stunden am Tag für sie verfügbar ist. Wenn Sie sich mitten in der Nacht mit ihrer verstorbenen Großmutter unterhalten wollen, dann ist das überhaupt kein Problem. Und ein Computer hat niemals schlechte Laune. Er bewahrt immer die Fassung, auch wenn er zum fünften Mal innerhalb von zehn Minuten gefragt wird, wie spät es denn jetzt ist. Und unsere Klienten wissen das zu schätzen; sie sind mehr als zufrieden mit unseren Leistungen.«

»Ein Albtraum!«

»Nein, das genaue Gegenteil! Jeder von uns hat Träume, gute und schlechte Träume. Das ist normal. Wer allerdings hier bei uns lebt, der hat keine Albträume mehr. Bei uns können Sie Ihre Träume steuern. Bei uns gehen Ihre Träume in Erfüllung. Sie können, wenn Sie das Abenteuer lieben, so dicht wie möglich an alle möglichen Gefahren heransteuern, aber Sie können jederzeit auch wieder umkehren, und dann liegen Sie auf einer

Wiese mit Blumen und Schmetterlingen und genießen den Tag.«

»Schönen Dank, aber die Wirklichkeit ist mir lieber!«

»Mit dieser Einstellung gehören Sie ganz eindeutig zur Minderheit, Herr Ehlers.«

Es hatte keinen Sinn, mit diesem Mann zu diskutieren. »Ich habe genug gehört«, sagte ich. »Ich gehe jetzt, und ich nehme Susanne mit.«

Maxim Feldbauer lachte. »Sie verkennen die Situation, Herr Ehlers! Dieses Altersheim ist so etwas wie eine geschlossene Anstalt. Hier werden Patienten mit ihrer Zustimmung, aber auch zwangsweise behandelt, falls mit ihrer psychischen Erkrankung eine Selbst- oder Fremdgefährdung verbunden ist. Und wer einmal in solch einer drin ist, der kommt nicht wieder heraus, dafür sorgen wir. Unsere Insassen können ihr Leben genießen. Aber dass jemand aufmuckt, das dulden wir nicht. Wer den Frieden der Residenz gefährdet, wird ausgeschaltet. Bei uns haben Sie allerdings den Vorteil, dass Sie sich Ihr Ende selbst aussuchen können. Möchten Sie von einem virtuellen Tiger zerrissen werden, oder möchten Sie doch lieber in Stalingrad verhungern oder erfrieren?«

Ich schüttelte den Kopf. »Keines von beiden!«, sagte ich.

»Schade.« Der *King of Crime* griff zur Waffe.

Ich war schneller. Ich zog die Pistole, schoss, ließ mich zur Seite fallen. Feldbauer schrie auf und stürzte zu Boden. Seine Pistole war ihm aus der Hand gefallen. Er griff danach. Ich schoss noch einmal. Er rührte sich nicht mehr.

Über hundert Mal hatten wir diese Situation geübt. Selbstverteidigung gegen die Mafia. Dass ich damit am Ende den greisen Eigentümer eines Altersheims zur Strecke bringen würde, hätte ich nie für möglich gehalten. Die Pflegemafia hatte ich nicht auf der Rechnung gehabt.

Damit war aber noch nicht viel gewonnen. Die beiden Gorillas, die uns den Ausgang versperrt hatten, stürzten herein. Ich wusste, dass sie durch die Tür kommen mussten. Sie wussten nicht, dass ich hinter dem Schreibtisch in Deckung lag. Zwei weitere Schüsse, und der Weg war frei. Ich machte mich auf die Suche nach Susanne

Ich rechnete mit Schwierigkeiten, aber es gab keine. Ich erreichte Susannes Zimmer, ohne dass mich jemand aufhielt. Ich riss die Tür auf; das Zimmer war leer.

»Hierher!«, rief ein Mann im weißen Kittel am anderen Ende des Flures.

Ich zielte mit der Pistole auf ihn, aber es war der Pfleger, der uns bei der Befreiung Torsten Feldbauers geholfen hatte. Ich steckte die Waffe ein.

»Kommen Sie hierher«, rief der Mann. »Ich habe die Frau in ein anderes Zimmer verlegt!«

Ja, da war Susanne. Zu meiner Erleichterung hatte sie niemand unter Drogen gesetzt oder sonst irgendwie handlungsunfähig gemacht.

»Da bist du ja!«, sagte sie.

»Kommst du mit?«

Susanne nickte. »Ja, ich komme mit.«

»Das ist die richtige Entscheidung«, sagte ich.

Susanne sah mir in die Augen. »Ich will leben. Das wirkliche Abenteuer besteht darin zu leben. Ich will Kinder haben. Ich möchte, dass sie in Freiheit aufwachsen, in einem richtigen Garten und nicht in einem sogenannten Kindergarten, wo sie hinter mannshohen Zäunen eingesperrt sind. Eingesperrt, genau wie in der Schule und im späteren Leben auf ihrer Arbeit.«

»Da werden wir die Kinder fragen müssen, ob sie das auch wollen«, sagte ich. »Wie kommen wir jetzt hier raus?«

»Gar nicht«, erwiderte der Pfleger. »Sie haben ja gesehen, dass der Ausgang bewacht ist.«

Ich wies auf meine Pistole.

Der Mann im weißen Kittel schüttelte den Kopf. »Die wird nichts nützen«, sagte er. »Das Wachpersonal besteht aus dreißig Mann. Normalerweise arbeiten sie in drei Schichten, aber jetzt sind natürlich alle alarmiert. Das Gelände ist hermetisch abgeriegelt. Ihr habt keine Chance.«

»Ich kämpfe bis zur letzten Patrone«, behauptete ich. Ich hatte nur noch drei.

»Typisch Mann!«, sagte Susanne. Und an den Pfleger gewandt: »Es gibt noch eine andere Möglichkeit. Wir machen es über die Tischlerei.«

»Was für eine Tischlerei?«, fragte ich.

»Die Sargtischlerei«, antwortete der Pfleger. »Im Keller. Direkt neben der Tiefgarage. Ja, das wäre vielleicht eine Möglichkeit. Wir haben über vierhundert Klienten hier in der Residenz. Da gibt es fast jeden Tag ein oder zwei Todesfälle. Die Särge stellen wir aus Kostengründen selbst her. Gegen Mittag kommt immer das Beerdigungsunternehmen und holt die Verblichenen ab.« Der Pfleger sah auf seine Armbanduhr. »Um diese Zeit ist der Tischler meist in der Kantine. Vielleicht haben wir Glück …«

Wir hasteten die Treppe hinunter. Niemand hielt uns auf. Die Tür zur Tischlerei war abgeschlossen, aber der Pfleger hatte einen Generalschlüssel.

Auf den ersten Blick sah ich, dass zwei Särge zur Abholung bereitstanden. Schlichte, schwarze Holzsärge. Beide belegt. Zugenagelt. Bei all dem Werkzeug, das hier herumlag, war auch ein Kuhfuß. Ich öffnete die Sargdeckel, anschließend verkürzte ich die Nägel, sodass die Deckel nachher nur locker auflagen. Gemeinsam hoben wir die Verblichenen aus den Särgen und sperrten sie in die Besenkammer. Anschließend schoss ich jeweils ein Loch in die beiden Särge, damit wir nicht erstickten. Wir stiegen ein, und der Pfleger klappte die Deckel über uns zu.

»Danke!«, sagte ich.

»War mir ein Vergnügen!«, erwiderte der Pfleger.

Jetzt lagen wir in zwei benachbarten Särgen und stritten uns. Ich sagte: »Auch außerhalb dieses Palastes gibt es eine Welt voller Lügen, Susanne. Das hast du selbst gesagt. Darauf hast du immer wieder hingewiesen.«

»Daran können wir nichts ändern. In meinen Augen ist der Staat ein Monstrum. Der Staat will uns glauben machen, dass er für uns da sei. Aber in Wirklichkeit braucht er uns nur, weil er unser Geld haben will, mit dem er die Reichen noch reicher macht und mit dem er Kriege anfängt, die durch nichts gerechtfertigt sind.«

»Deutschland hat keine Kriege angefangen. Jedenfalls nicht nach 1945.«

»Und doch stehen unsere Soldaten heute im Kosovo, im Libanon, in Syrien, im Irak, in Afghanistan, in Senegal und in Mali und außerdem jeweils ein paar Mann im Südsudan, in Somalia und in der Westsahara. Was glaubst du, was sie da machen?«

»Den Frieden sichern, denke ich.«

»Wo Soldaten im Einsatz sind, ist niemals Frieden, Jürgen.«

In diesem Punkt waren Susanne und ich uns nicht einig. »Wenn wir zusammenziehen, werden wir uns sehr oft streiten«, gab ich zu bedenken.

Susanne lachte. »Ich freue mich darauf!«

»Wir werden wenig Geld haben …«

Susanne widersprach. »Wir werden viel Geld haben«, sagte sie. »Ich habe über den Goldschatz nachgedacht, den wir damals nicht gefunden haben. Ich habe ein bisschen im Internet nachgeforscht, und jetzt weiß ich, warum wir ihn nicht finden konnten. Das Koordinatensystem ist geändert worden. Der zehnte Längengrad liegt nicht mehr da, wo er früher war und wo er in Hamburg auf der Kennedybrücke markiert ist, sondern knapp achtzig Meter weiter östlich. Das haben wir nicht gewusst, und das hat auch dieser Frank Weber nicht gewusst. Deshalb konnte er den Schatz nicht finden – und wir auch nicht.«

Du bist der größte Schatz, hätte ich jetzt sagen können, aber ich wusste, Susanne mochte keinen Kitsch. Deshalb sagte ich gar nichts. Auch Susanne schwieg. Wir lagen beide ganz still und warteten auf den Leichenwagen.

Nachwort

Für »Abmurksen und Gin trinken« habe ich zum Teil Handlungselemente aus älteren Kurzgeschichten verwendet. Die drei »Märchen« sind dagegen neu. »Das Märchen vom Dschungelkind« spielt in Wirklichkeit von Januar bis April 2017. Ich habe es in diesem Buch an einen nicht näher definierten früheren Zeitpunkt verschoben. Die Quellennachweise zu diesem und den anderen »Märchen« finden sich als Links auf der Seite des Autors *juergen-ehlers-krimi.de.* »Das Märchen von den explodierenden Kröten« hat sich im April/Mai 2005 abgespielt, das »Märchen von der Solidarität« am 11. Januar 2015. Der Mord an der Zarenfamilie und das Auftauchen der angeblichen Anastasia in Berlin – ein anderes »Märchen« – ist gut dokumentiert. Warum allerdings die Leichen des Thronfolgers und eines der Mädchen (Maria oder Anastasia) in einem anderen Grab siebzig Meter vom Rest der Opfer entfernt verscharrt worden sind, bleibt bis heute ungeklärt.

Die erwähnten »Märchen« sind wahr, alles, was in diesem Buch als mein wahres Leben dargestellt wird, ist dagegen frei erfunden.